Waki
Yamato

あさきゆめみし

Asaki Yumemishi

LE DIT DU GENJI

3

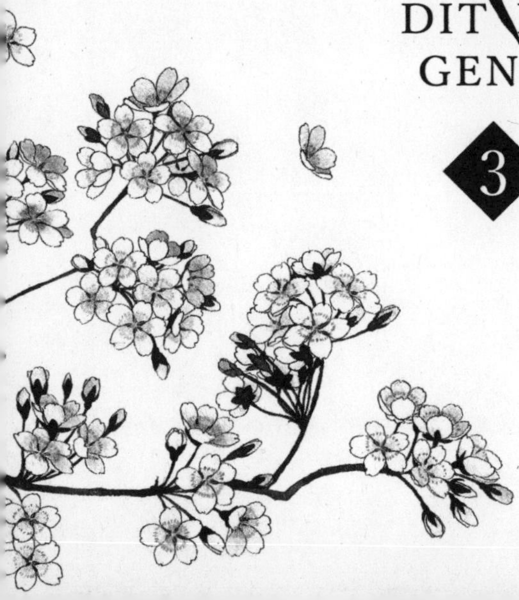

Depuis la mort de son père, l'empereur **Kiritsubo**, le prince du **Genji** est écarté des affaires politiques. À la suite de son aventure avec **Oborozukiyo**, il est contraint de s'exiler à Suma. Là-bas, il reçoit la visite d'un religieux qui veut lui offrir la main de sa fille, surnommée la dame d'Akashi. Séduit par la beauté de la jeune femme, le Genji entame une relation avec elle. À la cour, l'empereur régnant, **Suzaku**, décide de rappeler le prince radieux après avoir reçu en songe la visite de leur père, Kiritsubo. De retour à la capitale, le Genji retrouve **Murasaki**, son épouse officielle qui n'avait pas quitté son cœur, ainsi que son rang. Il apprend plus tard que la dame d'Akashi a donné naissance à leur fille, et il songe à les faire venir à la capitale. Peu de temps après, dame **Rokujô**, ancienne amante du Genji, et sa fille, l'ancienne prêtresse d'Ise, sont de retour dans leur résidence de la Sixième Avenue. Mais bientôt, dame Rokujô tombe gravement malade. Très inquiète pour l'avenir de sa fille, elle fait promettre au Genji de prendre soin d'elle. Ce dernier décide alors d'adopter l'ancienne prêtresse d'Ise et de la faire entrer au palais en tant qu'épouse du jeune empereur **Reizei**, fruit de l'union secrète entre dame **Fujistubo** et lui...

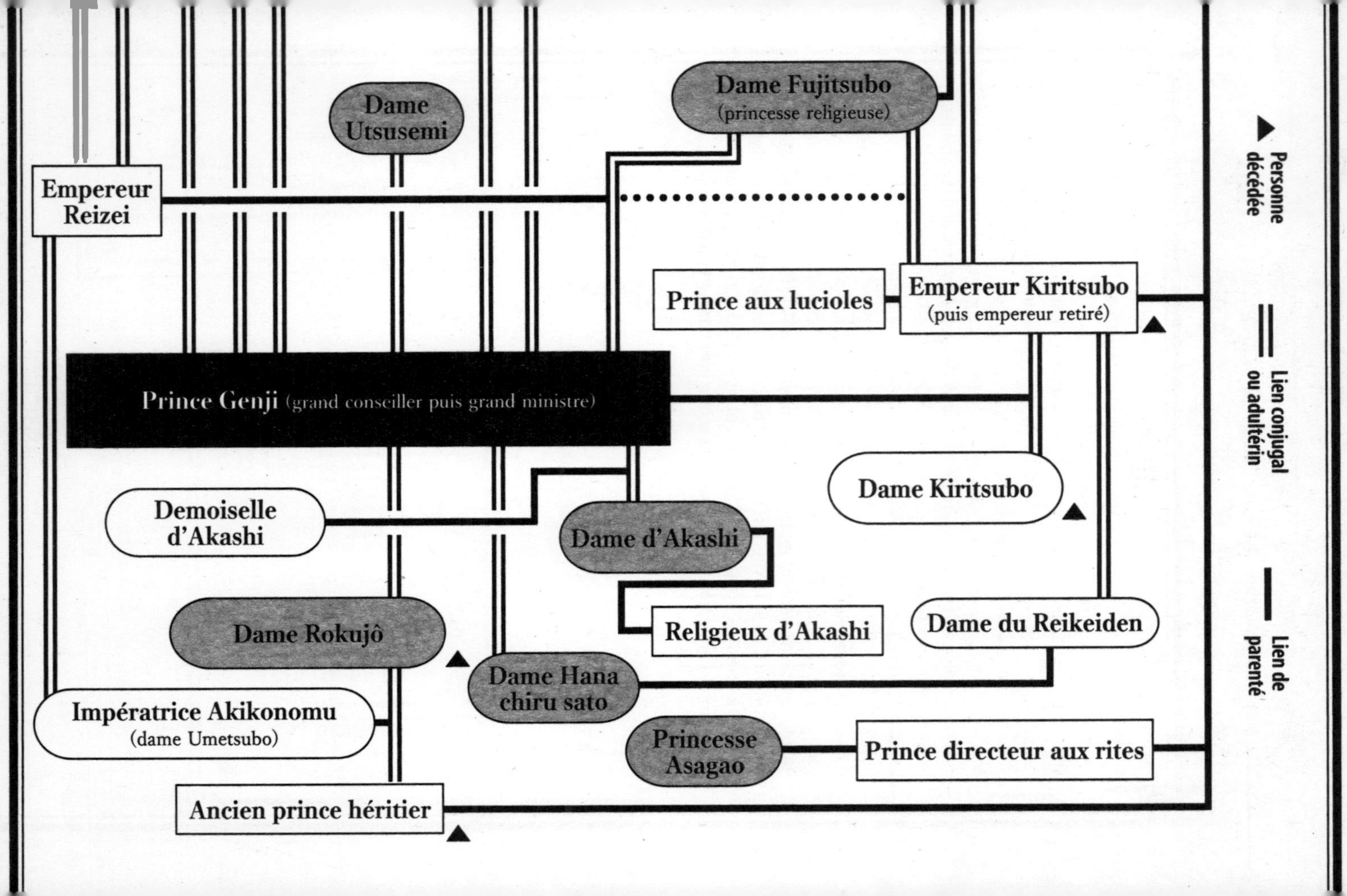

Dame Utsusemi
Dame Fujitsubo
(princesse religieuse)
Empereur Reizei
Prince aux lucioles
Empereur Kiritsubo
(puis empereur retiré)
Prince Genji (grand conseiller puis grand ministre)
Dame Kiritsubo
Demoiselle d'Akashi
Dame d'Akashi
Religieux d'Akashi
Dame du Reikeiden
Dame Rokujô
Dame Hana chiru sato
Impératrice Akikonomu
(dame Umetsubo)
Princesse Asagao
Prince directeur aux rites
Ancien prince héritier
Personne décédée
Lien conjugal ou adultérin
Lien de parenté

Arbre généalogique des personnages principaux

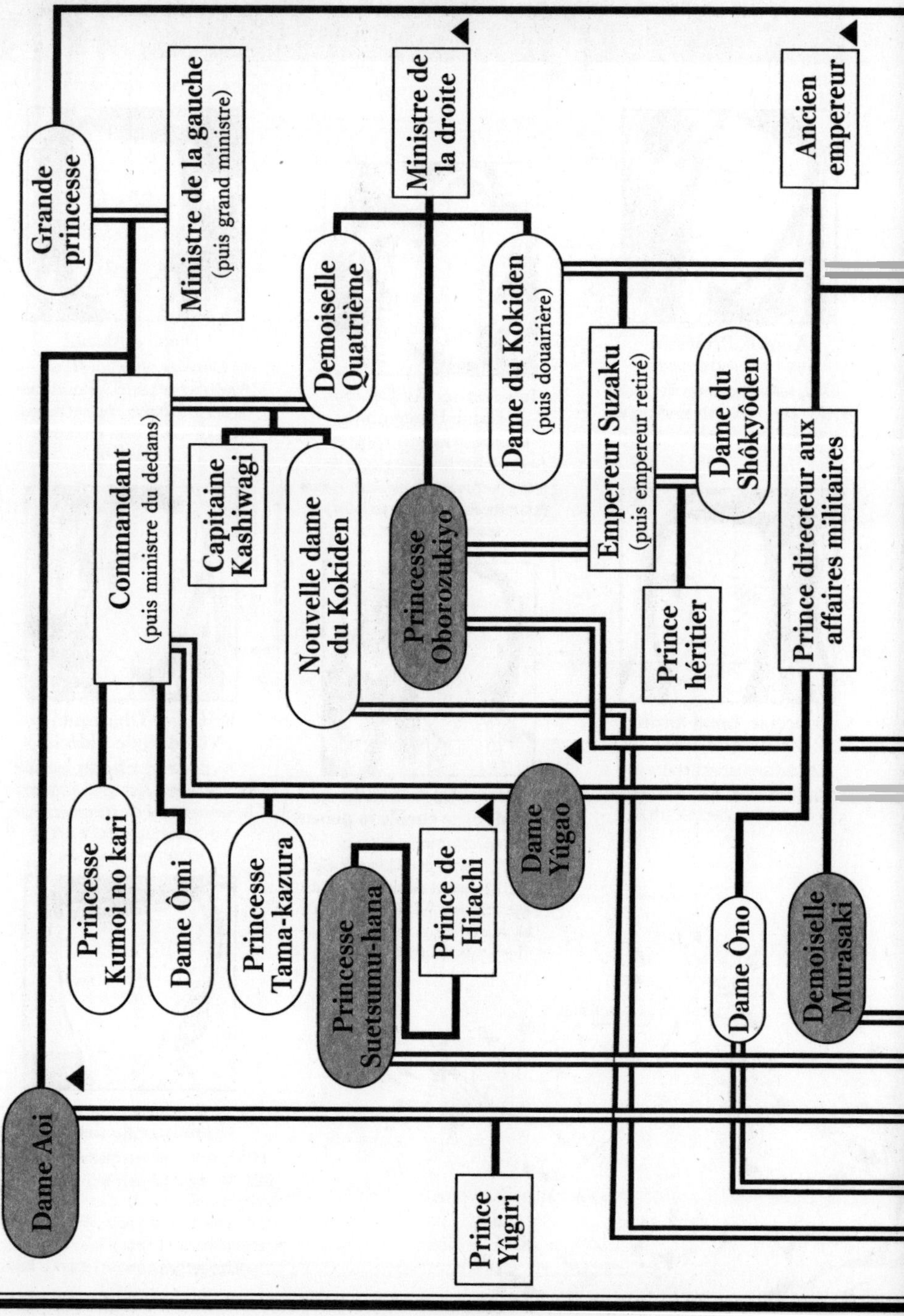

Présentation des personnages

Asagao, Princesse aux belles-du-matin

Fille du prince directeur aux rites, oncle du Genji. Belle, intelligente et cultivée, elle suscite l'admiration de ce dernier.

Princesse Tama-kazura, Parure précieuse

Fille du Commandant (ministre du dedans) et de feu dame Yûgao. Le Genji et le Commandant cherchent sa trace.

Impératrice Akikonomu (Dame Umetsubo)

Fille de dame Rokujô et d'un prince héritier décédé. Elle a vécu à Ise, où elle a exercé la fonction de prêtresse. Après le décès de sa mère, elle est adoptée par le Genji et épouse l'empereur Reizei.

Princesse Suetsumu-hana, Fleur dont se cueille la pointe

Fille du défunt prince de Hitachi. Issue d'une famille de nobles ruinés, elle vit dans l'indigence et semble peu au fait des usages du monde. Malgré sa laideur, elle fait preuve d'une grande sincérité qui touche le Genji.

Dame d'Akashi

Fille unique du religieux d'Akashi. Poussée par son père, qui a reçu un oracle du dieu de Sumiyoshi, elle s'unit au Genji, en exil à Suma, et donne naissance à une fille.

Princesse Oborozukiyo, Nuit de lune-indécise

6e fille du ministre de la droite, adversaire politique du Genji. Alors qu'elle est promise à l'empereur Suzaku, elle s'éprend du Genji et entame une liaison secrète avec lui, ce qui provoque son exil.

Le Commandant (ministre du dedans)

Fils aîné du ministre de la gauche et frère aîné de dame Aoi, l'épouse officielle décédée du Genji. Ami proche de ce dernier, il est également son rival dans le domaine des études, de la politique et des arts. Il s'engage dans une lutte de pouvoir avec lui pour que sa fille aînée puisse épouser l'empereur Reizei.

Fujitsubo, Dame du Clos aux Glycines

Épouse de l'empereur Kiritsubo. Après avoir commis un adultère avec le Genji, elle donne naissance à Reizei, officiellement présenté comme le 10ᵉ fils de l'Empereur. Elle tente de protéger le statut de son fils et de son amant en entrant en religion.

Le Genji

Fils cadet de l'empereur Kiritsubo, il s'est vu attribuer le nom de Genji, ce qui le relègue au rang de fonctionnaire et le prive du statut de prince impérial. À la suite de la découverte de sa liaison avec Oborozukiyo, il est contraint à l'exil, avant d'être gracié et de retrouver ses fonctions. Il est ensuite nommé tuteur de l'empereur Reizei, son enfant caché.

Hana chiru sato, Dame du séjour où fleurs au vent se dispersent

Petite sœur de la dame du Reikeiden, l'une des épouses de l'empereur Kiritsubo. Elle est d'une nature calme et apaisante.

Yûgiri

Fils du Genji et de dame Aoi, son épouse officielle. Après la mort de celle-ci, le jeune garçon est élevé par sa grand-mère.

Dame Yûgao, Belle-du-soir

Amante du Genji et du Commandant (ministre du dedans) du temps de leur jeunesse. Elle a été tuée par l'esprit maléfique créé par dame Rokujô. Elle a eu une fille avec le Commandant, qu'il cherche à retrouver.

Princesse Murasaki, Dame Violette

Fille du Prince directeur aux affaires militaires. Le Genji est fasciné par sa ressemblance avec Fujitsubo. En grandissant, la jeune fille se transforme en une femme belle et intelligente, ce qui lui vaut de devenir l'épouse favorite du Genji.

Rokujô, Dame de la Chambre de la Sixième Avenue

Épouse d'un prince héritier décédé. Elle était une amante du Genji, mais son amour pour lui s'est mué en jalousie et a donné corps à un esprit maléfique qui a causé la mort de Yûgao et d'Aoi.

Empereur Reizei

Considéré comme le 10ᵉ fils de l'empereur Kiritsubo, il est en réalité l'enfant adultérin du Genji et de Fujitsubo.

Sommaire

"JAMAIS JE NE VOUS OUBLIERAI..."
"POUR RIEN AU MONDE JE NE VOUS ABANDONNERAI..."
PAR CES MOTS, CET HOMME M'A FAIT UNE PROMESSE...

CHAPITRE 17

OUI, CET HOMME...
LE PRINCE À LA BEAUTÉ IRRADIANTE ...
LE GENJI...
J'AI ÉTÉ AIMÉE PAR LE PRINCE RADIEUX...
... ET IL M'A OFFERT...
... LE PLUS CHARMANT DES SURNOMS...

C'EST AINSI QU'IL M'A APPELÉE...
"SUETSUMU-HANA", LA FLEUR DONT SE CUEILLE LA POINTE...
CEPENDANT...
... EN RAISON D'UN ADULTÈRE QU'IL A COMMIS...
... IL A PROVOQUÉ LA COLÈRE DE L'EMPEREUR...
... ET IL A ÉTÉ EXILÉ À SUMA...
GRÂCE À SON SOUTIEN, LE PRINTEMPS EST ENFIN ARRIVÉ DANS MA DEMEURE...
COMME IL EST TRÈS OCCUPÉ, IL VIENT RAREMENT ME RENDRE VISITE...
... MAIS EN ÉCHANGE, IL M'ENVOIE DE NOMBREUX CADEAUX ET COURRIERS...
DEUX ANS SE SONT ÉCOULÉS DEPUIS...

MAIS JE SUIS PERSUADÉE QU'IL REVIENDRA...
JE CROIS EN LUI, ET JE L'ATTENDS...
C'EST LA VOIE QUE J'AI CHOISI DE SUIVRE, EN TANT QUE FEMME...
AI-JE RAISON DE LE FAIRE, JIJÛ ?
TOUT À FAIT, MADAME...
LE PRINCE GENJI A PROMIS DE NE JAMAIS VOUS ABANDONNER...
JE SUIS SÛRE QUE DÈS SON RETOUR À LA CAPITALE...
EN TANT QUE SŒUR DE LAIT DE LA PRINCESSE, CELA FAIT LONGTEMPS QUE JE LA CONNAIS...
... MAIS JE SUIS TOUJOURS AUSSI ADMIRATIVE...
... DE SON INNOCENCE ET DE SA SINCÉRITÉ...
CE PRINCE VOLAGE EST PARTI SANS MÊME LUI ADRESSER UNE LETTRE...
ELLE N'ÉTAIT POUR LUI QU'UN DIVERTISSEMENT ÉPHÉMÈRE...
... ET POURTANT, LA PRINCESSE N'A D'YEUX QUE POUR LUI...

MAIS C'EST JUSTEMENT PARCE QU'ELLE EST AINSI...
... QUE JE NE PEUX ME RÉSOUDRE À PARTIR D'ICI...
J'ESPÈRE QUE LE GENJI VIENDRA VOUS RENDRE VISITE AU PLUS VITE.
ALLONS, JIJÛ... NE DIS PAS DE CHOSES OBSCÈNES... TU VAS ME FAIRE ROUGIR...
UNE FEMME NE PEUT EXPRIMER SON DÉSIR DE RE-CEVOIR LA VISITE D'UN HOMME...
DÉCIDÉMENT ...
LA PRINCESSE SE MONTRE BIEN PATIENTE...
... MAIS DEPUIS LE DÉPART DU GENJI, NOS RESSOURCES NE CESSENT DE S'ÉPUISER...
DE PLUS, AVEC LA TERRIBLE TEMPÊTE D'IL Y A QUELQUE TEMPS, NOS MURS S'EFFON-DRENT ET NOS TOITS S'ÉCROULENT...
LA CHARPENTE DE LA CABANE DES DOMESTIQUES EST DÉNUDÉE...
DES FANTÔMES POURRAIENT SURGIR D'UN INSTANT À L'AUTRE...

FRISH
ぬっ
HIIIIH !
MEUUUH
ENCORE UNE VACHE DANS LE JARDIN !
ELLE A DÛ PASSER PAR LE MUR QUI S'EST EFFONDRÉ…
ELLES SONT À L'AFFÛT DES MAUVAISES HERBES…
LES JEUNES ÉLEVEURS LES LAISSENT EN LIBERTÉ…
QUELLE HONTE…
MOI, J'AI MÊME VU UN RENARD !
ET MOI, UN BLAIREAU !
FRISH
FRISH
FRISH
KYAAAH
AU SECOURS, UN CHEVAL !
EXCUSEZ-MOI…
OH…
C'EST MONSEIGNEUR LE MAÎTRE DE MÉDITATION, LE GRAND FRÈRE DE LA PRINCESSE…

LA CHAMBRE DE LA PRINCESSE N'EST PAS ICI...
AH, BON...
JE VAIS FAIRE LE TOUR, ALORS.
FRISH
FRISH
LES HERBES SONT SI HAUTES QUE JE ME SUIS PERDU...
OUI, IL FAUT QUE QUELQU'UN S'EN OCCUPE...
PEUT-ÊTRE POURRIEZ-VOUS NOUS AIDER...
AH, BON.
TIIING
MÊME LES MAUVAISES HERBES SONT DES ÊTRES VIVANTS...
J'INVOQUE LA PURIFICATION DES SIX SOURCES DU MAL...
TELLE SŒUR, TEL FRÈRE...
FRISH
FRISH
FRISH
IL EST SI ÉTRANGE...
ILS SE FONT FACE DEPUIS TOUT À L'HEURE, SANS ÉCHANGER UN MOT...
QUELLE DRÔLE DE FRATRIE...
...
...

AH, BON...
NOUS NE POUVONS PAS COMPTER SUR LUI !
TANT PIS !
JE VAIS M'ENTRETENIR DIRECTEMENT AVEC LA PRINCESSE !
OH, PRENEZ GARDE !
MARCHEZ DOUCEMENT, SINON...
CRAC
VOUS SOUHAITIEZ ME PARLER ?
VOUS VOYEZ...
DE QUOI S'AGIT-IL ?
EH BIEN...
COMMENT DIRE...?
JE VOUS ÉCOUTE.

POUR ÊTRE TOUT À FAIT FRANCHE…
… VOTRE DEMEURE EST ASSEZ DÉLABRÉE…
EN EFFET…
C'EST FEU MON PÈRE QUI L'A FAIT BÂTIR DANS SA JEUNESSE, DONC…
CE N'EST PAS LE SUJET !
LA PLUIE S'INFILTRE, LE SOL SE DÉROBE… IL N'EST PLUS POSSIBLE DE VIVRE SOUS UN TEL TOIT !
AH…
… BON.
VOUS DEVRIEZ SONGER À VOUS INSTALLER AILLEURS, PRINCESSE.
NOUS NE POUVONS PLUS SUPPORTER DE VIVRE ICI !
OH…
PAR CHANCE, UN FONCTIONNAIRE AUX GOÛTS ÉTRANGES… PARDON, AUX GOÛTS DISTINGUÉS, AIMERAIT RÉCUPÉRER LE BOIS DE CETTE DEMEURE…
LE BOIS, DITES-VOUS ?
OUI… VOUS SERIEZ D'ACCORD, N'EST-CE PAS ?

OH… C'EST TERRIFIANT…
À QUI LE DITES-VOUS !
QUITTONS CETTE DEMEURE TERRIFIANTE AU PLUS VITE…
IL N'EN EST PAS QUESTION !
JAMAIS JE NE QUITTERAI CETTE DEMEURE REMPLIE DES SOUVENIRS DE MON PÈRE !
C'EST… C'EST ABSOLUMENT INENVISAGEABLE !
DANS CE CAS… ACCEPTERIEZ-VOUS, AU MOINS, DE VOUS SÉPARER DE VOS MEUBLES ?
PAR CHANCE, FEU LE PRINCE DE HITACHI POSSÉDAIT DE BEAUX OBJETS DE STYLE ANCIEN…
MAIS ENFIN, C'EST EFFROYABLE !
FEU MON PÈRE A FABRIQUÉ CES OBJETS POUR MOI…
COMMENT POURRAIS-JE ACCEPTER QU'ILS SERVENT D'ORNEMENT À LA DEMEURE D'AUTRUI ?
JE REFUSE !
ENCORE UNE QUI DÉMISSIONNE…
NOUS NE SOMMES PLUS BEAUCOUP À SERVIR LA PRINCESSE…

CROAAA
NOTRE MAÎTRESSE N'A JAMAIS ROULÉ SUR L'OR, MAIS...
... DEPUIS QUE NOUS AVONS APPRIS LES US DU MONDE GRÂCE AU GENJI...
... LE RETOUR À LA MISÈRE EST D'AUTANT PLUS PÉNIBLE...
FSSS
FSSS
FSSS
MÊME SI LE TOIT FUIT...
PLOC
PLOC
... J'AI TROP PEUR DE QUITTER CETTE MAISON...
PLOC
PLOC
JAMAIS JE NE POURRAIS PARTIR, JIJÛ...
JE VOUS COMPRENDS...
VOUS AVEZ TOUJOURS VÉCU ICI...
DE PLUS, SI JE QUITTAIS CETTE DEMEURE...

PRINCESSE...
... LE GENJI NE POURRAIT PAS ME TROUVER...
... À SON RETOUR...
ドス ドス ドス
BOM BOM BOM
CRII CRII CRII
TIENS... NOUS AVONS DE LA VISITE...
PRINCESSE ?!
FSS FSS
PRINCESSE...
VOTRE TANTE, ÉPOUSE DU GOUVERNEUR GÉNÉRAL DÉLÉGUÉ DE DAZAI, EST LÀ...
BONJOUR, JIJÛ...
JE VOUS SOUHAITE LA BIENVENUE...
PFF... CETTE DEMEURE EST TOUJOURS AUSSI DÉLABRÉE... ON SE CROIRAIT DANS UN REPAIRE DE MONSTRES...
OÙ SE TROUVE LA PRINCESSE ?

PRINCESSE ! VENEZ DONC LA SALUER...
VOTRE TANTE EST LÀ, PRINCESSE...
ALLONS, CESSEZ DE FAIRE LA MIJAURÉE !
JE SUIS LA PETITE SŒUR DE VOTRE MÈRE !
BON...
BONJOUR... MA TANTE...
ELLE N'A PAS CHANGÉ DEPUIS L'ENFANCE...
DÉJÀ, À L'ÉPOQUE, C'ÉTAIT UNE PETITE FILLE FAROUCHE...
COMME VOUS NE M'ÉCRIVEZ JAMAIS, JE M'INQUIÉTAIS...
VOTRE PÈRE NE M'APPRÉCIAIT GUÈRE ET ÉVITAIT QUE JE VOUS APPROCHE...
AH... HUM...
CEPENDANT, CELA ME FAIT DE LA PEINE DE VOUS SAVOIR SEULE...

ELLE POURRAIT AU MOINS ESQUISSER UN SOURIRE...
SES PARENTS ME MÉPRISAIENT PARCE QUE J'AI ÉPOUSÉ UN FONCTIONNAIRE DE PROVINCE...
CHERCHERAIT-ELLE À ME RABAISSER, ELLE AUSSI ?
BAH, TANT PIS...
EN DÉPIT DE SON ORGUEIL, ELLE EST TOMBÉE BIEN BAS...
SI JE SUIS VENUE AUJOURD'HUI...
... C'EST PARCE QUE JE SOUHAITE VOUS EMPRUNTER JIJÛ.
OH...
M'EMPRUNTER JIJÛ ?
OUI. COMME VOUS LE SAVEZ, J'AI PLUSIEURS FILLES...
... ET ELLES AURAIENT BESOIN D'UNE DAME DE COMPAGNIE COMPÉTENTE...
VOUS N'Y VOYEZ PAS D'INCONVÉNIENT, N'EST-CE PAS ? DE TOUTE FAÇON, IL N'Y A PAS GRAND-CHOSE À FAIRE ICI...
EUH... D'ACCORD...
N'EMPÊCHE, QU'EST-CE QU'ELLE EST LAIDE...
DIFFICILE DE CROIRE QUE SON PÈRE ÉTAIT UN PRINCE...
COMMENT LE GENJI A-T-IL PU ENTRETENIR UNE RELATION AVEC ELLE ?

CEPENDANT, LA ROUE TOURNE...
À PRÉSENT QUE LE GENJI EST EN EXIL, LA REVOILÀ PLONGÉE DANS SA SITUATION MISÉRABLE...
PRINCESSE... CECI EST UN CONSEIL, EN TANT QUE TANTE...
CESSEZ D'ATTENDRE LE GENJI ET VENEZ VOUS INSTALLER CHEZ MOI.
CHEZ... CHEZ VOUS ?
OUI, VOUS Y SEREZ AVEC MES NOMBREUSES FILLES...
VOUS AVEZ BEAU ÊTRE TOMBÉE DANS LA MISÈRE, VOUS ÊTES UNE ENFANT DE PRINCE...
VOUS POURREZ APPRENDRE LES BONNES MANIÈRES À MES FILLES !
...
OUPS... SERAIS-JE ALLÉE TROP LOIN ?
MAIS... MAIS JE...
... JE NE SAIS PAS ÊTRE PRÉVENANTE... TOUT LE MONDE SE MOQUERAIT DE MOI...

*ANCIENNE PROVINCE DU JAPON, SITUÉE DANS L'ACTUEL DÉPARTEMENT DE FUKUOKA (N.D.T.)

TIENS... IL Y A DE L'AGITATION DANS LA RUE...
SERAIT-CE UNE FÊTE ?
BOM
BOM
BOM
PRIN-CESSE !
LE GENJI EST DE RETOUR !
IL VIENT D'ENTRER DANS LA CAPITALE !
...
IL EST RENTRÉ !
PRIN-CESSE !
MON PRINCE RADIEUX...

...
FSSS
へたっ
CE N'EST PAS LE MOMENT DE FLANCHER, PRINCESSE !
INUTILE DE S'AFFOLER, IL FINIRA PAR VENIR DE LUI-MÊME !
IL DONNERA BIENTÔT DE SES NOU-VELLES...
QUEL SOULAGE-MENT...
CETTE DEMEURE VA ENFIN RETROUVER SON ÉTAT D'AUTREFOIS...
À PRÉSENT...
... TOUT IRA MIEUX...
CROAAA
か
IL NE VIENT PAS...
C'EST BIEN CE QUE JE CRAIGNAIS...
BIEN QU'IL SOIT DE RETOUR, IL NE NOUS REND PAS VISITE...
PRIN-CESSE...
REPRENEZ COURAGE...

LE GENJI A GRAVI LES ÉCHELONS DEPUIS SON RETOUR...
IL DOIT ÊTRE TRÈS OCCUPÉ...
VOUS AVEZ RAISON, JIJÛ...
DÈS QU'IL AURA UN PEU DE TEMPS, IL REVIENDRA...
IL REVIEN-DRA...
... ET IL M'APPELLERA PAR MON SURNOM À TRAVERS LE RIDEAU TRANSLUCIDE...
"FLEUR DONT SE CUEILLE LA POINTE"...
ET SI VOUS LUI ADRESSIEZ UNE LETTRE ?
ALLONS, UNE FEMME NE FAIT JAMAIS LE PREMIER PAS !
MAIS SI L'ON NE FAIT RIEN...

...
OH, NON...
ELLE EN EST TOMBÉE MALADE...
ELLE A BEAU DÉPLOYER TOUS SES EFFORTS, LA PRINCESSE N'AIME VRAIMENT PAS COMPOSER DES POÈMES...
QUE VA-T-IL NOUS ARRIVER ?
LE GENJI SEMBLE AVOIR OUBLIÉ NOTRE EXISTENCE...
MIEUX VAUT PEUT-ÊTRE S'INSTALLER CHEZ LA TANTE DE LA PRINCESSE, À TSUKUSHI...
... OU BIEN TROUVER UN AUTRE PROTECTEUR..
CELA ME SEMBLE IMPOSSIBLE...
... AVEC LE TEMPÉRAMENT ET LE PHYSIQUE DE LA PRINCESSE...
...

FRISH
FRISH
FRISH
TIENS...
BON-JOUR...
COMMENT ALLEZ-VOUS ?
GRAND FRÈRE...
PLUS OU MOINS BIEN...
AH, BON.
EH BIEN MOI, J'AI RÉCEMMENT FAIT UNE EXPÉRIENCE FORMIDABLE...
J'AI ÉTÉ INVITÉ AUX HUIT LECTURES DES ROULEAUX DU SOUTRA DU LOTUS CHEZ LE GENJI...
LE... LE GENJI ?!
OUI...
POURQUOI ?
EUH... NON, POUR RIEN...
AH, BON.
QUELLE NOBLESSE, QUELLE ÉLÉGANCE...
JE ME SERAIS CRU AU PARADIS DE LA TERRE PURE...
LE GENJI EST PEUT-ÊTRE L'INCARNATION DE BOUDDHA...
ET... ET MOI, GRAND FRÈRE ?
PARDON ?

EUH... NON...
RIEN...
AH, BON.
AU FAIT, LE FROID S'INTENSIFIANT, MON ASCÈSE DANS LES MONTAGNES DEVIENT DE PLUS EN PLUS PÉNIBLE...
ACCEPTERIEZ-VOUS DE ME PRÊTER VOTRE FAMEUX...
MON FAMEUX ?
OH, VOUS PARLEZ DE...
HUM...
TENEZ, VOICI...
PROTÉGÉ PAR CETTE FOURRURE EN PEAU DE ZIBELINE...
... JE POURRAI CONTINUER À PRATIQUER L'ASCÈSE SANS ME DÉCOURAGER...
CE MATIN ENNEIGÉ OÙ, POUR LA PREMIÈRE FOIS, J'AI VU DISTINCTEMENT LE PRINCE...
... JE PORTAIS MA FOURRURE NOIRE EN PEAU DE ZIBELINE...

CET OBJET EST LE SOUVENIR DE NOTRE AMOUR...
FRISH
ガサ
FRISH
ガサ
ALLEZ, J'Y RETOURNE...
FRISH
ガサ
JE DOIS POURSUIVRE MA QUÊTE DU PARADIS DE LA TERRE PURE !
COMME LE TEMPS S'EST REFROIDI...
ATCHOUM
クション
ATCHOUM
ハックション!
SI VOUS AVIEZ VOTRE ÉTOLE DE FOURRURE, VOUS AURIEZ UN PEU MOINS FROID...
SNIF
ズズ…
SNIF
ズ…
PRIN-CESSE ?
QUE VOUS ARRIVE-T-IL ?
JIJÛ... PENSEZ-VOUS...
... QUE LE PRINCE M'A OUBLIÉE ?
ALLONS, QUE DITES-VOUS...
IL FINIRA PAR REVENIR..
VOUS L'ATTENDEZ AVEC UNE TELLE FERVEUR..

VOUS ÊTES LA SEULE À ME CONSOLER AINSI, JIJÛ...
J'ESPÈRE QUE VOUS RESTEREZ TOUJOURS À MES CÔTÉS...
JE...
J'AIMERAIS BEAUCOUP, CEPENDANT...
... JE DOIS VOUS ANNONCER QUELQUE CHOSE...
?
CRIII
CRAC
CRAC
CRAC
OH, NON !
NOUS Y SOMMES ALLÉS TROP FORT, LA PORTE A CÉDÉ !
TAISEZ-VOUS ET AVANCEZ !
DE TOUTE FAÇON, LE BOIS ÉTAIT EN DÉCOMPOSITION !

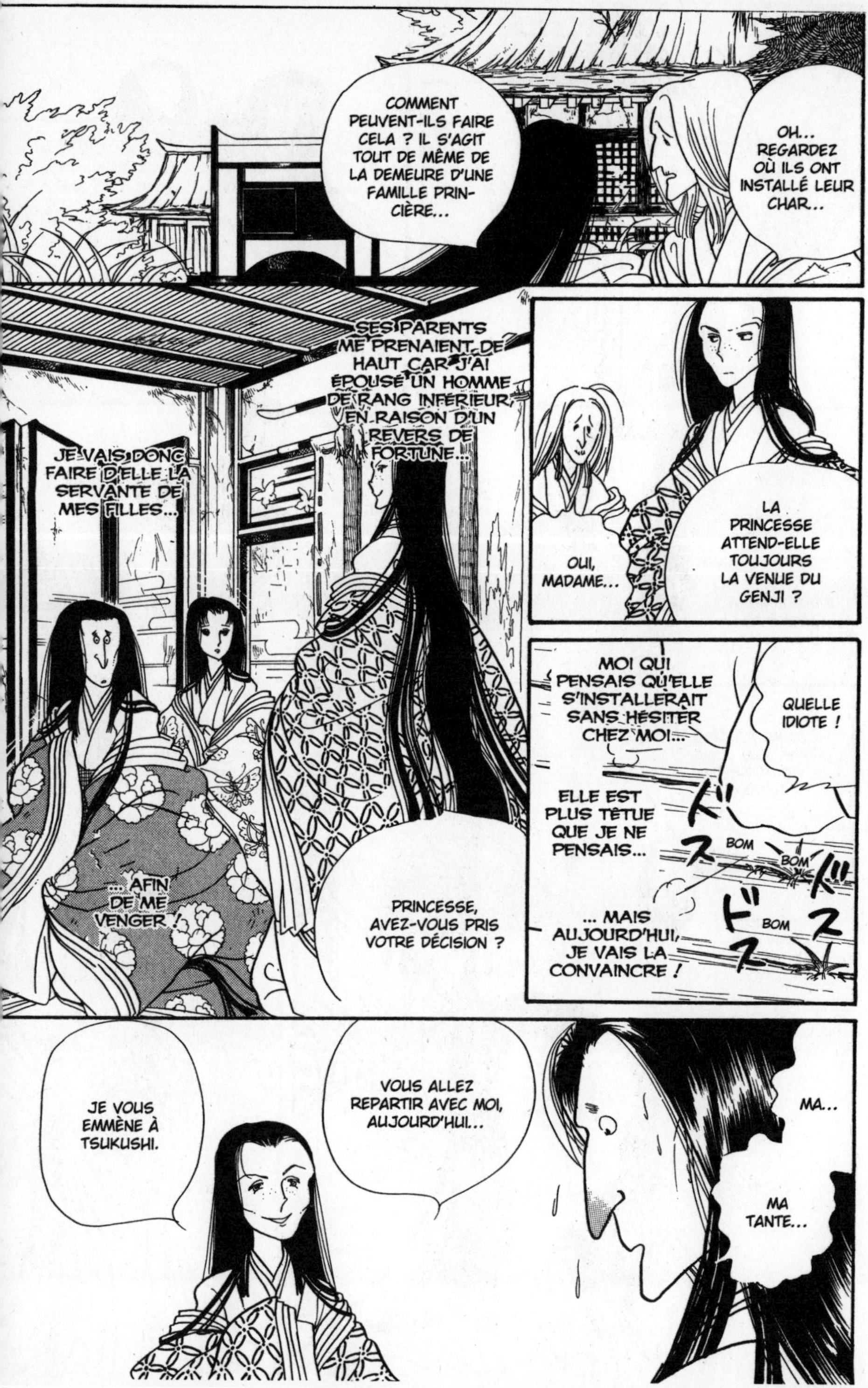
OH... REGARDEZ OÙ ILS ONT INSTALLÉ LEUR CHAR...
COMMENT PEUVENT-ILS FAIRE CELA ? IL S'AGIT TOUT DE MÊME DE LA DEMEURE D'UNE FAMILLE PRIN-CIÈRE...
LA PRINCESSE ATTEND-ELLE TOUJOURS LA VENUE DU GENJI ?
OUI, MADAME...
QUELLE IDIOTE !
MOI QUI PENSAIS QU'ELLE S'INSTALLERAIT SANS HÉSITER CHEZ MOI...
ELLE EST PLUS TÊTUE QUE JE NE PENSAIS...
ドス BOM BOM ドス
... MAIS AUJOURD'HUI, JE VAIS LA CONVAINCRE !
ドス BOM
SES PARENTS ME PRENAIENT DE HAUT CAR J'AI ÉPOUSÉ UN HOMME DE RANG INFÉRIEUR, EN RAISON D'UN REVERS DE FORTUNE...
JE VAIS DONC FAIRE D'ELLE LA SERVANTE DE MES FILLES...
... AFIN DE ME VENGER !
PRINCESSE, AVEZ-VOUS PRIS VOTRE DÉCISION ?
MA...
MA TANTE...
VOUS ALLEZ REPARTIR AVEC MOI, AUJOURD'HUI...
JE VOUS EMMÈNE À TSUKUSHI.

ALLEZ, PRÉPAREZ VOS VÊTEMENTS !
IL FAUT VOUS CHANGER...
N... NON, JE...
SCRITCH
OH !
C'EST DONC AINSI QUE VOUS ME REMERCIEZ POUR MA GENTILLESSE ?!
PA...
PARDONNEZ-MOI, MA TANTE...
JE... JE SUIS GÊNÉE ET TERRIFIÉE À L'IDÉE...
... DE REJOINDRE ...
... UN AUTRE FOYER...
J'AI COMPRIS ...
JE NE PENSAIS PAS QUE VOUS ME MÉPRISIEZ AUTANT...
CE... CE N'EST PAS CELA, MA TANTE !
EN REVANCHE ...
... J'EMMÈNERAI JIJÛ AVEC MOI...

COMMENT ?
JI... JIJÛ...
JE VOUS PRIE DE ME PARDONNER, PRINCESSE...
J'AI TENTÉ DE VOUS EN PARLER À DE NOMBREUSES REPRISES, MAIS...
JE... JE VAIS ÉPOUSER LE NEVEU DU GOUVERNEUR GÉNÉRAL, L'ÉPOUX DE MADAME VOTRE TANTE...
... ET IL SOUHAITE À TOUT PRIX QUE JE M'INSTALLE AVEC LUI...
JIJÛ...
VOUS M'ABANDONNEZ ?
PARDONNEZ-MOI !
ALORS QUE MA MÈRE M'AVAIT FAIT PROMETTRE, À SA MORT, DE VEILLER SUR VOUS...
...
HO HO HO HO
IL N'EST PAS ÉTONNANT QUE JIJÛ SE SOIT LASSÉE DE VOUS !

VOUS AUREZ BEAU L'ATTENDRE SAGEMENT, LE GENJI NE REVIENDRA PAS !
DEPUIS SON RETOUR, IL A ROMPU TOUS SES LIENS AVEC SES AMANTES...
... ET IL N'A D'YEUX QUE POUR LA FILLE DU PRINCE DIRECTEUR AUX AFFAIRES MILITAIRES !
IL PARAÎT QU'ELLE S'APPELLE DAME MURASAKI...
ELLE EST JEUNE ET D'UNE BEAUTÉ ÉBLOUISSANTE...
LE PRINCE A OUBLIÉ DEPUIS LONGTEMPS LE SINGULIER LAIDERON QUE VOUS ÊTES !
COMMENT AVEZ-VOUS PU CROIRE EN SON AMOUR ?
VOUS ÊTES TOMBÉE SI BAS !
MAIS CE QUI ME DÉSOLE LE PLUS, C'EST VOTRE ARROGANCE ET VOTRE FIERTÉ !

HA
は
SPLITCH
ポトポトポトポトポト…
PLOC PLOC PLOC PLOC PLOC
MADAME... VOUS ÊTES TROP DURE AVEC LA PRINCESSE...
ポトポト ポトポト…
PLOC PLOC PLOC PLOC
TAI... TAISEZ-VOUS ! MAINTENANT, VOTRE MAÎTRESSE, C'EST MOI !
PARDONNEZ-MOI, PRINCESSE...
MAIS VOTRE TANTE A DIT VRAI...
NE VOUS EN FAITES PAS...
JE COMPRENDS...

SI UN LAIDERON COMME MOI A PU S'UNIR À CE PRINCE SI BEAU...
... C'EST SÛREMENT LA CONSÉQUENCE DE QUELQUE MALENTENDU...
MALGRÉ TOUT...
... JE N'AI AUCUN REGRET...
... CAR POUR LA PREMIÈRE ET DERNIÈRE FOIS DE MON EXISTENCE...
... IL A FAIT FLEURIR MON CŒUR...
PRINCESSE...
ALLONS...
JE SOUHAITAIS VOUS OFFRIR UN OBJET EN GUISE DE SOUVENIR, MAIS COMME IL NE RESTE RIEN ICI...
... J'AI CONFECTIONNÉ AVEC MES CHEVEUX UNE NATTE POSTICHE...

S'IL EST UNE CHOSE POUR LAQUELLE J'AI REÇU DES COMPLIMENTS, C'EST LA DENSITÉ ET LA BEAUTÉ DE MA CHEVELURE...
PRINCESSE...
ALLONS, JIJÛ, DÉPÊCHEZ-VOUS !
LA NUIT NE VA PAS TARDER À TOMBER !
PRINCESSE...
PRINCESSE...
ELLE EST PARTIE...
ÇA Y EST...
... JE ME RETROUVE SEULE...
J'AI CONSCIENCE QU'IL EST INUTILE D'Y PENSER...
... ET J'AVAIS FINI PAR ME FAIRE UNE RAISON, MAIS...
... POURQUOI DONC SUIS-JE NÉE AUSSI LAIDE ?
POURQUOI NE SUIS-JE PAS PLUS INTELLIGENTE ?

J'AURAIS AIMÉ ÊTRE UNE BELLE FEMME...
UNE FEMME SI JOLIE QUE L'ON SE RETOURNE SUR SON PASSAGE...
J'AURAIS AIMÉ NAÎTRE AVEC UN ESPRIT VIF...
MAIS JE SUIS SI MISÉRABLE...
J'EN AI ASSEZ !
JE NE VAUX RIEN...
KOREMITSU...
PENSES-TU QUE NOUS SOYONS DANS LA DEMEURE DU PRINCE DE HITACHI ?
JE SUIS PERSUADÉ D'AVOIR DÉJÀ VU CES GLYCINES ACCROCHÉES À CES BRANCHES DE PIN...

OUI, EN EFFET...
MAIS LES LIEUX SONT ENCORE PLUS DÉLABRÉS QU'AUTREFOIS...
C'EST ÉPOUVANTABLE...
CINQ ANNÉES SE SONT ÉCOULÉES DEPUIS NOTRE DERNIÈRE ENTREVUE...
CE JARDIN EST DANS UN ÉTAT IMPRESSIONNANT...
FRISH
FRISH
FRISH
PLUS PERSONNE NE SEMBLE VIVRE ICI...
LA PRINCESSE A DÛ S'INSTALLER AILLEURS...
ATTENDEZ, JE VAIS VÉRIFIER CELA...
JE NE VOIS PAS COMMENT DES GENS POURRAIENT HABITER ICI...
LA DEMEURE DOIT ÊTRE ABANDONNÉE...
OH, UN RENARD ! OUSTE !
NE T'AVISE PAS DE NOUS JOUER UN TOUR !
PAR-DON ?
JE NE VOUS PERMETS PAS DE ME TRAITER DE RENARD...
SUIS-JE BIEN DANS L'ANCIENNE DEMEURE DU PRINCE DE HITACHI ?
OH !
MAIS...
... VOUS ÊTES KOREMITSU !

OH...
VOUS ÊTES UNE DES SERVANTES DE LA PRINCESSE...
MAIS... MAIS ALORS, ELLE VIT TOUJOURS ICI ?
DEPUIS TOUT CE TEMPS, AVEC LA MÊME CONSTANCE ?
OUI, TOUT À FAIT !
ELLE N'A JAMAIS CESSÉ D'ATTENDRE LE PRINCE...
NOUS SOMMES RESTÉES À SES CÔTÉS, AFIN D'ÊTRE À LA HAUTEUR DE SA SINCÉRITÉ !
INCROYABLE !
SUETSUMU-HANA...
... M'A DONC ATTENDU, PENDANT TOUT CE TEMPS ?
ACCABLÉE PAR LA SOLITUDE, DANS CE LIEU TERRIFIANT...
... ELLE A DÛ SE SENTIR SI TRISTE...
QUELLES ÉPREUVES A-T-ELLE DÛ TRAVERSER...
PRINCE ...
ALLONS LUI RENDRE VISITE...

Je m'en vais m'assurer / En allant m'aventurer / Sur ces chemins sauvages / Recouverts d'armoise / Si ses sentiments sont inchangés
OH... C'EST VRAIMENT LUI...
IL EST ENFIN LÀ...
FSHHH
CROUIIIC
CROUIIIC
J'AI FAIM...
COMME JE SUIS GÊNÉE...
EMPRUNTONS CE CHEMIN QUI N'EN EST PLUS UN. JE VEUX M'ASSURER QUE LES SENTIMENTS FIDÈLES DE LA PRINCESSE VIVANT AU MILIEU DE CES ARMOISES N'ONT PAS CHANGÉ...
JE N'AI RIEN MANGÉ DEPUIS PLUSIEURS JOURS...
JE VAIS PEUT-ÊTRE BIENTÔT MOURIR...

OH...
COMME JE SUIS PATHÉTIQUE...
VOILÀ QUE JE SOUFFRE D'HALLUCINATIONS À PRÉSENT...
SUETSUMU-HANA...
OH...
JE VAIS DONC MOURIR...
MAIS JE SUIS HEUREUSE...
BOUDDHA EXISTE DONC VRAIMENT...
S'IL EST POSSIBLE DE FAIRE UN SI BEAU RÊVE AVANT DE SUCCOMBER...
... ALORS JE VEUX BIEN MOURIR PLUSIEURS FOIS !
QUE DITES-VOUS ?
PARDON ?
MAIS SI JE POUVAIS ME RÉIN-CARNER...
... J'AIMERAIS ÊTRE PLUS JOLIE DANS MA PROCHAINE VIE...

NON, VOUS ÊTES TRÈS BIEN AINSI...
PAREILLE À VOUS-MÊME...
D'AILLEURS, JE NE VOUS AI JAMAIS OUBLIÉE...
POUR MOI VOUS ÊTES SUPÉRIEURE...
... À N'IMPORTE QUELLE BEAUTÉ...
SUETSUMU-HANA, MA FLEUR DONT SE CUEILLE LA POINTE...
VOUS ÊTES MA PRINCESSE...
PRINCE GENJI...
PRIN-CESSE !
TENEZ BON, PRINCESSE !

SUETSUMU-HANA...
CETTE PRINCESSE D'UNE LAIDEUR SANS PAREILLE...
... EST D'UNE SI RARE SINCÉRITÉ...
COMMENT ? LA PRINCESSE A PERDU CONNAIS-SANCE ?
OUI, CELA FAIT PLUSIEURS JOURS QU'ELLE N'A RIEN MANGÉ...
SACRÉE PRINCESSE...
COMMENT ? LA PRINCESSE A REÇU LA VISITE DU GENJI ?
RAAH ! C'EST INSUPPOR-TABLE !
JE SUIS SI CONTENTE POUR VOUS !
SOYEZ HEUREUSE... POUR TOU-JOURS...

ET SI JE VOUS RACONTAIS QUELQUE AMOUR DE JEUNESSE ?
JE VAIS VOUS PARLER D'UNE FEMME QUI EST PARTIE...
... EN LAISSANT DERRIÈRE ELLE LA COQUILLE VIDE DE SON AMOUR...

CHAPITRE 18

MONSIEUR LE MINISTRE ...
UNE FOIS QUE NOUS AURONS FRANCHI LA BARRIÈRE D'OUSAKA ...
... NOUS ARRIVERONS AU TEMPLE D'ISHIYAMA ...
IL Y A DE NOMBREUX CHARS...
S'AGIT-IL DE PÈLERINS AUSSI ?
JE VOIS AUSSI DES CHARS DE FEMMES...

ILS ATTENDENT PROBABLEMENT QUE VOTRE CORTÈGE SOIT PASSÉ POUR SE REMETTRE EN ROUTE...
C'EST LE GOUVERNEUR DE HITACHI ET SON ESCORTE QUI SE RENDENT À LA CAPITALE...
PERSONNE N'OSERAIT SE RECUEILLIR AU TEMPLE EN MÊME TEMPS QUE VOUS...
LE GOUVERNEUR DE HITACHI ?
L'ANCIEN GOUVERNEUR D'IYO, VEUX-TU DIRE ?
DANS CE CAS, ELLE AUSSI, ELLE DOIT SE TROUVER À L'INTÉRIEUR DE L'UN DE CES CHARS...
J'AVAIS ENTENDU QU'ELLE AVAIT SUIVI SON ÉPOUX DANS SA PROVINCE DE GOUVERNANCE...
DAME UTSUSEMI, LA MUE-DE-LA-CIGALE...
SOUVENIR D'UN ANCIEN AMOUR...
C'ÉTAIT IL Y A PLUS DE DIX ANS ET POURTANT JE M'EN SOUVIENS COMME SI C'ÉTAIT HIER...
DAME UTSUSEMI... VOUS ÉTIEZ...
... UNE FEMME AUSSI INFLEXIBLE QUE DAME FUJITSUBO...
QUELLE CHANCE NOUS AVONS DE TOMBER SUR LE CORTÈGE DU MINISTRE GENJI, LE JOUR DE NOTRE RETOUR À LA CAPITALE...
REGARDEZ DONC, MESDAMES...
C'EST SOMPTUEUX...

PRINCE GENJI...
IL ÉTAIT MON SEUL AMOUR...
PRINCE GENJI...
JE NE PENSAIS PAS QUE NOS CHEMINS SE CROISERAIENT ICI...
DANS QUEL CHAR SE TROUVE-T-IL ?
J'AIMERAIS LE VOIR, NE SERAIT-CE QU'UN INSTANT...
ON DIT QU'IL EST BEL HOMME...
ALLONS... NOUS SOMMES DE CONDITION TROP BASSE POUR UN HOMME COMME LUI...
... QUI AI MIS FIN À NOTRE RELATION...
ET POURTANT C'EST MOI...
À L'ÉPOQUE, JE VENAIS DE PERDRE SUCCESSIVEMENT MON PÈRE, CAPITAINE DES GARDES DE LA PORTE, ET MA MÈRE...
... ET NOUS NOUS RETROUVIONS SEULS, MON JEUNE FRÈRE ET MOI...
MADEMOISELLE...
LE GOUVERNEUR D'IYO VIENT S'ENQUÉRIR DE VOTRE ÉTAT...

LE GOUVERNEUR D'IYO VENAIT SOUVENT RENDRE VISITE À MON PÈRE, DE SON VIVANT...
VOICI DES PRODUITS DE LA MER ET DE LA MONTAGNE RÉCOLTÉS DANS LA PROVINCE OÙ L'ON M'A AFFECTÉ...
J'ESPÈRE QU'ILS VOUS PLAIRONT...
CELA M'EMBARRASSE DE RECEVOIR TANT DE PRÉSENTS DE VOTRE PART...
JE VOUS PRIE DE NE PLUS FAIRE CELA...
ALLONS...
NE SOYEZ PAS GÊNÉE...
VOUS ÊTES LA FILLE DE MON ANCIEN MAÎTRE...
IL EST NATUREL QUE JE VEILLE À VOTRE BIEN-ÊTRE !
ENFIN, EUH... BON...
ゴホ...
KOFF
JE REVIENDRAI.
LE GOUVERNEUR EST BIEN AIMABLE, MAIS...
... IL VIENT TOUT DE MÊME TRÈS SOUVENT...
N'AURAIT-IL PAS DES VUES SUR NOTRE MAÎTRESSE ?
MAIS ENFIN, IL EST BIEN TROP ÂGÉ !
CERTES, IL A PERDU SA FEMME IL Y A LONGTEMPS, MAIS...
... SES ENFANTS SONT PLUS ÂGÉS QUE NOTRE MAÎTRESSE...

S'IL ÉTAIT UN HAUT DIGNITAIRE, PASSE ENCORE, MAIS CE N'EST QU'UN FONCTIONNAIRE DE BASSE CONDITION !
QUEL CULOT !
N'AYEZ PAS DE MOTS SI DURS ENVERS LE GOUVERNEUR D'IYO...
IL AGIT AINSI PAR GENTILLESSE...
MAIS...
JE NE PEUX IMAGINER CET HOMME...
... DEVENIR MON ÉPOUX...
CEPENDANT, NOUS N'AVONS NI FORTUNE, NI FAMILLE SUR QUI COMPTER...
SANS L'AIDE D'UN HOMME COMME LUI, NOTRE SITUATION NE FERA QU'EMPIRER...
OH, COMME CELA ME DÉSOLE !
FEU VOTRE PÈRE SOUHAITAIT POURTANT QUE VOUS INTÉGRIEZ LE PALAIS IMPÉRIAL...
SI SEULEMENT IL ÉTAIT ENCORE EN VIE...
MA CHÈRE NOURRICE...
OUI, LE PALAIS IMPÉRIAL...
MON PÈRE RÊVAIT QUE J'INTÈGRE LA COUR DE L'EMPEREUR KIRITSUBO...
MOI AUSSI, JE NOURRISSAIS LE MÊME DÉSIR...!

GRANDE SŒUR...
OUI, KOGIMI ?
SI SEULEMENT J'AVAIS ÉTÉ UN PEU PLUS GRAND...
... VOUS AURIEZ PU VOUS INSTALLER AU PALAIS...
JE SUIS DÉSOLÉ...
KOGIMI...
J'AURAIS PU SERVIR L'EMPEREUR...
... COMPOSER DES POÈMES, BRÛLER DE L'ENCENS...
... DANS CE MAGNIFIQUE UNIVERS DÉCRIT DANS DIVERS RÉCITS...
J'ATTENDAIS AVEC IMPATIENCE D'INTÉGRER LE PALAIS...
À L'AIDE !
KYAAH
AU SECOURS !

D'OÙ VIENNENT CES CRIS ?
MADEMOISELLE, RESTEZ À L'INTÉRIEUR !
IL Y A DES GENS DANGEREUX !
VOILÀ DES OBJETS DE QUALITÉ...
VOUS, LÀ... APPORTEZ-NOUS TOUS VOS KIMONOS...
DES BRIGANDS...
ILS DEVAIENT SAVOIR QU'IL N'Y A PAS DE CHEF DE FAMILLE POUR PROTÉGER LA MAISON...
APPELEZ LES AGENTS DE LA POLICE IMPÉRIALE, VITE !
BIEN !
RESTE ICI, TOI !
ARGH !
KSHAP
MA... MADEMOISELLE !
HÉ HÉ HÉ...
JE VOUS CONSEILLE DE RESTER SAGES...

VIENS PAR ICI !
NON !
NE TOUCHE PAS À MA GRANDE SŒUR !
TIENS, VOILÀ LE JEUNE MAÎTRE DE LA MAISON...
LÂCHE-MOI !
ARRÊTE !
KOGIMI !
IL EST MARRANT, CE GAMIN !
ATTRAPE-MOI ÇA !
AU SECOURS !
À L'AIDE !
FWISH
KOGIMI !
ARGH !

SI VOUS N'AVEZ PAS PEUR DE MOURIR, ALORS VENEZ VOUS BATTRE !
GOUVERNEUR D'IYO...
OUAH
OUOOOOH !
わあ、
HEUREUSEMENT QUE JE PASSAIS PAR LÀ...
ON SE TIRE !
GOUVERNEUR...
MERCI !
...
GOUVER-NEUR..
VOUS NOUS AVEZ SAUVÉS !

AU BOUT DE DEUX ANS DE MARIAGE, LE GOUVERNEUR D'IYO A ÉTÉ AFFECTÉ DANS UNE AUTRE PROVINCE.

*AUTREFOIS, CERTAINES DIRECTIONS JUGÉES TEMPORAIREMENT NÉFASTES POUVAIENT ÊTRE FRAPPÉES D'INTERDIT ET DEVAIENT ÊTRE CONTOURNÉES (N.D.T.)

EN RAISON DE L'INTERDIT DE DIRECTION...
... LE PRINCE GENJI VA PASSER LA NUIT ICI ! IL EST EN ROUTE !
LE PRINCE GENJI ?
CET HOMME SURNOMMÉ "PRINCE RADIEUX" EN RAISON DE SA BEAUTÉ IRRADIANTE ?
LE FILS CADET DE L'EMPEREUR ?
J'AI CRU ENTENDRE QU'IL ALLAIT AVOIR 17 ANS CETTE ANNÉE...
IL VA SÛREMENT DORMIR DANS L'AILE EST DE LA MAISON...
MOI AUSSI, J'AIMERAIS DORMIR LÀ-BAS...
SI NOUS POUVIONS L'APERCEVOIR, NE SERAIT-CE QU'UN INSTANT...
OUVRONS DONC LES VOLETS DE BOIS...
LE GOUVERNEUR DE KI SERAIT EN COLÈRE DE VOUS VOIR AINSI...
COMMENT POUVEZ-VOUS RESTER SI IMPASSIBLE ?
EN TANT QUE FEMME MARIÉE, PEUT-ÊTRE N'ÊTES-VOUS PAS INTÉRESSÉE...
... MAIS POUR NOUS, CÉLIBATAIRES, C'EST UN ÉVÉNEMENT DE LA PLUS GRANDE IMPORTANCE !

JE SERAIS PRÊTE À MOURIR POUR VOIR LE GENJI, JUSTE LE TEMPS D'UN REGARD !
MOI, JE VOUDRAIS PASSER UNE NUIT ENTIÈRE AVEC LUI...
MOI AUSSI !
UNE "FEMME MARIÉE"...
NOUS AVONS QUASIMENT LE MÊME ÂGE, VOUS ET MOI...
MADAME MA BELLE-MÈRE...
LE PRINCE GENJI EST RÉPUTÉ POUR ÊTRE UN FIEFFÉ SÉDUCTEUR...
JE VOUS PRIE DE NE PAS ADOPTER DE COMPORTEMENT LÉGER AVEC LUI...
JE NE METTRAI PAS UN PIED DEHORS, AINSI PERSONNE NE VERRA MON VISAGE.
JE COMPTE SUR VOUS...
QUELLE REMARQUE DÉSAGRÉABLE... DE QUOI ME SOUPÇONNE-T-IL ?
N'AYEZ CRAINTE ...
OH, LES VOILÀ DÉJÀ !
VITE, JE DOIS LES ACCUEILLIR...
POURQUOI LE PRINCE GENJI...
... S'INTÉRESSERAIT-IL À UNE FEMME DE FONCTIONNAIRE DE PROVINCE ?

QUEL HONNEUR DE VOUS ACCUEILLIR…
REGARDEZ !
J'AVAIS L'INTENTION DE PASSER LA NUIT CHEZ MON BEAU-PÈRE, LE MINISTRE DE LA GAUCHE…
TOUTEFOIS, J'IGNORE SI NOUS SERONS À LA HAUTEUR, VOTRE VENUE ÉTANT SOUDAINE…
NE VOUS EN FAITES PAS…
IL EST MAGNIFIQUE…
… MAIS JE ME SUIS SOUVENU QUE NOUS ÉTIONS EN PLEINE RÉCLUSION ET OBSERVANCE D'INTERDITS…
… CE QUI NOUS A CONTRAINTS À PRENDRE UN AUTRE CHEMIN.

OH... C'EST RAFRAÎCHISSANT...
CE LAC FAIT LA FIERTÉ DU GOUVERNEUR DE KI...
IL EST ALIMENTÉ PAR L'EAU DE LA RIVIÈRE, CELA APPORTE UNE FRAÎCHEUR BIENVENUE EN CETTE SAISON...
NOUS AVONS BIEN FAIT DE CHANGER D'ITINÉRAIRE...
LE MINISTRE DE LA GAUCHE NOUS ACCUEILLE TOUJOURS EN FAISANT TROP DE MANIÈRES, C'EST FATIGANT...
CHUT ! PAS SI FORT !
MA FEMME, LA FILLE DU MINISTRE DE LA GAUCHE, REFUSE DE S'OUVRIR À MOI...
POURQUOI SE MONTRE-T-ELLE SI FROIDE ?
SI ELLE FAISAIT PREUVE D'UN PEU DE DOUCEUR...
MAIS J'AI MES DÉFAUTS, MOI AUSSI...

C'EST EN ÉPOUSANT AOI...
... QUE J'AI PRIS CONSCIENCE DE MES SENTIMENTS ENVERS DAME FUJITSUBO POUR LA PREMIÈRE FOIS...
J'AI COMPRIS QUE JE RESSENTAIS DE L'AMOUR POUR ELLE...
CEPENDANT, ELLE M'INTERDIT DE L'APPROCHER...
ELLE NE M'ÉCRIT PAS, NE M'ADRESSE MÊME PAS LA PAROLE...
JE NE PEUX PLUS SUPPORTER DE ME SENTIR AINSI...
QUE QUELQU'UN VIENNE À MON SECOURS !
QU'ON ME LIBÈRE DE CETTE SOUFFRANCE !
JE VOUS EN PRIE, METTEZ-VOUS À L'AISE...
JE VAIS VOUS APPORTER DU SAKÉ...
JE VOUS REMERCIE...
VOTRE ACCUEIL EST DIGNE DU POÈME À CHANTER "LE RIDEAU DE LA CHAMBRE À COUCHER"...

IL NE MANQUE PLUS QUE DES FEMMES POUR QUE VOTRE ACCUEIL SOIT PARFAIT, GOUVERNEUR !
DITES-MOI CE QUE VOUS SOUHAITEZ MANGER...
VENEZ DONC, Ô MON ÉPOUX...
LES RIDEAUX DE LA CHAMBRE À COUCHER SONT TIRÉS...
C'EST TOUT À FAIT CELA !
CE NE SONT PAS DES FEMMES DES ENVIRONS QUI INTÉRESSERONT LE GENJI...
ALLONS, C'ÉTAIT UNE PLAISANTERIE !
わっはは
EUH... JE... CEPENDANT...
J'IGNORE QUEL TYPE DE FEMME VOUS PLAÎT...
EN TANT QUE FRÈRE CADET DE MA BELLE-MÈRE, IL A ÉTÉ ACCUEILLI ICI...
C'EST VOTRE FILS ? IL EST TRÈS ÉLÉGANT...
NON...
VOTRE BELLE-MÈRE EST DONC LA FILLE DU CAPITAINE DES GARDES DE LA PORTE ?
IL S'AGIT DE KOGIMI, LE FILS DE FEU LE CAPITAINE DES GARDES DE LA PORTE...
LA MÉMOIRE ME REVIENT...
PEU AVANT SON DÉCÈS, IL AVAIT ÉMIS LE SOUHAIT QUE SA FILLE INTÈGRE LE PALAIS...
MON PÈRE L'EMPEREUR SE RÉJOUISSAIT DE SA VENUE... MAIS ELLE A DONC ÉPOUSÉ LE GOUVERNEUR D'IYO...

ELLE EST DONC ENCORE JEUNE, ET ASSEZ BELLE POUR POUVOIR PRÉTENDRE À INTÉGRER LE PALAIS...
ELLE NE DEVAIT PAS S'ATTENDRE À SE RETROUVER AVEC UN BEAU-FILS AUSSI GROSSIER QUE VOUS...
PRINCE GENJI !
ALLONS, JE PLAISANTE...
ALORS, EST-ELLE VRAIMENT BELLE ?
J'AI HONTE QU'À SON ÂGE, MON PÈRE SE SOIT AMOURACHÉ D'UNE FEMME SI JEUNE...
JE NE L'AI JAMAIS VUE DE TRÈS PRÈS...
D'AILLEURS, LES FEMMES DE LA MAISON SONT PRÉSENTES AUSSI, CE SOIR, EN RAISON DE L'INTERDIT...
JE VOUS PRIE DE M'EXCUSER POUR LE DÉRANGEMENT CAUSÉ...
LA PAUVRE, CELA NE DOIT PAS ÊTRE FACILE D'AVOIR UN BEAU-FILS PAREIL...
JE SUIS SÛR QU'IL EST AMOUREUX D'ELLE, EN RÉALITÉ...
... MAIS COMME C'EST LA FEMME DE SON PÈRE, IL NE PEUT RIEN FAIRE...
AMOUREUX DE LA FEMME DE SON PÈRE...
CELA ME RAPPELLE QUELQU'UN...
PSST
PSST
IL EST DÉJÀ MARIÉ, ALORS QU'IL EST SI JEUNE...
COMME C'EST DOMMAGE...

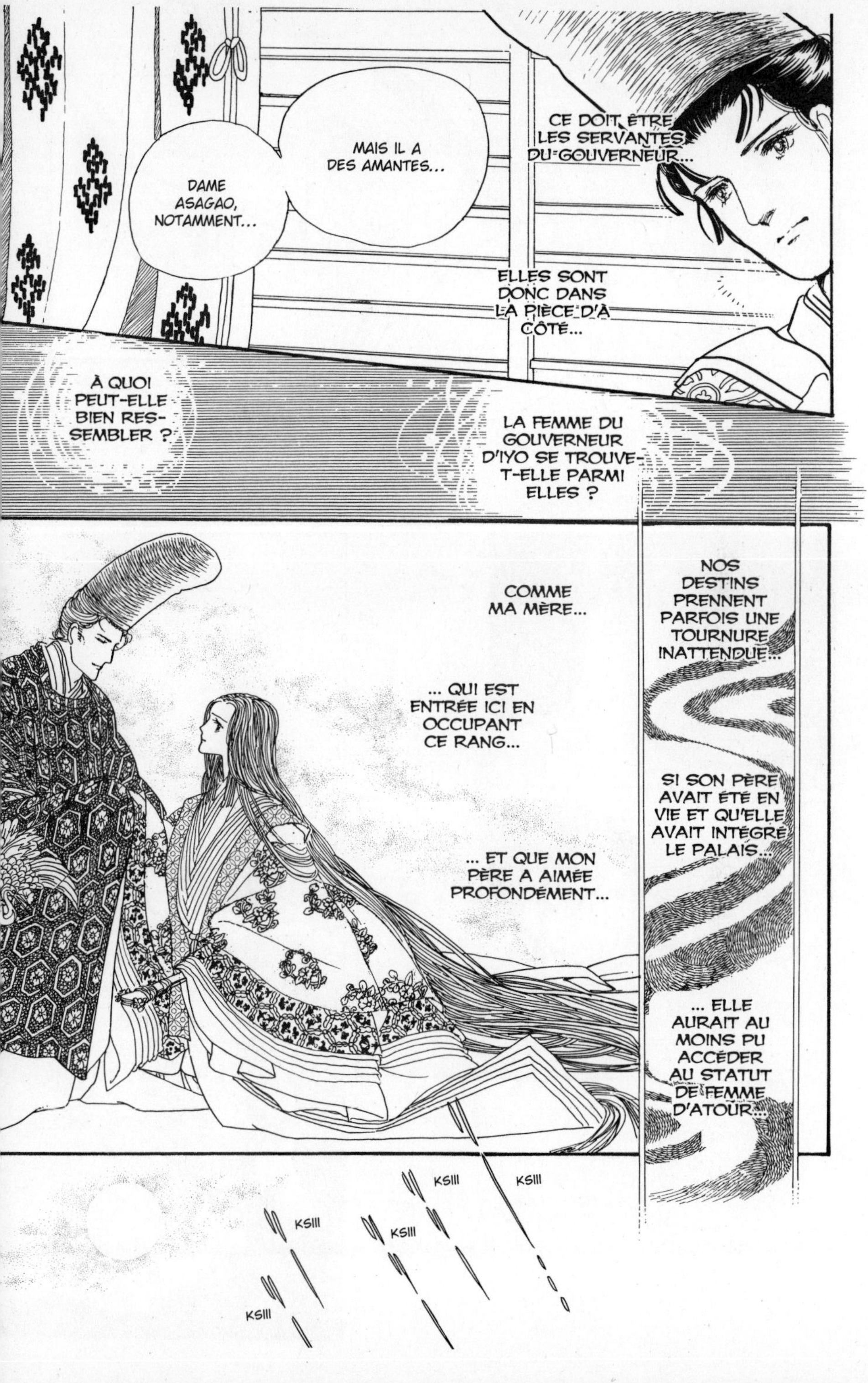
CE DOIT ÊTRE LES SERVANTES DU GOUVERNEUR...
ELLES SONT DONC DANS LA PIÈCE D'À CÔTÉ...
MAIS IL A DES AMANTES...
DAME ASAGAO, NOTAMMENT...
LA FEMME DU GOUVERNEUR D'IYO SE TROUVE-T-ELLE PARMI ELLES ?
À QUOI PEUT-ELLE BIEN RES-SEMBLER ?
NOS DESTINS PRENNENT PARFOIS UNE TOURNURE INATTENDUE...
SI SON PÈRE AVAIT ÉTÉ EN VIE ET QU'ELLE AVAIT INTÉGRÉ LE PALAIS...
... ELLE AURAIT AU MOINS PU ACCÉDER AU STATUT DE FEMME D'ATOUR...
COMME MA MÈRE...
... QUI EST ENTRÉE ICI EN OCCUPANT CE RANG...
... ET QUE MON PÈRE A AIMÉE PROFONDÉMENT...
KSIII
KSIII
KSIII
KSIII
KSIII

FWIT
QUELLE CHALEUR...
TOUT LE MONDE SEMBLE DORMIR...
...
TIENS, QUELQU'UN D'AUTRE EST ENCORE RÉVEILLÉ ?
C'EST LE GARÇON DE TOUT À L'HEURE...
KOGIMI...
GRANDE SŒUR...
VOUS DORMEZ ?
SA SŒUR EST DONC LÀ...
VOUS SAVEZ, J'AI VU LE GENJI TOUT À L'HEURE...
IL ÉTAIT D'UNE BEAUTÉ ÉPOUSTOUFLANTE.

ELLE EST ALLONGÉE...
IL EST TEMPS DE DORMIR, KOGIMI...
OUI...
BONNE NUIT...
... JUSTE À CÔTÉ...
JE CRAIGNAIS LA PROXIMITÉ AVEC NOS INVITÉS, MAIS IL SEMBLERAIT...
... QU'IL Y AIT UNE CERTAINE DISTANCE ENTRE NOUS... TANT MIEUX...
IL Y A QUELQU'UN ?
CHÛJÔ, ÊTES-VOUS LÀ ?
CHÛJÔ AVAIT TROP CHAUD, ELLE EST ALLÉE PRENDRE SON BAIN...
ELLE NE DEVRAIT PAS TARDER À REVENIR...
FWAAH
D'ACCORD...
J'ESPÈRE QU'ELLE FERA VITE... JE ME SENS SEULE...

AURIEZ-VOUS BESOIN DE COMPAGNIE ?
PRINCE GENJI !
C'EST... C'EST UN MALENTENDU...
NE CROYEZ PAS QUE J'AGIS PAR IMPULSION...
JE SOUHAITE VOUS FAIRE PART DE MES SENTI-MENTS, VOILÀ TOUT...
OH !
PFIOU, JE ME SENS MIEUX !
TIENS ?

HIIIH !
REVENEZ NOUS RÉVEILLER DEMAIN MATIN...
CLAC
AH ...
AAAAH !
COMMENT...
... UNE TELLE CHOSE EST-ELLE POSSIBLE ?
POURQUOI CELA M'ARRIVE-T-IL, À MOI ?
CE DOIT ÊTRE UN RÊVE...
UN SONGE TERRIFIANT !

ALLONS...
CESSEZ DE PLEURER...
JE N'AI PAS AGI À LA LÉGÈRE...
DORÉNAVANT, VOUS ET MOI...
VOUS PENSEZ AVOIR TOUS LES DROITS SUR LES GENS DE BASSE CONDITION...
VOUS ME MÉPRISEZ, CAR JE NE SUIS QU'UNE MISÉRABLE À VOS YEUX...
C'EST POUR CELA QUE VOUS M'AVEZ HUMILIÉE AINSI !
JAMAIS JE N'AI PENSÉ CELA...
COMMENT POURRAIS-JE VOUS MÉPRISER ?
C'EST LA PREMIÈRE FOIS QUE...
JE SUIS MARIÉE !
VOUS LE SAVIEZ, ET...

VOUS CRAIGNEZ QUE LE GOUVERNEUR D'IYO L'APPRENNE ?
JE DOUTE QU'UNE FEMME COMME VOUS PUISSE ÉPROUVER DE L'AMOUR POUR CET HOMME...
!
MOI, JE POURRAI VOUS RENDRE HEUREUSE...
POUR VOUS, J'IRAI MÊME CHERCHER LE CLAIR DE LUNE...
... ET J'ATTRAPERAI LES ÉTOILES, QUI VIENDRONT PARER VOS CHEVEUX...
QUELLE IMPORTANCE QU'IL APPRENNE CE QUI S'EST PASSÉ ?
IL N'A PAS SON MOT À DIRE SUR MES FAITS ET GESTES.
LÂCHEZ-MOI...
JE VOUS EN PRIE...
VOUS NE VOUS RÉJOUISSEZ PAS ?
JE CROYAIS QUE TOUTES LES FEMMES AIMAIENT QU'ON LEUR DISE CELA...
BIEN SÛR QUE VOS PROPOS ME FONT PLAISIR ...
C'EST LA PREMIÈRE FOIS QUE J'ENTENDS CELA...
DANS CE CAS, POURQUOI ME REJETEZ-VOUS ?
POURQUOI ME DÉTESTEZ-VOUS AUTANT ?

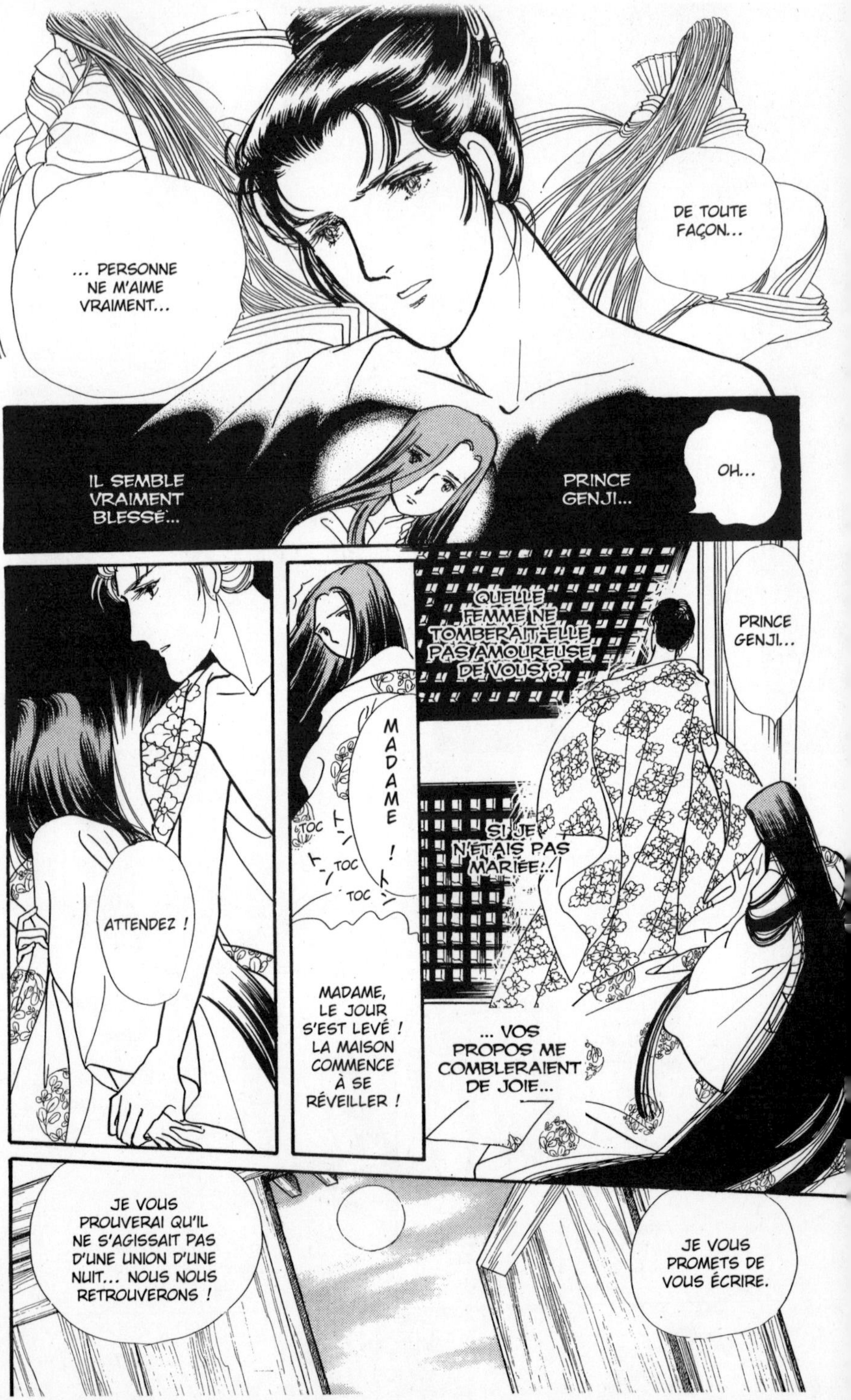
DE TOUTE FAÇON...
... PERSONNE NE M'AIME VRAIMENT...
OH...
PRINCE GENJI...
IL SEMBLE VRAIMENT BLESSÉ...
PRINCE GENJI...
QUELLE FEMME NE TOMBERAIT-ELLE PAS AMOUREUSE DE VOUS ?
SI JE N'ÉTAIS PAS MARIÉE...
... VOS PROPOS ME COMBLERAIENT DE JOIE...
MADAME !
TOC TOC TOC
MADAME, LE JOUR S'EST LEVÉ ! LA MAISON COMMENCE À SE RÉVEILLER !
ATTENDEZ !
JE VOUS PROMETS DE VOUS ÉCRIRE.
JE VOUS PROUVERAI QU'IL NE S'AGISSAIT PAS D'UNE UNION D'UNE NUIT... NOUS NOUS RETROUVERONS !

NON ! JE VOUS PRIE DE M'OUBLIER !
SI VOUS AVEZ UN PEU DE PITIÉ, OUBLIEZ-MOI...
ELLE EST SI FRÊLE ET DISCRÈTE...
ET POURTANT, ELLE NE SE LAISSE PAS COURBER PAR LE VENT...
ELLE EST AUSSI FORTE QU'UNE TIGE DE BAMBOU...
J'AIMERAIS TANT LA REVOIR !
VOUS SOUHAITEZ VOIR KOGIMI ?
OUI, JE ME SOUCIE DE SON SORT...
JE SONGE À LE PRENDRE SOUS MON AILE, POUR QU'IL PUISSE BÉNÉFICIER DE QUELQUE RANG...
JE VOUS REMERCIE POUR VOTRE SOLLICITUDE...
JE SOUHAITAIS M'ENTRETENIR AVEC TOI...
... CAR JE VEUX AIDER TA GRANDE SŒUR, DANS LA MESURE DU POSSIBLE.

MA... MA GRANDE SŒUR, DITES-VOUS ?
TU ES TROP JEUNE POUR COMPRENDRE CES CHOSES, MAIS...
... J'AI DES SENTIMENTS POUR TA SŒUR...
JE L'AIMAIS BIEN AVANT LA VENUE DU GOUVERNEUR D'IYO...
...
JE N'EN REVIENS PAS...
MAIS ELLE ME CONSIDÈRE COMME UN JEUNOT SUR QUI L'ON NE PEUT COMPTER...
... ET ELLE M'A PRÉFÉRÉ CE VIEILLARD...
J'AIMERAIS AU MOINS QUE TOI, TU SOIS MON ALLIÉ...
ACCEPTES-TU DE LUI TRANSMETTRE MA LETTRE D'AMOUR ?
UNE LETTRE DE LA PART DU GENJI...
COMMENT A-T-IL PU...
... SE SERVIR DE MON FRÈRE ?

DIS-LUI QUE JE N'AI AUCUNE RAISON DE RECEVOIR DE COURRIER DE SA PART !
JE TE DÉFENDS DE RETOURNER LE VOIR.
GRANDE SŒUR...
NE JOUE PAS L'ADULTE ...
UN ENFANT NE DOIT PAS SERVIR DE MESSAGER !
MAIS... CELA SERAIT TROP CRUEL...
IL TIENT ABSOLUMENT À RECEVOIR UNE RÉPONSE...
TOUT EN AYANT ENVIE QU'IL M'OUBLIE...
... JE N'ARRIVE PAS À L'ÔTER DE MON ESPRIT...
JE NE SUIS NI BELLE...
... NI NOBLE...
SERAIS-JE... TOMBÉE AMOUREUSE ?
JE NE LE MÉRITE PAS...
CE QUI EST ARRIVÉ NE DOIT JAMAIS SE REPRODUIRE...
NON QUE JE CRAIGNE MON MARI...
... MAIS SI JE REVOIS LE GENJI, J'AI PEUR QUE CELUI-CI NE ME METTE À NU...
JE ME SOUVIENS DE TOUS LES DÉTAILS...
SON SOURIRE...
SA MOUE LÉGÈREMENT BOUDEUSE...

C'EST LA PREMIÈRE FOIS QUE L'ON ME REJETTE AINSI SANS VERGOGNE...
MÊME DES PRINCESSES DE RANG ÉLEVÉ NE M'ONT JAMAIS ÉCONDUIT AINSI...
ELLE REFUSE DONC DE ME RÉPONDRE...
LA FORCE JUVÉNILE DE SES BRAS ME SERRANT CONTRE LUI...
... M'ÉTOUFFANT PRESQUE...
APPROCHE, KOGIMI...
POUR COMPENSER L'INDIFFÉRENCE DE TA SŒUR...
... VEUX-TU BIEN RESTER AUPRÈS DE MOI ?
MADAME MA BELLE-MÈRE !
PÈRE EST DE RETOUR !
J'AVAIS LA SENSATION D'ÊTRE ENVELOPPÉE PAR DES PÉTALES ODORANTS...

GOUVERNEUR D'IYO...
J'AI OBTENU UN CONGÉ...
... ET J'AI ÉTÉ PRIS DE L'ENVIE DE VOIR LE VISAGE DE MA PRINCESSE !
COMMENT ALLEZ-VOUS ? AVEZ-VOUS ÉTÉ SAGE ?
POURQUOI CE RETOUR SOUDAIN ?
VOUS ÊTES UN PEU PÂLE... QU'Y A-T-IL ?
AURAIT-IL EU VENT DE CE QUI S'EST PASSÉ ?
CE N'EST RIEN...
VOUS SEMBLEZ FATIGUÉ, VOUS AUSSI.
VOUS TROUVEZ ?
AUTREFOIS, JE N'AVAIS AUCUN MAL À VOYAGER JUSQU'À LA CAPITALE, MAIS...
... JE CROIS QUE J'AI BESOIN DE REPOS.
NON, CE N'EST PAS POSSIBLE...
JE VAIS VOUS MASSER LES PIEDS...
AH, MERCI... CELA ME FERA DU BIEN...

GOUVERNEUR D'IYO...
IL A PRIS DE L'ÂGE...
J'AURAIS AIMÉ...
... LE RENCONTRER QUAND IL ÉTAIT PLUS JEUNE...
... ET VIEILLIR AVEC LUI...
J'AI ENTENDU...
... QUE LE GENJI ÉTAIT VENU ICI, EN RAISON D'UN INTERDIT DE DIRECTION...
L'AVEZ-VOUS VU ?
N... NON...
MAIS VOTRE FILLE ET QUELQUES DAMES DE COMPAGNIE L'ONT APERÇU...
DOMMAGE POUR VOUS...
MAIS VOUS N'ÊTES PAS DE CELLES QUI SE LAISSENT SÉDUIRE PAR N'IMPORTE QUI...
VOUS REPARTEZ DÉJÀ ?

NE M'EMMENEZ-VOUS PAS AVEC VOUS ?
JE N'Y AURAIS PAS VU D'INCONVÉNIENT...
J'AURAIS BIEN AIMÉ, MAIS UNE JEUNE FEMME COMME VOUS N'EST PAS FAITE POUR LA VIE À LA CAMPAGNE.
DE PLUS, MA MISSION TOUCHE BIENTÔT À SA FIN...
ENCORE UN PEU DE PATIENCE...
ALLEZ...
IL A PEUT-ÊTRE DEVINÉ CE QUI S'EST PASSÉ...
... MÊME S'IL N'A RIEN DIT...
SI C'ÉTAIT LE CAS...
... IL NE M'AURAIT PAS BLÂMÉE POUR AUTANT...
... ALORS QU'AUTREFOIS...
... IL AVAIT SURGI TEL UN LION POUR CHASSER LES BRIGANDS...
CELUI QU'IL ÉTAIT À L'ÉPOQUE AURAIT SANS DOUTE AGI AUTREMENT...

MAIS IL SAIT...
... QUE SON PLUS BEL ÂGE EST DERRIÈRE LUI...
À PRÉSENT, S'IL EST DÉFIÉ PAR UN LION JEUNE ET FORT...
... IL NE SE BATTRA PLUS AU PÉRIL DE SA VIE...
IL SAIT QUE LES VIEUX LIONS N'ONT PAS D'AUTRE CHOIX QUE PARTIR...
GOUVERNEUR D'IYO...
JE VOUS PLAINS...
... DE SUBIR CE TRISTE SORT...
KSIII
KSIII
AH ! QUELLE SENSATION DE LIBERTÉ, QUAND MON GRAND FRÈRE N'EST PAS LÀ !
QUE DIRIEZ-VOUS D'UNE PARTIE DE GO, MADAME MA BELLE-MÈRE ?
AMUSONS-NOUS ENTRE FEMMES, AUJOURD'HUI.
CES DERNIERS TEMPS, LE GENJI A CESSÉ DE M'ÉCRIRE...
IL A DÛ ABANDONNER, SE DISANT QUE J'ÉTAIS UNE FEMME FROIDE ET TÊTUE...

MON DESTIN ÉTAIT DÉJÀ SCELLÉ...
C'EST MIEUX AINSI...
SI L'ON ME VOYAIT ICI, CELA PROVOQUERAIT UN SCANDALE, MAIS JE N'AI PAS PU ME RETENIR...
LE GOUVERNEUR DE KI ÉTANT ABSENT, JE PENSAIS QUE C'ÉTAIT L'OCCASION IDÉALE...
... MALHEUREU-SEMENT, MA BELLE-SŒUR EST DE PAS-SAGE...
JE VOUS FERAI ENTRER DISCRÈTEMENT LORSQUE TOUT LE MONDE SERA COUCHÉ...
ELLE, C'EST DONC LA FILLE DU GOUVERNEUR D'IYO...
ELLE N'EST PAS LAIDE, MAIS...
CELLE-CI N'EST PAS D'UNE BEAUTÉ À COUPER LE SOUFFLE, CEPENDANT...
... AUCUNE COMPARAISON POSSIBLE AVEC LA FINESSE ET LA DISCRÉTION DE SA BELLE-MÈRE...
... JE NE PEUX ME RÉSOUDRE À L'OUBLIER...

JE FERAI TOUT POUR LA SÉDUIRE...
CE SOIR, J'Y PARVIENDRAI...
KSIII
KSIII
KSIII
QUELLE CHALEUR...
CELA ME RAPPELLE CETTE FAMEUSE NUIT...
FSSS
OH... QUELQU'UN EST ENCORE RÉVEILLÉ ?
C'EST LUI...
IL EST VENU JUSQU'ICI...
IL A FAIT TOUT CE CHEMIN POUR ME REVOIR...
AH, PRINCE GENJI...

SI NOUS POUVIONS ÉCHANGER DES MOTS D'AMOUR, VOUS ET MOI...
... RIRE ENSEMBLE... ET PARFOIS NOURRIR DE LA RANCUNE L'UN ENVERS L'AUTRE...
SI NOUS POUVIONS PARTAGER NOTRE AMOUR...
... MON CŒUR BATTRAIT SI FORT...
AH...
GOUVERNEUR D'IYO...
NON, JE NE PEUX...
JE NE SUIS PAS AMOUREUSE DU GOUVERNEUR POUR AUTANT...
... MAIS JE NE VEUX PLUS...
... LE VOIR AINSI DE DOS, L'AIR ABATTU...
ADIEU... PRINCE GENJI...
JE ME DÉROBE À VOUS, DÉFINITIVEMENT...
... CAR TELLE EST... MA DESTINÉE...

SA ROBE DE SOIE...
QUI EST LÀ ?
CHUT... NE FAITES PAS DE BRUIT...
CE N'EST PAS ELLE !
OH...
PRINCE GENJI !
C'EST LA PETITE SŒUR DU GOUVERNEUR DE KI !
ELLE M'A PIÉGÉ !

ELLE ME MÉPRISE DONC AU POINT...
... DE ME REJETER AINSI !
AH !
PRINCE GENJI !
ELLE S'EST DÉVÊTUE DE SA ROBE DE SOIE...
... POUR ME FUIR À JAMAIS...
MALGRÉ SA FRÊLE SILHOUETTE, ELLE EST PARVENUE À ME REPOUSSER JUSQU'AU BOUT... LES FEMMES SONT D'UNE ÉTONNANTE COMPLEXITÉ...
TOUT CE QU'IL ME RESTE D'ELLE, C'EST CE VÊTEMENT D'ÉTÉ TRANSPARENT... ON DIRAIT UNE CIGALE QUI AURAIT FAIT SA MUE...
CELA FAISAIT LONGTEMPS, KOGIMI...
COMMENT SE PORTE TA SŒUR ?
EH BIEN... PEU APRÈS VOTRE VISITE, ELLE A REJOINT SON MARI À HITACHI, MAIS...
... IL PARAÎT QU'ELLE PASSE SON TEMPS À PLEURER, LÀ-BAS...
Sous l'arbre isolé
Où ne reste de la cigale envolée
Que sa carapace translucide
Je repense à elle, le cœur vide
Avec une nostalgie sans pareille
Telle la rosée qui perle
Sur les ailes de la cigale
À l'ombre de l'arbre, cachée
Des regards indiscrets
Je mouille mes manches de larmes

ACCEPTERAIS-TU, EN SOUVENIR DU PASSÉ, DE LUI PORTER UNE DERNIÈRE LETTRE ?
PRINCE GENJI...
UNE LETTRE POUR MOI, DE LA PART DU GENJI ?
IL SE SOUVENAIT DE MOI !...
OH...
OUI, BIEN SÛR !
OUI... IL M'A RENOUVELÉ SA CONFIANCE, ALORS QUE JE SUIS PARTI À HITACHI...
... EN LE LAISSANT DANS LE DÉSARROI...
J'espérais que le hasard
Me conduise à vous voir
Malheureusement il n'en fut rien
Et je n'ai aperçu au lointain
Qu'une mer dépourvue de sel
CET AMOUR, LE SEUL QUE J'AIE CONNU...
...ÉTAIT DONC UN SOUVENIR INOUBLIABLE POUR LUI AUSSI !!
CET AMOUR DE JEUNESSE, SI AMER ET DOULOUREUX À L'ÉPOQUE...
...M'EMPLIT À PRÉSENT DE NOSTALGIE...

La barrière d'Cusaka
Que mont des rencontres on surnomma
Qu'elle est étrange, cette barrière
Qui plonge mon âme aux frontières
D'une profonde affliction
IL EST À PRÉSENT TROP TARD POUR FAIRE ÉCLORE CET AMOUR...
MAIS LES SOUVENIRS SONT EMPLIS DE LANGUEUR...
SEUL DEMEURE UN REGRET...
... CELUI DE NE PAS ÊTRE PARVENUS À NOUS RENCONTRER À LA BARRIÈRE D'OUSAKA...

CHAPITRE 19

TOUT SEMBLE BIEN AVANCER, KOREMITSU...
OUI...
LES TRAVAUX SERONT TERMINÉS À L'AUTOMNE...

MAIS QUEL USAGE COMPTEZ-VOUS FAIRE DE CETTE RÉSIDENCE DE L'EST DE LA DEUXIÈME AVENUE ?
VOTRE RÉSIDENCE PRINCIPALE EST JUSTE À CÔTÉ, CELA EST UN PEU PROCHE POUR UNE PROPRIÉTÉ SECONDAIRE...
J'AI L'INTENTION D'INSTALLER HANA CHIRU SATO DANS L'AILE OCCIDENTALE DE LA RÉSIDENCE.
HANA CHIRU SATO...
MON AMIE D'ANTAN, SI DOUCE ET DISCRÈTE...
JE VOIS, C'EST UNE BONNE IDÉE...
SA DEMEURE COMMENÇAIT À SE DÉLABRER...
ET AINSI, JE POURRAI MIEUX VEILLER À CE QU'ELLE NE MANQUE DE RIEN...
DANS L'AILE SEPTENTRIONALE, JE COMPTE INSTALLER SUETSUMU-HANA, AINSI QU'UTSUSEMI...
AH ? ELLE AUSSI ?
C'EST DONC POUR CELA QUE LES ESPACES SONT SI BIEN COMPARTIMENTÉS...
J'AI ENTENDU DIRE QU'À LA SUITE DU DÉCÈS DE SON MARI, LE GOUVERNEUR DE HITACHI...
... DAME UTSUSEMI ÉTAIT ENTRÉE DANS LES ORDRES...

D'APRÈS LES RUMEURS, ELLE Y A ÉTÉ CONTRAINTE CAR SON BEAU-FILS SE MONTRAIT TROP INSISTANT AVEC ELLE...
SOUS SES AIRS RIGIDES, IL SE RÉVÈLE ÊTRE UN SACRÉ ÉROTOMANE...
JE VEUX QUE CE LIEU SOIT UN REFUGE POUR CES FEMMES DÉPOURVUES DE PROTECTEUR...
... AFIN DE LES AIDER DANS LA MESURE DU POSSIBLE.
ET DANS L'AILE ORIENTALE ?
DÉCIDÉMENT, MON MAÎTRE EST INCAPABLE D'ABANDONNER LES FEMMES AVEC QUI IL S'EST UNI...
OH, MAIS OUI !
IL VA Y INSTALLER LA DAME D'AKASHI...
... ET SA FILLE...
NOUS NOUS SOMMES AIMÉS EN D'ÉTRANGES CIRCONSTANCES...
COMMENT SE PORTE LE FRUIT DE NOTRE AMOUR ? J'AIMERAIS LE VOIR AU PLUS VITE...

VOUS VOILÀ DE RETOUR, PRINCE...
COMMENT SE PORTAIT DAME UMETSUBO, L'ANCIENNE PRÊTRESSE ?
ELLE EST ENTOURÉE DE DAMES DE COMPAGNIE BIENVEILLANTES, QUI S'OCCUPAIENT AUTREFOIS DE SA MÈRE, DAME ROKUJÔ... JE SUIS DONC RASSURÉ.
AFIN DE RESPECTER LES DERNIÈRES VOLONTÉS DE DAME ROKUJÔ, J'AI RECOMMANDÉ L'ENTRÉE DE SA FILLE AU PALAIS...
J'ÉTAIS TRACASSÉ PAR LE FAIT QU'ELLE A DIX ANS DE PLUS QUE L'EMPEREUR...
... MAIS PAR CHANCE, ILS PARTAGENT UNE PASSION POUR LE DESSIN...
CES DERNIERS TEMPS, SA MAJESTÉ SE MONTRE IMPATIENTE DE LA VOIR...
C'EST UNE BONNE NOUVELLE...
VOUS AUSSI, PRINCE GENJI, VOUS EXCELLEZ À LA PEINTURE...
VOTRE PETIT FRÈRE A DÛ HÉRITER DE VOS TALENTS...

SA MAJESTÉ L'EMPEREUR !
BONJOUR, DAME UMETSUBO ...
QU'ALLONS-NOUS PEINDRE, AUJOURD'HUI ?
ILS S'ENTENDENT À MERVEILLE, TOUS LES DEUX...
ON DIRAIT UN FRÈRE ET UNE SŒUR..
J'AIME AUTANT PEINDRE QU'ADMIRER DES ŒUVRES.
MOI AUSSI...
J'AI TENDANCE À PRÉFÉRER LES ROULEAUX PEINTS QUI RACONTENT DES HISTOIRES PLUTÔT QUE LES ROULEAUX DE CÉRÉMONIE...
COMME JE VOUS COMPRENDS !
QUAND JE COMMENCE À LES CONTEMPLER, JE NE VOIS PLUS LE TEMPS PASSER..
LE CONTE DU COUPEUR DE BAMBOU, LES CONTES D'ISE, LE ROMAN DE SUMIYOSHI...

IL Y A AUSSI SHÔSANMI, KOMANO...
... UTSUHO...
PASSIONNÉE PAR CES RÉCITS, JE M'ENFERMAIS DANS MA CHAMBRE, ET MA MÈRE ME GRONDAIT...
J'AI VÉCU LA MÊME CHOSE.
LA PROCHAINE FOIS, J'APPORTERAI UN ROMAN ILLUSTRÉ.
NOUS LE COMMENTERONS ENSEMBLE, CELA SERA FORMIDABLE.
MAIS COMMENT POUVEZ-VOUS...
... ÊTRE SI NÉGLIGENTES ?!
J'AI ENTENDU QUE SA MAJESTÉ PASSAIT SON TEMPS À RENDRE VISITE À DAME UMETSUBO...
CE... CEPENDANT, MONSIEUR LE CONSEILLER...
... EN JOURNÉE, SA MAJESTÉ VIENT SOUVENT ICI, AU KOKIDEN...

JE REFUSE QUE MA FILLE SOIT RÉDUITE À ÊTRE SA PARTENAIRE DE JEUX !
SI L'ON VEUT QUE LA JEUNE DAME DU KOKIDEN ACCÈDE PLUS TARD AU STATUT D'IMPÉRATRICE, IL FAUT QU'ELLE OBTIENNE DÈS MAINTENANT LES FAVEURS DU SOUVERAIN...
IL N'EST PAS QUESTION QUE DAME UMETSUBO, QUI A DIX ANS DE PLUS QUE L'EMPEREUR, LUI PORTE PRÉJUDICE !
DAME UMETSUBO EST PROTÉGÉE PAR LE GENJI...
Il N'EST PAS QUESTION QU'IL L'EMPORTE SUR MOI...
CELLE QUI GOUVERNE LES APPARTEMENTS PRIVÉS DU PALAIS EXERCE SON EMPIRE SUR LE PAYS, COMME ON DIT...
IL FAUT QUE JE FASSE QUELQUE CHOSE...
LES PEINTURES DU PAVILLON DU KOKIDEN ?
OUI, CE SONT DE NOMBREUSES RARETÉS QUI VIENNENT DE MA DEMEURE...
VENEZ DONC LES ADMIRER..

EN EFFET, JE NE CONNAISSAIS PAS CE ROULEAU PEINT...
IL EST SPLENDIDE...
C'EST UN GRAND MAÎTRE CONTEMPORAIN QUI L'A RÉALISÉ...
VOUS VOYEZ, IL SUFFISAIT DE L'APPÂTER AVEC QUELQUES PEINTURES...
MONSIEUR LE CONSEILLER, ACCEPTERIEZ-VOUS QUE JE VOUS L'EMPRUNTE ?
J'AIMERAIS LE MONTRER À DAME UMETSUBO...
À DAME UMETSUBO ? IL N'EN EST PAS QUESTION...
CETTE DEMANDE A BEAU ÉMANER DE VOUS, VOTRE MAJESTÉ...
... CE ROULEAU EST UN TRÉSOR FAMILIAL, IL NE DOIT PAS SORTIR DE CES MURS !
ET CELUI-CI, ALORS ?
JE VOUS LE MONTRERAI DEMAIN...
MIEUX VAUT FAIRE DURER LE PLAISIR...
REVENEZ DONC DEMAIN...
VOTRE MAJESTÉ, SI NOUS ALLIONS CONTEMPLER LES POISSONS ?
VOILÀ, CE N'ÉTAIT PAS COMPLIQUÉ !
À PRÉSENT, SA MAJESTÉ VIENDRA ICI TOUS LES JOURS.

LE CONSEILLER A REFUSÉ DE VOUS MONTRER TOUS SES ROULEAUX ?
POURQUOI AGIT-IL DE MANIÈRE SI PUÉRILE ?
JE NE COMPRENDS PAS POURQUOI LE CONSEILLER FAIT TANT DE MANIÈRES...
SI VOUS LE SOUHAITEZ, JE POSSÈDE AUSSI DE MAGNIFIQUES ROULEAUX ANCIENS...
VOUS CHERCHEZ UN ROULEAU À OFFRIR À DAME UMETSUBO ?
EN TANT QUE PÈRE ADOPTIF, JE ME DOIS DE LA SOUTENIR...
JE VAIS VOUS AIDER..
LE CHANT DES REGRETS ÉTERNELS AINSI QUE L'HISTOIRE DE WANG ZHAOJUN SONT DE GRANDES RÉUSSITES...
... MAIS QUE CE SOIT LA TRISTE HISTOIRE D'AMOUR ENTRE L'EMPEREUR TANG XUANZONG ET YANG GUIFEI, OU LE DESTIN TRAGIQUE DE LA DAME DE COMPAGNIE DES HAN QUI A DÛ ÉPOUSER UN XIONGNU...

... TOUTES CES HISTOIRES NE SERAIENT PAS DE BON AUGURE POUR SA MAJESTÉ ET DAME UMETSUBO...
VOUS AVEZ RAISON...
ET DANS CE MEUBLE, LÀ-BAS ?
VOUS NE L'AVEZ ENCORE JAMAIS OUVERT...
IL S'AGIT DE MON JOURNAL ...
... LORSQUE JE ME TROUVAIS À SUMA...
À SUMA...
CE SONT LES IMAGES... DE VOTRE EXIL...
VOILÀ DONC À QUOI RESSEMBLE LE RIVAGE DE SUMA...
QUELS PAYSAGES DÉSOLÉS... LES ÎLES AU LOIN AINSI QUE LES VOILES DES BATEAUX SEMBLENT MINUSCULES...
TOUS CES PAYSAGES EXPRIMENT LA SOLITUDE DU PRINCE...
LOIN DE LA VILLE OÙ IL A GRANDI, LOIN DE CEUX QU'IL AIME...
IL N'AVAIT D'AUTRE CHOIX QUE D'ENDURER SA SOUFFRANCE ET SA TRISTESSE...

JE CROYAIS QUE NOUS NE VOUS REVERRIONS PLUS JAMAIS…
J'EN VENAIS À VOULOIR QUITTER CE MONDE, AFIN QUE MON ÂME PUISSE VOUS REJOINDRE…
VOILÀ À QUEL POINT MON DÉSARROI ÉTAIT PROFOND…
MURASAKI …
POURQUOI NE M'AVEZ-VOUS PAS MONTRÉ CE ROULEAU, À L'ÉPOQUE ?
J'AURAIS PU ERRER AVEC VOUS PAR LA PENSÉE…
… ET ME DÉTOURNER DU CHAGRIN DE LA SOLITUDE…
CELA N'AURAIT FAIT QU'ACCROÎTRE VOTRE PEINE…
ME SAVOIR SEUL À SOUFFRIR ÉTAIT UNE CONSOLATION POUR MOI…
PRINCE…
NON… C'EST MÊME ENCORE MIEUX…
ALLEZ… SÉCHEZ DONC VOS LARMES…
JE SUIS REVENU SAIN ET SAUF, ET TOUT EST COMME AUTREFOIS.

S'IL N'Y AVAIT PAS EU CET EXIL...
... JE N'AURAIS PAS RÉALISÉ À QUEL POINT JE VOUS AIME...
MURASAKI ...
CE RIVAGE...
...EST RELIÉ À LA PLAGE D'AKASHI...
...ET À LA DEMEURE...
...DE CETTE FEMME...
À PRÉSENT, J'AI LA CERTITUDE...
... QUE SI J'AI ÉTÉ EXILÉ À SUMA...
... C'ÉTAIT POUR RENCONTRER CETTE PER-SONNE...
JE SUIS SÛRE QU'IL EST EN TRAIN DE PENSER À CETTE FEMME...
LA DAME D'AKASHI OCCUPE CONSTAMMENT SON ESPRIT...

EST-CE DE LA BIENVEIL-LANCE ?
LE MINISTRE GENJI A FAIT PORTER UN ROU-LEAU PEINT AU CLOS AU PRUNIER, CHEZ DAME UMETSUBO ?
IL A DONC DÉCIDÉ D'INTERVENIR...
IL N'EST PAS QUESTION QUE JE ME LAISSE FAIRE...
RASSEMBLEZ DES PEIN-TURES !
CONVOQUEZ LES ARTISTES LES PLUS HABILES !
NOUS DEVONS DEVANCER LE MINISTRE GENJI !
OU BIEN...
DÉCIDÉMENT, LE MOYEN CONSEILLER SURNUMÉRAIRE EST PAREIL À LUI-MÊME...
IL VEUT TOUJOURS RIVALISER AVEC-MOI...
LE MOYEN CONSEILLER SURNUMÉRAIRE A L'ESPRIT DE COMPÉTITION...
EN FAIT, CETTE QUERELLE EST LE SYMBOLE...
... DE LA LUTTE DE POUVOIR QUI FAIT RAGE AU SEIN DES APPARTEMENTS PRIVÉS DE L'EMPEREUR...

LA POSITION DES PRÉTENDANTES AU TRÔNE EST LE REFLET DU STATUT DE CHAQUE FAMILLE…
LE MINISTRE GENJI ET LE MOYEN CONSEILLER, FILS DU GRAND MINISTRE…
… SONT LES DEUX FIGURES LES PLUS INFLUENTES DE NOTRE ÈRE…
LEURS DAMES DE COMPAGNIE NE CESSENT DE DÉROULER DES PEINTURES ET DE VANTER LEURS QUALITÉS…
VEILLONS À RESTER EN DEHORS DE TOUT CELA…
ALLONS, QUEL DÉSORDRE !
MAIS QUE FAITES-VOUS ICI ?
VOUS ALLEZ DÉRANGER LA PRINCESSE RELIGIEUSE !
PARDONNEZ-NOUS !
PRINCESSE RELIGIEUSE …
NE VOUS EN FAITES PAS…
POUR TOUT VOUS DIRE, JE BRÛLAIS D'ENVIE DE ME JOINDRE À VOUS…

*LE CONTE DU COUPEUR DE BAMBOU, OU TAKETORI-MONOGATARI, RACONTE L'HISTOIRE DE KAGUYA, PRINCESSE ÉLEVÉE SUR TERRE MAIS QUI FINIT PAR ÊTRE RAMENÉE AU ROYAUME DE LA LUNE, D'OÙ ELLE EST ORIGINAIRE (N.D.T.)

**LE DIT DE L'ARBRE CREUX, OU UTSUHO-MONOGATARI, DÉCRIT LES DIFFÉRENTS ASPECTS DE LA VIE À LA COUR À TRAVERS LE PERSONNAGE DE FUJIWARA NO NAKATADA, UN CÉLÈBRE JOUEUR DE KOTO (CITHARE JAPONAISE) (N.D.T.)

CE QUI EST ADMIRABLE, C'EST QUE LA PRINCESSE KAGUYA MONTE AU CIEL SANS S'ÊTRE LAISSÉ SOUILLER PAR LES IMPURETÉS DE CE BAS MONDE…
CETTE NOBLESSE-LÀ EST HORS DE LA PORTÉE DU COMMUN DES MORTELS…
CEPENDANT, LE FAIT DE MONTER AU CIEL MANQUE DE RÉALISME…
IL EN EST DE MÊME POUR LE FAIT QUE LA PRINCESSE SOIT DÉCOUVERTE DANS LA COUPE D'UNE CANNE DE BAMBOU…
ELLE A EU BEAU ILLUMINER LA DEMEURE DE SES PARENTS ADOPTIFS, ELLE N'EST PAS PARVENUE À ÉPOUSER L'EMPEREUR ET N'A DONC PAS PU BRILLER DANS LE MONDE…
ALORS QUE DANS LE DIT DE L'ARBRE CREUX, LA SCÈNE OÙ TOSHIKAGE, LE GRAND-PÈRE DU HÉROS, PARVIENT À RÉALISER SON VŒU LE PLUS CHER EN AFFRONTANT LA TEMPÊTE EST MERVEILLEUSE…
GRÂCE À LA PASSION DE L'EMPEREUR POUR LA PEINTURE, NOUS POUVONS NOUS ADONNER À CE TYPE DE JEU…
LE GENJI POSSÈDE LUI AUSSI UN TALENT POUR LA PEINTURE…
L'EMPEREUR A DÛ EN HÉRITER…
SANS LE SAVOIR…
… LES ENFANTS RESSEMBLENT DONC À LEUR PÈRE…
TOUT DE MÊME, LES CONTES D'ISE SONT…
NON, SHÔSANMI EST PLUS…
PRINCESSE RELIGIEUSE… AUCUN DES DEUX PARTIS NE VEUT CÉDER…

BIEN QUE LES CONTES D'ISE AIENT UN PEU VIEILLI, JE SUIS TOUJOURS AUSSI TOUCHÉE…
… PAR LA DÉLICATESSE DU PERSONNAGE DU POÈTE, ARIWARA NO NARIHIRA…
GRÂCE À L'INTERVENTION DE LA PRINCESSE RELIGIEUSE, LE DÉBAT S'EST APAISÉ…
… MAIS NOUS AVONS EU UNE DISCUSSION PASSIONNÉE…
NOUS AURIONS VOULU VOIR CELA…
DAME FUJITSUBO FAIT PREUVE D'UNE GRANDE SENSIBILITÉ DANS TOUS LES DOMAINES…
ELLE A TOUJOURS ÉTÉ AINSI…
DANS CE CAS, QUE DIRIEZ-VOUS…
… D'ORGANISER LE MÊME CONCOURS POUR SA MAJESTÉ ?
CELA SERAIT FORMIDABLE !
L'EMPEREUR SERAIT RAVI !
UN CONCOURS DE PEINTURE OPPOSANT LE CLOS UMETSUBO AU PAVILLON KOKIDEN, EN PRÉSENCE DE L'EMPEREUR ?
JE RELÈVE LE DÉFI !

UN CONCOURS D'APPRÉCIATION DE PEINTURES OPPOSANT L'UMETSUBO AU KOKIDEN...
TOUT LE MONDE NE PARLE QUE DE CE CONCOURS...
J'AIMERAIS Y PARTICIPER, MOI AUSSI, MAIS J'AI DES LITURGIES BOUDDHIQUES À CÉLÉBRER...
MÊME VOUS, L'EMPEREUR RETIRÉ, VOUS EN AVEZ ENTENDU PARLER ?
LE MINISTRE GENJI ET LE MOYEN CONSEILLER VONT S'AFFRONTER À TRAVERS DES PEINTURES...
IL PARAÎT QUE LE MOYEN CONSEILLER A ENFERMÉ DES PEINTRES DANS UN ATELIER SECRET POUR QU'ILS RÉALISENT DES ŒUVRES...
POURTANT, NOUS AVIONS CONVENU DE NOUS AFFRONTER AVEC DES ŒUVRES EXISTANTES...
JE COMPRENDS SA RÉACTION...
LE MOYEN CONSEILLER DOIT CRAINDRE QUE VOUS POSSÉDIEZ ENCORE DES CHEFS-D'ŒUVRE ÉPOUSTOUFLANTS...

CELA N'EST PAS LE CAS...
J'AI DEMANDÉ À L'ARTISTE KOSE NO KINMOCHI DE PEINDRE LA CÉRÉMONIE D'ADIEU QUI LUI A ÉTÉ DÉDIÉE, LORSQU'ELLE EST PARTIE POUR ISE EN TANT QUE PRÊTRESSE...
AU FAIT, J'AI MOI AUSSI DE NOMBREUX ROULEAUX PEINTS DE QUALITÉ...
POURRIEZ-VOUS OFFRIR CELUI-CI À DAME UMETSUBO ?
JE LUI AI DONNÉ DES INSTRUCTIONS PRÉCISES EN ME FONDANT SUR MES SOUVENIRS DE L'ÉVÉNEMENT...
EMPEREUR RETIRÉ...
ELLE ÉTAIT SI PURE ET CHARMANTE... J'EN REGRETTAIS PRESQUE QU'ELLE SOIT ENVOYÉE À ISE...
JE SUIS SÛR QUE CE PRÉSENT LA RAVIRA...
J'OFFRIRAI ÉGALEMENT DES PEINTURES À LA JEUNE DAME DU KOKIDEN, QUI EST LA NIÈCE PAR ALLIANCE DE MA MÈRE...
ELLE N'A DONC AUCUNE RAISON DE SE SENTIR GÊNÉE...
L'EMPEREUR RETIRÉ ÉPROUVE TOUJOURS DES SENTIMENTS POUR DAME UMETSUBO...
... MAIS COMME IL EST DE NATURE DISCRÈTE, IL N'EN DIT MOT...

JE M'EN VEUX D'AVOIR PROPOSÉ À SA MAJESTÉ...
... D'ACCUEILLIR DAME UMETSUBO AU PALAIS, ALORS QUE L'EMPEREUR RETIRÉ LA DÉSIRAIT...
UMETSUBO, LE PARTI DE GAUCHE...
... AVEC SES FILLETTES HABILLÉES DE ROUGE ET DE MAUVE...
... AFFRONTERA KOKIDEN, LE PARTI DE DROITE...
... AVEC SES FILLETTES VÊTUES DE BLEU, DE BLANC ET DE VERT...

*BEAU-FRÈRE DU GENJI ET DE L'EMPEREUR RETIRÉ SUZAKU. IL EST ÉGALEMENT APPELÉ "PRINCE AUX LUCIOLES" (N.D.A.)

ON CROIRAIT VOIR DES FLEURS QUI S'ÉPANOUISSENT ...
QUELLE BEAUTÉ...
LES DÉSAGRÉABLES QUERELLES DE PALAIS PEUVENT DONC...
... PRENDRE UNE FORME RAFFINÉE...
LE MINISTRE GENJI...
... OU LE MOYEN CONSEILLER SURNUMÉRAIRE ?
UMETSUBO OU KOKIDEN ?
QUI REMPORTERA LE CONCOURS ?
NOUS N'ARRIVONS PAS À LES DÉPARTAGER..
À GAUCHE, NOUS AVONS L'ÉLÉGANCE INDESCRIPTIBLE DE LA PLUME D'UN GRAND ARTISTE DU PASSÉ...
À DROITE, UNE FINESSE D'AUJOURD'HUI QU'ON NE SE LASSE PAS DE CONTEMPLER..
JE CHOISIRAI LA GAUCHE...
DAME FUJITSUBO PREND MON PARTI...

NOUS VOILÀ DANS L'EMBARRAS… LA NUIT S'ÉPAISSIT, MAIS NOUS SOMMES À CINQ CONTRE CINQ…
… SOIT À ÉGALITÉ…
CHAQUE PARTI N'A PLUS QU'UN ROULEAU À PRÉSENTER…
JE SUIS SÛR DE L'EMPORTER…
… CAR LE DERNIER ROULEAU EST LA PLUS BELLE DES HISTOIRES, PEINTES PAR UN ARTISTE DE RENOM…
COMMENÇONS PAR DÉROULER LA PEINTURE DU PARTI DE GAUCHE…
OH…

CETTE PEINTURE...
OH...
C'EST MAGNIFIQUE ...
MONSIEUR LE MINISTRE GENJI...
QU'EST-CE LÀ ?
IL S'AGIT D'UNE PEINTURE QUE J'AI RÉALISÉE ...
... LORS DE MON EXIL À SUMA.

FEU NOTRE PÈRE A VEILLÉ À CE QUE SES FILS APPRENNENT LES ARTS…
… QUE CE SOIT DANS LA MAÎTRISE DE LA POÉSIE, DE LA CITHARE, DE LA FLÛTE TRAVERSIÈRE, OU ENCORE DU LUTH…
VOUS ÉTIEZ, DE LOIN, LE PLUS DOUÉ D'ENTRE NOUS…
LA PEINTURE N'ÉTAIT POUR VOUS QU'UN LOISIR…
ET POURTANT, VOUS AVEZ ACQUIS UN TEL NIVEAU…
IL N'EST PAS ÉTONNANT QUE VOUS FUSSIEZ L'OBJET…
… DES ATTENTIONS PARTICULIÈRES DE FEU NOTRE PÈRE…
J'APPRÉCIE LA PEINTURE, MAIS JE N'IRAIS PAS JUSQU'À PARLER DE TALENT…
LORS DE MON EXIL, IL M'ARRIVAIT SOUVENT DE VOIR LA MER…
CELA M'A OFFERT L'OCCASION DE M'ENTRAÎNER À LA PEINTURE…
… MAIS LE RÉSULTAT EST RISIBLE, EN COMPARAISON DU VRAI PAYSAGE QUI S'ÉTENDAIT DEVANT MES YEUX…
ALLONS, QUE DITES-VOUS…
CES CÔTES ROCHEUSES… CE MOUVEMENT DE VAGUES…
C'EST MAGNIFIQUE…

CET HOMME, AUJOURD'HUI MINISTRE LE PLUS INFLUENT DU GOUVERNEMENT...
... AVAIT ÉTÉ CONDAMNÉ À L'EXIL...
... CONTRAINT D'ERRER SOUS LE VENT MARIN GLACIAL...
ACCUSÉ D'ÊTRE UN CRIMINEL, DÉCHU DE SES FONCTIONS, SÉPARÉ DE CEUX QU'IL AIME...
... QUEL QUOTIDIEN EMPLI DE SOLITUDE A-T-IL FALLU QU'IL ENDURE ?
ON RESSENT SA DÉTRESSE À TRAVERS LES TRAITS DE SON PINCEAU...
... ET ELLE VIENT NOUS BOULEVERSER EN PROFONDEUR...

NOUS TENONS LE VAINQUEUR DE CE CONCOURS...
QUELLE QUE SOIT LA SPLENDEUR DU ROULEAU QUE LE PARTI DE DROITE NOUS PRÉSENTERA, IL NE POURRA NOUS ÉMOUVOIR AUTANT QUE CETTE PEINTURE DE SUMA...
JE DÉCLARE DONC LE PARTI DE GAUCHE GAGNANT...
JE SUPPOSE QUE PERSONNE NE CONTESTERA MA DÉCISION...

ALLONS, MONSIEUR LE CONSEILLER, NE SOYEZ PAS SI ABATTU…
CERTES, C'EST L'AUTRE PARTI QUI A REMPORTÉ LE CONCOURS…
… MAIS CELA NE CHANGE EN RIEN LES FAVEURS QUE LA JEUNE DAME DU KOKIDEN REÇOIT DE SA MAJESTÉ…
EN EFFET, JE NE DOIS PAS OUBLIER QUE L'EMPEREUR EST ENCORE JEUNE…
MAIS QUAND IL ATTEINDRA L'ÂGE ADULTE…
QUOI QU'IL EN SOIT, IL SEMBLE-RAIT…
… QUE LE GENJI ET MOI SOYONS DESTINÉS À ÊTRE DES RI-VAUX JUSQU'À LA FIN DE NOS JOURS…
C'ÉTAIT UNE COMPÉTITION MAGNIFIQUE…
… À LA HAUTEUR DES DEUX PRÉTENDANTES AU TRÔNE…
CELA CONFIRME QUE LE RÈGNE DE L'EMPEREUR REIZEI SERA UNE PÉRIODE FASTE.
IL N'EMPÊCHE, ENTRE DAME UMETSUBO ET LA DAME DU KOKIDEN…
… LA CONCURRENCE SERA RUDE POUR LES AUTRES ÉPOUSES IMPÉRIALES…
N'EST-CE PAS, PRINCE DIRECTEUR AUX AFFAIRES MILITAIRES ?

JE SUIS CERTAIN QUE L'UNE D'ELLES SERA UN JOUR L'ÉPOUSE IMPÉRIALE !
HEUREUSEMENT QUE NOUS N'AVONS PAS DE FILLE EN ÂGE DE SE MARIER !
LE MINISTRE GENJI NE FAIT RIEN POUR SOUTENIR MA FILLE, DAME ÔNO...
POURTANT, C'EST LA BELLE-SŒUR DE DAME MURASAKI...
EST-CE PARCE QUE LORSQU'IL A ÉTÉ CONTRAINT À L'EXIL, JE ME SUIS PROTÉGÉ EN ROMPANT MES LIENS AVEC CETTE DERNIÈRE ?
JE SOUHAITERAIS QUE LA PRINCESSE RELIGIEUSE CONSERVE CE ROULEAU DE SUMA...
MOI ?
JE REGRETTE D'AVOIR AGI AINSI...
CAR VOUS ÊTES LA SEULE À CONNAÎTRE LA VÉRITABLE RAISON...
... QUI M'A CONTRAINT À QUITTER LA CAPITALE...
PRINCE GENJI...

LÀ-BAS, SUR CE RIVAGE, J'AI FAIT PÉNITENCE...
J'AI PASSÉ MES JOURNÉES À PRIER LES DIEUX POUR OBTENIR LEUR PARDON...
VOUS ÊTES LA SEULE À LE SAVOIR...
PRINCE GENJI...
PRINCESSE RELIGIEUSE ?
CE N'EST RIEN, MYÔBU...
MAIS QUAND JE PENSE À L'OPPROBRE QUI A ÉTÉ JETÉ SUR LE GENJI, TOUT CELA PARCE QU'IL A VOULU NOUS PROTÉGER, LE PRINCE HÉRITIER ET MOI...
PRINCESSE, VOUS AVEZ PRIÉ POUR LUI JOUR ET NUIT, AU POINT DE FRAGILISER VOTRE SANTÉ...
CE N'ÉTAIT RIEN, EN COMPARAISON DE SA SOUFFRANCE...
COMME C'EST AFFLIGEANT...
ALORS QUE VOUS VOUS AIMEZ TANT...

CE SONT LES DIEUX QUI EN ONT DÉCIDÉ AINSI...
QUELLE INJUSTICE !
J'EN NOURRIS RANCUNE CONTRE LES DIVINITÉS !
MYÔBU !
VOUS NE POUVEZ DIRE CELA !
SI !
EN D'AUTRES TEMPS, VOUS AURIEZ PU ÊTRE DEUX ARBRES DONT LES BRANCHES S'ENTRECROISENT, OU DES OISEAUX QUI N'ONT QU'UNE SEULE AILE ET DOIVENT VOLER EN COUPLE...
POURQUOI FAUT-IL QU'IL EN SOIT AINSI ?
POURQUOI FAUT-IL QUE VOTRE AMOUR SOIT EMPLI DE CHAGRIN ?
NOTRE AMOUR CONSISTE...
... À PARTAGER LA SOUFFRANCE D'AVOIR COMMIS UN PÉCHÉ...
MYÔBU...
JE N'AI PAS ÉTÉ MALHEUREUSE POUR AUTANT...
... EN AIMANT CET HOMME...

JE VEUX QUE VOUS LE SACHIEZ, MYÔBU !
VOUS ÊTES LA SEULE À ÊTRE AU COURANT...
MÈRE...
RETOURNEZ-VOUS DÈS CE SOIR EN VOTRE RÉSIDENCE DE LA TROISIÈME AVENUE ?
OUI, VOTRE MAJESTÉ ?
OUI, CAR J'AI ÉTÉ TROP SUBJUGUÉE PAR LE CONCOURS DE PEINTURE ET J'AI NÉGLIGÉ MES DEVOIRS...
MÈRE...
DES BRUITS COURENT... LES GENS SE DEMANDENT QUI, DE DAME UMETSUBO OU DE LA DAME DU KOKIDEN, SERA L'ÉPOUSE IMPÉRIALE...
L'ÉPOUSE IMPÉRIALE ?
IL S'AGIT D'UNE POSITION IMPORTANTE, QUI JOUE UN RÔLE PIVOT AU SEIN DE VOS APPARTEMENTS PRIVÉS...
ET VOUS, QUI VOUDRIEZ-VOUS VOIR OCCUPER CE RANG ?
JE N'EN AI AUCUNE IDÉE...
ELLES SONT TOUTES LES DEUX PRÉCIEUSES POUR MOI...
ET VOUS, MÈRE, QUI CHOISIRIEZ-VOUS ?
EH BIEN...
CE N'EST PAS À MOI DE PRENDRE CETTE DÉCISION, MAIS...

... LE MINISTRE GENJI...
... A RISQUÉ SA VIE POUR NOUS PROTÉGER...
... ET IL CONTINUERA...
... À VOUS PROTÉGER, AU PÉRIL DE SA VIE...
MÈRE ?
VOUS NE DEVEZ JAMAIS L'OUBLIER...
DAME HANA CHIRU SATO S'EST INSTALLÉE À LA RÉSIDENCE DE L'EST DE LA DEUXIÈME AVENUE...
ELLE VIENT D'ENVOYER UN MESSAGER POUR VOUS SALUER...
QU'IL LA SALUE DE MA PART AUSSI...
IL PARAÎT QUE HANA CHIRU SATO EST UNE FEMME DE NATURE TRÈS DOUCE...
OUI, JE L'APPRÉCIE BEAUCOUP...

LORSQUE LE GENJI ÉTAIT À SUMA, ELLE M'A ENVOYÉ DES LETTRES POUR ME RÉCONFORTER...
JE SUIS HEUREUSE QU'ELLE S'INSTALLE À PROXIMITÉ.
CEPENDANT, L'AILE ORIENTALE EST TOUJOURS INOCCUPÉE...
QUI VA DONC S'Y INSTALLER ?
LE GENJI A L'INTENTION...
... DE FAIRE VENIR LA DAME D'AKASHI...
ILS ONT EU UNE PETITE FILLE ENSEMBLE...
JE COMPRENDS QU'IL VEUILLE L'AVOIR AUPRÈS DE LUI AU PLUS VITE...
MADAME... VOUS N'AVEZ PAS À VOUS INQUIÉTER...
MÊME SI LA DAME D'AKASHI S'INSTALLE AVEC SA FILLE, AU VU DE SA CONDITION MODESTE...
... ELLE NE POURRA PAS PRÉTENDRE À DEVENIR UNE ÉPOUSE DU GENJI...
CE N'EST PAS CELA...
... QUI M'INQUIÈTE...

D'ORDINAIRE, JE NE ME LAISSE ÉBRANLER PAR AUCUNE DES FEMMES AIMÉES PAR LE GENJI...
CEPENDANT...
... AVEC LA DAME D'AKASHI, C'EST DIFFÉRENT...
SEULE CETTE FEMME ME PLONGE DANS L'INQUIÉTUDE...
LA DAME D'AKASHI...
À QUOI PEUT-ELLE RESSEMBLER ?
MONSIEUR LE MINISTRE GENJI, BIENTÔT, VOTRE CARRIÈRE ATTEINDRA SON APOGÉE...
POURQUOI FAITES-VOUS CONSTRUIRE UN TEMPLE MAINTENANT ?
CELA PEUT ATTENDRE QUE VOUS SOYEZ PLUS ÂGÉ...
NE DIS PAS CELA...
J'AI MON IDÉE DERRIÈRE LA TÊTE...
TIENS...
IL Y A UNE DEMEURE, LÀ-BAS...

LE PROPRIÉTAIRE EN AVAIT BESOIN EN URGENCE...
C'EST ENNUYEUX, TOUT CE BRUIT, À CÔTÉ D'UN TEMPLE CALME...
OH... C'EST L'ANCIENNE RÉSIDENCE SECONDAIRE DE FEU LE PRINCE DIRECTEUR AUX AFFAIRES DU DEDANS...
ELLE DOIT ÊTRE INOCCUPÉE, À PRÉSENT...
ON DIRAIT QUE DES TRAVAUX Y SONT EFFECTUÉS...
LE PROPRIÉTAIRE ? QUI EST-CE ?
IL S'AGIT D'UN MOINE VIVANT À AKASHI...
IL SOUHAITERAIT Y INSTALLER SA FILLE...
LE RELIGIEUX D'AKASHI ?
LA DAME D'AKASHI VA DONC VENIR À LA CAPITALE !
ENFIN !

CHAPITRE 20

JE N'AURAIS JAMAIS IMAGINÉ, PAS MÊME EN RÊVE, QUE JE QUITTERAIS UN JOUR CE RIVAGE OÙ J'AI GRANDI...

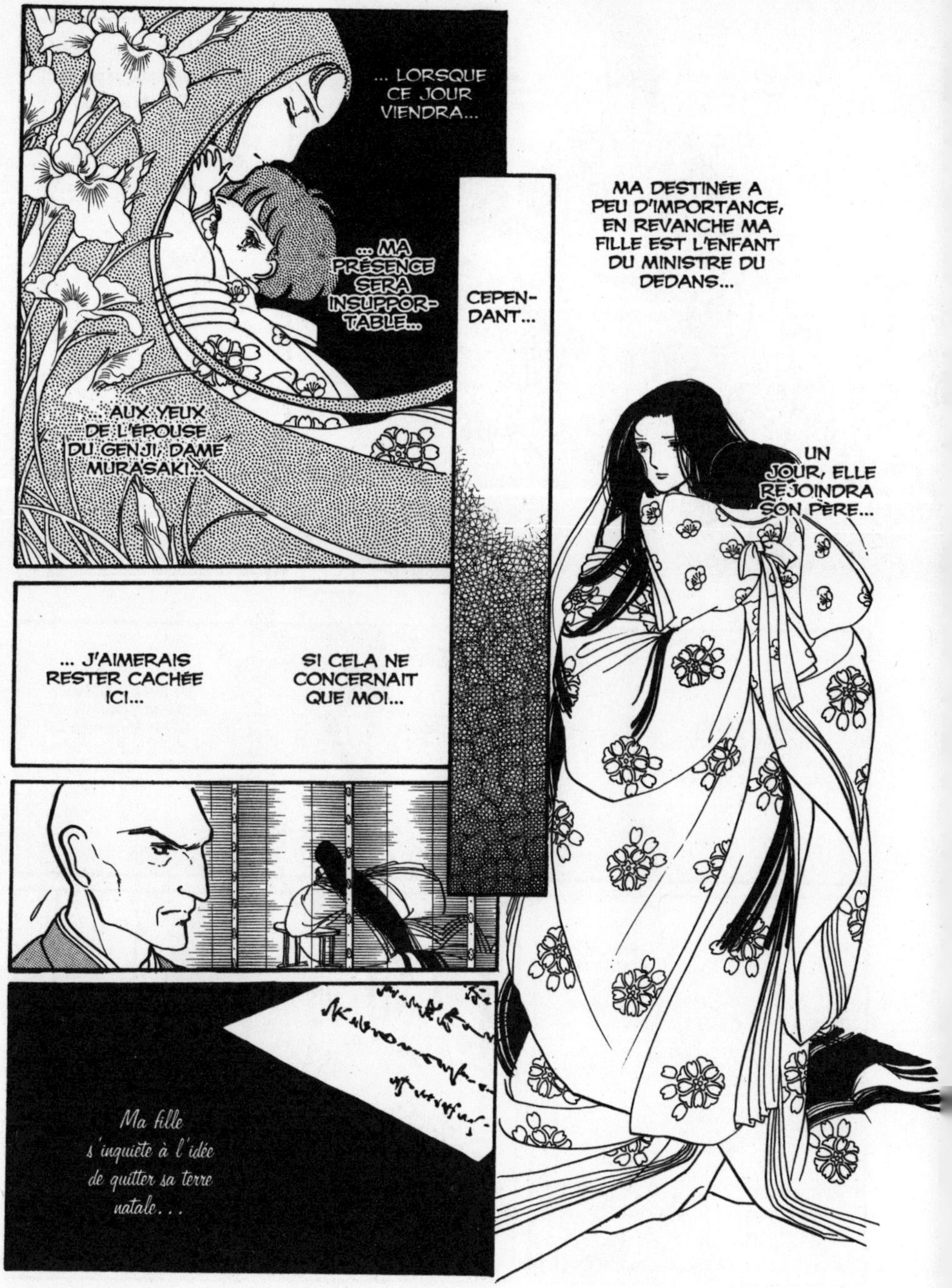
MA DESTINÉE A PEU D'IMPORTANCE, EN REVANCHE MA FILLE EST L'ENFANT DU MINISTRE DU DEDANS...
UN JOUR, ELLE REJOINDRA SON PÈRE...
CEPEN-DANT...
... LORSQUE CE JOUR VIENDRA...
... MA PRÉSENCE SERA INSUPPOR-TABLE...
... AUX YEUX DE L'ÉPOUSE DU GENJI, DAME MURASAKI...
SI CELA NE CONCERNAIT QUE MOI...
... J'AIMERAIS RESTER CACHÉE ICI...
Ma fille s'inquiète à l'idée de quitter sa terre natale...

Il m'est donc venu à l'idée de faire réparer l'ancienne demeure du prince directeur aux affaires du dedans, aïeul de mon épouse, qui se trouve à Ôi...
... et de l'installer là-bas.
De plus, elle craint qu'en s'installant dans votre demeure, ses origines rurales ne soient dévoilées au grand jour...
Toutefois...
... elle a conscience qu'elle ne peut rester ici pour autant...
LE RELIGIEUX D'AKASHI EST UN HOMME SI PRÉVENANT... SA FILLE A DE LA CHANCE...
EN EFFET, COMME CETTE RÉSIDENCE EST UN PEU ÉLOIGNÉE DE LA CAPITALE, LA DAME D'AKASHI SERA MOINS INTIMIDÉE...
ENVOYONS RAPIDEMENT UNE ESCORTE À AKASHI...
J'AIMERAIS LA VOIR AU PLUS VITE...
ET SURTOUT, ELLE EST À PROXIMITÉ DE L'ERMITAGE DE KATSURA QUE VOUS ÊTES EN TRAIN DE FAIRE CONSTRUIRE...
DE PLUS, UNE RIVIÈRE COULE À CÔTÉ, LES PINS Y SONT MAGNIFIQUES...

TON ESCORTE EST ARRIVÉE, MA FILLE…
IL EST TEMPS DE PARTIR…
MAIS, PÈRE…
… JE NE PEUX VOUS LAISSER SEUL ICI…
NE SOUHAITEZ-VOUS PAS FAIRE LE VOYAGE AVEC NOUS, AU MOINS JUSQU'À LA CAPITALE ?
GRAND-PÈRE…
GRAND-PÈRE !
PETITE PRINCESSE …
KYAH
KYAH
ALLONS, CELA NE TE RESSEMBLE PAS DE PROFÉRER DE TELS ENFANTILLAGES…
LES MOINES NE DOIVENT PAS ACCOMPAGNER UNE PERSONNE QUI PREND UN NOUVEAU DÉPART, CAR CELA PORTE MALHEUR…
C'EST LA DERNIÈRE FOIS QUE JE TE SERRE DANS MES BRAS…
PÈRE…
JE ME LAISSE ALLER…
UN RELIGIEUX NE DOIT PAS CÉDER À L'ATTACHEMENT …

MOI QUI M'ÉTAIS FINALEMENT FAITE À L'IDÉE QUE LE DESTIN M'AIT CONDUITE À ÉPOUSER UN HOMME AUSSI TÊTU QUE VOUS...
MALGRÉ NOS DISPUTES, NOUS ÉTIONS PARVENUS À VIVRE ENSEMBLE JUSQU'ICI...
ALLONS, ALLONS...
TU DOIS ÊTRE FORTE...
... ET VEILLER SUR TA FILLE ET TA PETITE-FILLE...
MA FILLE...
IL Y A LONGTEMPS, J'AI DÉCIDÉ D'ABANDONNER MON STATUT, DE QUITTER LA CAPITALE ET DE RENONCER AU SIÈCLE...
MAIS APRÈS TA NAISSANCE, EN TE VOYANT T'EMBELLIR DE JOUR EN JOUR...
... JE SOUFFRAIS À L'IDÉE DE TE CACHER DANS CETTE CAMPAGNE...
CEPENDANT, LES DIEUX ONT FAIT PREUVE D'UNE GRANDE SOLLICITUDE...
TU AS REÇU L'AMOUR D'UN HOMME AUSSI NOBLE QUE LE GENJI...
... ET TU AS DONNÉ NAISSANCE À UNE MERVEILLEUSE PRINCESSE...
TU NE PEUX PAS RESTER ICI PLUS LONGTEMPS...
PÈRE...

JE N'AI AUCUN REGRET...
MON RÊVE DE LONGUE DATE VA S'ACCOMPLIR...
MERCI À TOUTES...
VOUS AVEZ OFFERT BONHEUR ET RÉCONFORT...
... À LA TÊTE DE MULE QUE JE SUIS...
FAIS CONFIANCE AU GENJI ET SUIS-LE PARTOUT OÙ IL IRA...
PORTE-TOI BIEN, JE TE SOUHAITE UNE LONGUE VIE...
J'AI MENÉ LA VIE QUE JE VOULAIS VIVRE...
MÊME SI UN JOUR, VOUS APPRENEZ MA MORT, SACHEZ QUE JE N'AI BESOIN NI DE PLEURS NI DE CÉRÉMONIE FUNÉRAIRE...
JUSQU'AU CRÉPUSCULE DE MA VIE, JE PRIERAI BOUDDHA POUR VOTRE BONHEUR...

NOUS SOMMES À PRÉSENT RÉUNIS SOUS LE MÊME CIEL...
NOTRE FILLE A DÛ BIEN GRANDIR...
NOUS ALLONS ENFIN NOUS REVOIR...
ME RESSEMBLE-T-ELLE ?
OU A-T-ELLE PLUTÔT LES TRAITS DE SA MÈRE ?
LA DAME D'AKASHI EST ARRIVÉE COMME PRÉVU, EN TOUTE DISCRÉTION.
ELLE EST TRÈS TOUCHÉE PAR LES PRÉSENTS QUE VOUS LUI AVEZ PRÉPARÉS...
LES CHRYSANTHÈMES SONT MAGNIFIQUES, CET AUTOMNE...
JE VAIS EN FAIRE PORTER À DAME HANA CHIRU SATO...
JE NE PEUX PARTIR SANS RIEN LUI DIRE...
MURASAKI...

ELLE FINIRAIT PAR L'APPRENDRE DE LA BOUCHE DE QUELQUE DAME DE COMPAGNIE TROP BAVARDE...
JE DOIS ME RENDRE À KATSURA...
À VOTRE ERMITAGE ?
J'AI PROMIS DE RENDRE VISITE À UNE PERSONNE QUI VIENT DE S'ÉTABLIR NON LOIN...
... ET JE M'EN VOUDRAIS DE TROP LA FAIRE ATTENDRE...
FRISH
DE PLUS, JE N'AI PAS FINI DE DÉCORER MES STATUES DE BOUDDHA...
J'EN AURAI POUR DEUX OU TROIS JOURS...
UNE PERSONNE À QUI IL A PROMIS DE RENDRE VISITE ?
IL NE S'AGIT PAS D'UNE DE CES RELATIONS ÉPHÉMÈRES DONT IL A L'HABITUDE...
NON, C'EST...
... LA DAME D'AKASHI !...
ELLE A FINI PAR ARRIVER !

CELA NE SERA PAS LONG, JE REVIENDRAI AU PLUS VITE...
AU PLUS VITE ?
COMME DANS CE RÉCIT CHINOIS, OÙ UN COUPEUR DE BOIS TARDE AU POINT QUE LE MANCHE DE SA HACHE TOMBE EN POUSSIÈRE ?
JE M'EN RÉJOUIS D'AVANCE !
POURQUOI AI-JE DIT CELA ?
COMME JE SUIS DÉSAGRÉABLE !
JE NE PARS PAS POUR UNE AFFAIRE DE CŒUR...
CELA ME FAIT DE LA PEINE DE VOUS VOIR AINSI...
VOUS SAVEZ À QUEL POINT...
... VOUS M'ÊTES PRÉCIEUSE...
VOUS ÊTES SOURNOIS !
CHAQUE FOIS, VOUS M'AMADOUEZ AVEC CE TYPE DE PROPOS...
MURASAKI ...
BON VOYAGE !
SI JE TENTAIS DE VOUS DISSUADER DE PARTIR, VOUS ME MÉPRISERIEZ...

MURASAKI...
POURQUOI...
... AI-JE DIT DE PAREILLES CHOSES ?
JE L'AIME SI FORT...
... ET POURTANT...
JE SUIS SÛREMENT JALOUSE...
... DE LA DAME D'AKASHI...
LEURS LIENS SONT SI FORTS...
... QU'ELLE A DONNÉ NAISSANCE À SON ENFANT...
POURQUOI DONC SUIS-JE INCAPABLE DE LUI DONNER UN ENFANT ?

EN FIN DE COMPTE, IL EST PARTI...
VOUS AURIEZ DÛ VOUS MONTRER PLUS FERME, MADAME !
LA CONSTRUCTION DE SON ERMITAGE À KATSURA ÉTAIT DONC UNE EXCUSE POUR REJOINDRE CETTE FEMME !
COMMENT OSE-T-ELLE, ALORS QU'ELLE EST DE CONDITION SI MODESTE ?
COMMENT A-T-ELLE SÉDUIT LE MINISTRE GENJI ?
MESDAMES ...
JE VOUS INTERDIS...
... DE RABAISSER AINSI AUTRUI.
JE NE VEUX PLUS ENTENDRE CES PAROLES DE VOTRE BOUCHE.
EST-CE BIEN COMPRIS ?
MAIS... DAME MURASAKI...
OUI, MADAME ...
JE M'ÉTAIS PROMIS DE NE PAS ME PLAINDRE DE VIVE VOIX...
C'EST SI DIFFICILE...
MES ÉMOTIONS ONT DÛ AVOIR UNE INFLUENCE SUR MES DAMES DE COMPAGNIE...

JE NE ME LAISSERAI PLUS ALLER...
SI C'EST LE DESTIN QUI EN A VOULU AINSI, JE DOIS ME RÉSOUDRE À L'ACCEP-TER...
LORSQUE CETTE FEMME VIVAIT À AKASHI, JE PARVENAIS À M'ACCOM-MODER DE LA SITUATION...
LE PRINCE GENJI A UNE ÉPOUSE MA-GNIFIQUE ET DE NOMBREUSES AMANTES...
... MAIS DE LA SAVOIR SI PRÈS EST BIEN PLUS PÉNIBLE...
PEUT-ÊTRE NE VIENDRA-T-IL JAMAIS ME RENDRE VISITE...
JE VEUX AU MOINS ÉVITER DE DEVENIR UNE FEMME MAUVAISE...

CETTE CITHARE QU'IL M'A LAISSÉE...
... EN GUISE DE PROMESSE DE RETROUVAILLES...
AURAIS-JE DÛ RESTER À AKASHI...
... ET M'ACCROCHER À MES SOUVENIRS D'ANTAN ?
MA... MADAME !
MADAME !
LE PRINCE GENJI EST LÀ...
MADAME VOUS ATTEND...
ENTREZ, JE VOUS PRIE...
IL EST ENCORE PLUS BEAU QUE DU TEMPS OÙ NOUS L'AVONS CONNU À AKASHI...
DIRE QU'IL VIVAIT SI PRÈS DE NOUS, À L'ÉPOQUE...

BIENVENUE...
VOUS AVEZ ENFIN FAIT LE VOYAGE JUSQU'ICI...
J'ATTENDAIS TANT DE VOUS REVOIR...
PRINCE GENJI...
DAME D'AKASHI !
MON AMANTE, À QUI JE SUIS LIÉ PAR UN ÉTRANGE COUP DU DESTIN...
JE NE VOUS LÂCHERAI PLUS...
NON, JAMAIS !
J'AI ABANDONNÉ MA TERRE NATALE DANS LE DÉSES-POIR...
JE ME SENTAIS SEULE... J'AVAIS PEUR...
... MAIS...

... JE DÉSIRAIS VOUS REVOIR...
MÈRE...
DAME D'AKASHI...
EST-CE... NOTRE FILLE ?
OUI, C'EST ELLE...
QUI ÊTES-VOUS ?
C'EST VOTRE PÈRE...
APPROCHE...
... PRINCESSE ...
MON... PÈRE ?
JE SUIS TON PÈRE...

QU'ELLE EST ADORABLE !
QUELLE ENFANT SPLENDIDE...
ELLE ET MOI NOUS SOMMES LIES PAR LE SANG...
J'AURAIS AIMÉ TE RENCONTRER PLUS TÔT...
TE VOIR GRANDIR TOUS LES JOURS...
SI JE LE POUVAIS, JE REMONTERAIS LE TEMPS...
PRINCE GENJI...
NOURRICE, JE VOUS REMERCIE D'AVOIR ACCEPTÉ MES DEMANDES ABUSIVES...
JE VOUS EN PRIE, MONSIEUR LE MINISTRE...
À PRÉSENT, TOUT N'EST QUE JOIE...
IL N'EMPÊCHE, ÔI EST TOUT DE MÊME LOIN DE LA CAPITALE...
J'AIMERAIS QUE VOUS VOUS INSTALLIEZ À LA RÉSIDENCE DE L'EST...

JE LE FERAI QUAND JE ME SERAI DAVANTAGE FAMILIARISÉE AVEC LA CAPITALE...
POUR LE MOMENT, JE ME SENS TROP INTIMIDÉE...
VOUS NE CHANGEZ PAS...
DÉJÀ, À L'ÉPOQUE, VOUS ÉTIEZ SI MODESTE ET PRUDENTE...
QUEL EST CE BRUIT ?
LE VENT QUI PASSE ENTRE LES BRANCHES DES PINS...
J'AI L'IMPRESSION D'ÊTRE REVENU À CETTE ÉPOQUE...
LORSQUE NOUS ÉCOUTIONS ENSEMBLE LE VENT ENTRE LES PINS...
NOUS ALLONS RETROUVER TOUT CELA...
NON, EN FAIT...

... RIEN N'A ÉTÉ PERDU ENTRE NOUS...
... NOTRE AMOUR N'A FAIT QUE CROÎTRE...
AU COURS DE CE VIDE DE TROIS ANNÉES...
CES PIERRES VONT LÀ-BAS...
FAISONS ÉGALEMENT RÉTABLIR LE RUISSELET...
AVEC UN PEU D'ENTRETIEN, CETTE DEMEURE POURRAIT AVOIR BEAUCOUP DE CHARME...
... MAIS À TROP PRENDRE SOIN D'UN LIEU PROVISOIRE, IL DEVIENT DIFFICILE DE LE QUITTER...
JE PARLE DE MA PROPRE EXPÉRIENCE, LORSQUE J'AI QUITTÉ AKASHI...

JE N'ARRIVE PAS À CROIRE QUE CET HOMME SI ADMIRABLE...
... SOIT MON GENDRE...
MA TÊTE DE MULE DE MARI...
... AVAIT DONC EU RAISON...
OH...
VEUILLEZ PARDONNER MA TENUE NÉGLIGÉE, INDIGNE DE LA PRÉSENCE D'UNE RELIGIEUSE...
SI LA PETITE PRINCESSE A GRANDI SANS ENCOMBRE...
... C'EST PARCE QUE VOUS AVEZ PRIÉ BOUDDHA TOUS LES JOURS...
JE VOUS EN SUIS PROFONDÉMENT RECONNAISSANT.
DE PLUS, VOUS AVEZ QUITTÉ VOTRE RETRAITE APAISÉE À AKASHI POUR REVENIR EN CE MONDE INCERTAIN...
... TANDIS QUE LE RELIGIEUX D'AKASHI EST RESTÉ SEUL LÀ-BAS...
JE ME MONTRERAI À LA HAUTEUR DE VOS SACRIFICES...
JE SUIS HEUREUSE D'AVOIR VÉCU ASSEZ LONGTEMPS...
... POUR POUVOIR ENTENDRE VOS PROPOS SI BIENVEILLANTS...

C'EST ÉGALEMENT UNE BÉNÉDICTION QUE LA PETITE PRIN-CESSE AIT ENFIN PU RENCONTRER SON PÈRE...
... MAIS JE NE PEUX M'EMPÊCHER DE CRAINDRE QUE LA MODESTE CONDITION DE SA MÈRE NE LUI PORTE PRÉJUDICE DANS LE FUTUR...
CETTE FEMME EST D'UNE GRANDE DISTINCTION... ON RECONNAÎT BIEN LÀ UNE DESCENDANTE DE PRINCES...
LA DAME D'AKASHI A DONC HÉRITÉ DU TEMPÉRAMENT DE SA MÈRE...
EN JOURNÉE, IL DONNE SES INSTRUCTIONS POUR LA CONSTRUCTION DE SON ERMITAGE, ET LE SOIR IL REVIENT ICI...
MÊME SI CE N'EST QUE POUR DEUX OU TROIS JOURS, ON CROIRAIT QUE C'EST ICI SON FOYER, C'EST RÉJOUISSANT...
C'EST LA FAMEUSE CITHARE...
NOUS REJOUERONS ENSEMBLE AVANT QU'ELLE NE SOIT DÉSACCORDÉE...

Honorant ce serment de mon départ
Les mélodieux accords de la cithare
Toujours présents, inchangés
Savez-vous qu'ils expriment
La constance de mes sentiments intimes ?
COMME PROMIS, LA CITHARE A CONSERVÉ SA MÉLODIE. COMPRENEZ-VOUS À PRÉSENT MES SENTIMENTS ?
Me fiant à votre serment
Selon lequel vos sentiments
Garderaient leur constance
J'écoutais le vent souffler entre les pins
Y mêlant mon chagrin
CETTE PROMESSE ÉTAIT LA SEULE CHOSE À LAQUELLE JE ME RACCROCHAIS, ET MES SANGLOTS SE MÊLAIENT AU BRUIT DU VENT QUI SOUFFLE ENTRE LES PINS…
ILS FORMENT UN SI BEAU COUPLE…
NOTRE MAÎTRESSE POSSÈDE UNE TELLE GRÂCE QU'ELLE NE CÈDE EN RIEN…
… À MONSIEUR LE MINISTRE …
PRINCE GENJI… PRINCE GENJI !
QU'Y A-T-IL, KOREMITSU ? POURQUOI CRIES-TU COMME CELA ?
NOTRE DÉPART EST-IL BIEN PRÉVU CE SOIR ?
OUI, J'AI PROMIS DE RENTRER À LA CAPITALE…
C'EST QUE…

EN APPRENANT QUE VOUS ÉTIEZ DE PASSAGE ICI...
... LE CAPITAINE DE LA GARDE MILITAIRE ET SES CAMARADES SONT VENUS VOUS RENDRE VISITE...
LA LUNE ÉTAIT SI BELLE, HIER SOIR ! NOUS AURIONS AIMÉ LA CONTEMPLER AVEC VOUS !
NOUS AVONS DONC TRAVERSÉ LE BROUILLARD DU MATIN POUR NOUS RENDRE JUSQU'À KATSURA, HAUT LIEU DE CONTEMPLATION DE LA LUNE...
ILS ARRIVENT À UN MOMENT BIEN IMPORTUN...
JE NE VAIS PAS POUVOIR FAIRE MES ADIEUX TRANQUILLEMENT...
PÈRE !
PETITE PRINCESSE...
J'AI DE L'AFFECTION POUR LE JEUNE EMPEREUR...
JE TROUVE YÛGIRI ADORABLE AUSSI...
... MAIS J'IGNORAIS QUE JE POUVAIS CHÉRIR UNE ENFANT DE MANIÈRE SI INCONDITIONNELLE...
J'AIMERAIS POUVOIR EXAUCER TOUS SES VŒUX...

MADAME ÉTAIT TROP AFFLIGÉE PAR CES ADIEUX, ELLE EST ALLÉE S'ALLONGER...
OÙ SE TROUVE TA MÈRE ?
NE VIENT-ELLE PAS ME DIRE AU REVOIR ?
CEPENDANT... ELLE A BEAU DESCENDRE D'UNE LIGNÉE IMPÉRIALE DU CÔTÉ MATERNEL...
... SA MÈRE EST DE CONDITION TROP MODESTE...
CELA ME FAIT DE LA PEINE POUR LA DAME D'AKASHI...
... MAIS UN JOUR, IL FAUDRA QUE...
JE VAIS L'APPELER...
VOILÀ QU'ELLE SE COMPORTE COMME UNE ARISTOCRATE...
CELA DIT, LORSQU'ON LA VOIT, CELA SEMBLE NATUREL...
PAR SA GRÂCE, ELLE NE CÈDE EN RIEN AUX PRINCESSES IMPÉRIALES...
JE REVIENDRAI ...
LES ADIEUX SONT DIFFICILES, MAIS DÉSORMAIS NOUS SOMMES PLUS PROCHES L'UN DE L'AUTRE...
L'ON NE PEUT JUGER UNE PERSONNE À SES ORIGINES...

PRINCE GENJI...!
QUE SOUHAITEZ-VOUS FAIRE ?
JE N'AI PAS LE CHOIX, ALLONS À LA RÉSIDENCE DE KATSURA...
CES HOMMES N'ONT PAS L'INTENTION DE REBROUSSER CHEMIN...
J'AVAIS POURTANT PROMIS À MURASAKI...
... DE RENTRER CE SOIR...
QUELLE JOIE DE POUVOIR ADMIRER LA LUNE À KATSURA EN COMPAGNIE DU GENJI...
NOUS AVONS BIEN FAIT D'EMMENER NOS CAMARADES QUI EXCELLENT À LA DANSE...
LE CHEVAL À LA ROBE GRISE A TRAVERSÉ LA FORÊT
LE CHEVAL EST LÀ AVEC SA ROBE COULEUR CENDRE TEL LE PELAGE D'UN TIGRE
IL ME DEMANDE DE L'HERBE
JE VAIS LUI DONNER DE L'HERBE ET L'ÉLEVER IL AURA AUSSI DROIT À DE L'EAU

L'EMPEREUR DOIT NOUS ENVIER DE CONTEMPLER LA LUNE À KATSURA...
OH, UN MESSAGER DE SA MAJESTÉ !
JE N'AI MÊME PAS EU LE TEMPS DE LUI ENVOYER UNE LETTRE...
IL SEMBLERAIT QUE LE MINISTRE GENJI SOIT TOUJOURS À KATSURA...
NOUS ENTENDONS JUSQU'ICI LES SONS DE FLÛTE ET DE CITHARE...
JE VOUS PRIE DE M'EXCUSER POUR MON RETARD...
DES CAMARADES VOULANT JOUER LES ESTHÈTES SONT ARRIVÉS ET M'ONT RETENU...
JE SUIS ÉPUISÉ, CE MATIN.
S'AGIT-IL VRAIMENT DE SES CAMARADES...
... QUI L'ONT RETENU ?
MURASAKI ...

COMBIEN DE FOIS DOIS-JE VOUS RÉPÉTER QUE VOUS N'AVEZ NUL BESOIN…
… DE VOUS COMPARER À UNE FEMME DONT LE RANG N'EST PAS LE VÔTRE ?
SOYEZ FIÈRE DE QUI VOUS ÊTES.
NON…
J'AI BESOIN DE REPOS…
D'AUTANT PLUS QUE JE DOIS ME RENDRE AU PALAIS EN FIN DE JOURNÉE…
JE NE PARVIENS PAS À RAISONNER AINSI…
OH, IL EST EN TRAIN D'ÉCRIRE UNE LETTRE AVANT DE SORTIR…
SÛREMENT UN MESSAGE À LA DAME D'AKASHI, REVENANT SUR LEUR DERNIÈRE NUIT…
IL N'EM-PÊCHE…
LE VOILÀ DÉJÀ DE RETOUR, ALORS QU'IL DEVAIT PASSER LA NUIT AU PALAIS…
SÛREMENT PARCE QUE DAME MURASAKI ÉTAIT DE MAUVAISE HUMEUR…
IL NE PEUT LUI RÉSISTER…

PRINCE GENJI...
CE DOIT ÊTRE UNE RÉPONSE DE LA PART DE LA DAME D'AKASHI...
PSST
PSST
IL N'Y A PAS DE RAISON QUE JE LA LISE EN CACHETTE...
VOULEZ-VOUS BIEN JETER CETTE LETTRE POUR MOI ?
JE N'AI PLUS L'ÂGE DE LAISSER TRAÎNER CE TYPE D'ÉCHANGE...
...

JE NE LA LIRAI PAS !
JE NE VEUX PAS SAVOIR CE QUE LA DAME D'AKASHI LUI ÉCRIT...
PFF
PFF
VOUS VOUS EFFORCEZ DE NE PAS LA LIRE...
... MAIS VOTRE REGARD EN DIT LONG...
PRINCE !
POUR TOUT VOUS DIRE...
... J'AI PASSÉ DU TEMPS AVEC UNE ADORABLE PRINCESSE, LÀ-BAS.
COM-MENT ?
S'AGIT-IL... DE VOTRE FILLE ?
NE VOUS METTEZ PAS EN COLÈRE...
J'AIMERAIS VOUS FAIRE PART DE QUELQUE CHOSE...
CETTE ENFANT VA AVOIR TROIS ANS, ET LA CÉRÉMONIE DE VÊTURE DE LA ROBE APPROCHE.
SI ELLE CONTINUE D'ÊTRE ÉLEVÉE AUPRÈS DE SA MÈRE, ELLE RESTERA TOUJOURS DANS L'OMBRE...
... ET CELA ME FAIT DE LA PEINE...
J'AI CONSCIENCE QUE CELA EST SOUDAIN, MAIS QUE DIRIEZ-VOUS...

... CETTE ENFANT...
... D'ADOPTER ...
... ET DE VOUS OCCUPER D'ELLE ICI ?
MOI ?
ADOPTER LA PRINCESSE ?
JE SAIS COMBIEN IL EST CRUEL DE VOUS DEMANDER CELA...
... MAIS SI ELLE DEVIENT VOTRE FILLE, SON AVENIR EST ASSURÉ...
VRAI-MENT ?
VOUS ACCEPTERIEZ VRAIMENT DE ME LA CONFIER ?
CELA ME RAVIT...
J'ADORE LES ENFANTS !
MURASAKI ...
VOUS ME PRENEZ POUR UNE FEMME JALOUSE, MAIS CE N'EST PAS LE CAS.
JE N'ARRIVE PAS À ÊTRE HONNÊTE AVEC MES SENTI-MENTS CAR VOUS INTERPRÉTEZ MAL MES RÉACTIONS, VOILÀ TOUT...

JE SUIS SÛRE QUE JE SAURAI BIEN M'OCCUPER DE LA PRINCESSE...
LES ENFANTS SONT SI MIGNONS, À TROIS ANS...
MURA-SAKI...
JE SAVAIS QUE VOUS AIMIEZ LES ENFANTS, MAIS...
... J'EN VIENS À CRAINDRE D'ÊTRE DÉLAISSÉ...
OH, QUE DITES-VOUS !
JE SUIS VRAIMENT HEUREUSE...
... QUE VOUS ME FASSIEZ CETTE PROPOSITION...
... CAR C'EST LA PREUVE...
... QUE VOUS ME FAITES CONFIANCE...
BIEN SÛR QUE JE CROIS EN VOUS... JE SAIS QUE VOUS FEREZ D'ELLE UNE FEMME ADMIRABLE.
ELLE DEVIENDRA LA PLUS DISTINGUÉE DES PRINCESSES...
... LA FUTURE IMPÉRATRICE...
... COMME ON ME L'A PRÉDIT, LORS DU RITE D'ONIROMANCIE...
CELA A BEAU ÊTRE POUR LE BIEN DE LA PETITE...
... QU'EN PENSERA LA DAME D'AKASHI ?

L'HIVER APPROCHE...
LES ENVIRONS SONT DÉSERTS...
VOUS DEVRIEZ VOUS INSTALLER À LA RÉSIDENCE DE L'EST...
SI VOUS REFUSEZ DE DÉMÉNAGER...
... IL VA FALLOIR QUE NOUS PARLIONS DE LA PETITE PRINCESSE...
OUI...
IL ME FAUT ENCORE UN PEU DE TEMPS...
PRINCE...
PARDONNEZ-MOI...
JE N'AURAIS PAS DÛ VOUS DIRE CELA...
JE VOUS EN PRIE...
IL FALLAIT QUE NOUS EN PARLIONS, À UN MOMENT OU UN AUTRE...

SACHEZ QUE MOI-MÊME, CELA ME FAIT DE LA PEINE...
... MAIS J'AI BEAUCOUP RÉFLÉCHI À L'AVENIR DE NOTRE FILLE...
DANS CE CAS, VOILÀ CE QUE J'AIMERAIS VOUS PROPOSER...
... ET IL SE TROUVE QUE...
... UNE PERSONNE VIVANT DANS L'AILE OCCIDENTALE DE MA RÉSIDENCE SOUHAITERAIT RENCONTRER LA PRINCESSE...
L'AILE OCCIDENTALE...
IL S'AGIT DE DAME MURASAKI !
QUE DIRIEZ-VOUS D'INSTALLER LÀ-BAS LA PRINCESSE PENDANT UN TEMPS ?
BIENTÔT AURA LIEU LA CÉRÉMONIE DE VÊTURE DE LA ROBE, ET J'AIMERAIS LA PRÉSENTER OFFICIELLEMENT COMME MA FILLE...
IL SOUHAITE CONFIER NOTRE FILLE À DAME MURASAKI ?!
MAIS...
C'EST UNE PERSONNE QUI ADORE LES ENFANTS...
... MAIS QUI N'A PAS EU LA CHANCE D'EN AVOIR..
SI VOUS CRAIGNEZ QUE CETTE BELLE-MÈRE NÉGLIGE LA PETITE PRINCESSE, VOUS N'AVEZ AUCUNE INQUIÉTUDE À AVOIR..

ELLE A ÉGALEMENT VOULU À TOUT PRIX ADOPTER L'ANCIENNE PRÊTRESSE D'ISE, ALORS QU'ELLES ONT QUASIMENT LE MÊME ÂGE…
ELLE SERA ENCORE PLUS SOIGNEUSE ET ATTENTIVE AVEC LA PETITE PRINCESSE…
C'EST DANS SA NATURE…
IL DOIT DIRE VRAI…
DU PEU QUE JE SAIS À PROPOS DE DAME MURASAKI…
… ALORS QUE LE PRINCE GENJI MULTIPLIAIT LES CONQUÊTES QUAND IL ÉTAIT ENCORE JEUNE…
… DEPUIS QU'IL L'A ÉPOUSÉE…
… IL SE CONSACRE À LA PROTÉGER…
CELA PROUVE À QUEL POINT ELLE EST PRÉCIEUSE À SES YEUX…
ELLE DOIT SÛREMENT ÊTRE D'UNE GRANDE BEAUTÉ…
MÊME SI JE M'INSTALLAIS À LA RÉSIDENCE DE L'EST AVEC MA FILLE…
… JE N'ARRIVERAIS JAMAIS À SA CHEVILLE…
DE TOUTE FAÇON, JE ME MOQUE DE CE QUI PEUT M'ARRIVER…
EN REVANCHE…
… POUR CETTE PRINCESSE QUI VA GRANDIR…
… TOUT PEUT CHANGER EN FONCTION DU BON VOULOIR DE DAME MURASAKI…

PEUT-ÊTRE VAUT-IL MIEUX LA CONFIER TANT QU'ELLE EST PETITE...
NON !
JE SERAIS TROP INQUIÈTE POUR ELLE...
DE PLUS, SI LA PRINCESSE QUITTE CETTE DEMEURE...
... LE PRINCE NE VIENDRA PEUT-ÊTRE PLUS ME RENDRE VISITE...
JE PENSE QUE C'EST UNE DÉCISION MÛREMENT RÉFLÉCHIE DE SA PART...
TU DEVRAIS LUI FAIRE CONFIANCE ET LUI CONFIER LA PETITE...
MÈRE !
SELON LE STATUT DE SA MÈRE, UN ENFANT DE LIGNÉE IMPÉRIALE PEUT AVOIR UN RANG COMPLÈTEMENT DIFFÉRENT...
LE PRINCE EN EST UN BON EXEMPLE...
NOTRE STATUT EST TROP MODESTE...
JE SAIS BIEN, CEPENDANT ...
IMAGINEZ QUE DANS L'AVENIR, LE GENJI AIT UNE FILLE AVEC UNE FEMME DE PLUS NOBLE CONDITION...
QUE DEVIENDRAIT LA PETITE PRINCESSE, À VOTRE AVIS ?

LE BONHEUR POUR UNE JEUNE FILLE...
... TIENT À LA PRÉSENCE DE PARENTS DÉVOUÉS...
... QUI FERONT TOUT POUR QU'ELLE BÉNÉFICIE D'UN MARIAGE PRESTIGIEUX.
L'AILE OCCIDENTALE EST BIEN ANIMÉE...
OUI... DAME MURASAKI FAIT DÉCORER LA CHAMBRE DE LA PETITE PRINCESSE...
ON DIRAIT QU'ELLE ACCUEILLE SA PROPRE FILLE...
IL VA FALLOIR QUE J'AILLE LA CHERCHER...
PENSEZ À LA CÉRÉMONIE DE VÊTURE DE LA ROBE...
POUR LE MOMENT, C'EST DIFFICILE...
... MAIS TU DOIS LE FAIRE, POUR LE BIEN DE TA FILLE...

VOUS ALLEZ DONC CONFIER LA PRINCESSE AU GENJI ?
OUI, BIENTÔT...
JE VOUS ADMIRE...
... POUR VOTRE DÉCISION...
EN TANT QUE NOURRICE, VOUS ALLEZ PARTIR AVEC ELLE...
JE VOUS REMERCIE D'AVOIR ÉTÉ MA CONFIDENTE JUSQU'ICI...
CELA ME FAIT TANT DE PEINE...
MAIS UN JOUR, VOUS POURREZ REVIVRE AVEC VOTRE FILLE...
J'EN SUIS CERTAINE...
LE PRINCE GENJI EST ARRIVÉ...
D'HABITUDE, JE ME RÉJOUIS DE SA VENUE, MAIS...
PARDONNEZ-MOI DE VOUS PRIVER DE CETTE ENFANT SI ADORABLE...
QUAND JE PENSE À VOTRE PEINE...
... J'EN VIENS À REGRETTER MA PROPOSITION...

ON MONTE DANS LE CHAR ?
VOUS VENEZ AVEC MOI, MÈRE ?
MA PETITE PRINCESSE...
SOIS BIEN SAGE !
VOUS ÊTES SA VÉRITABLE MÈRE...
UN JOUR, VOUS POURREZ DE NOUVEAU VIVRE ENSEMBLE...
JE FERAI TOUT POUR QUE CELA SOIT POSSIBLE.
VENEZ VITE, MÈRE !
VOTRE PLACE EST ICI !
JE...
JE TE REJOINS PLUS TARD...
ALLEZ, PRINCESSE...
ATTENDS-MOI BIEN SAGEMENT...
D'ACCORD...
KLANK

PETITE PRINCESSE...
PETITE PRINCESSE !
DAME MURASAKI...
JE VOUS PRIE DE PRENDRE SOIN D'ELLE...
QUELLE ADORABLE CHAMBRE !
VOUS AVEZ TOUT PRÉPARÉ POUR SA VENUE...
C'EST DONC ELLE, DAME MURASAKI...
VOUS ÊTES LA NOURRICE ?
OUI, MADAME...

VOUS AVEZ TANT À M'APPRENDRE...
MOI QUI SUIS DEVENUE MÈRE DU JOUR AU LEN-DEMAIN, J'IGNORE BEAUCOUP DE CHOSES...
ELLE EST SI BELLE...
JE COMPRENDS À PRÉSENT POURQUOI LE PRINCE NE SE CONSACRE PAS ENTIÈREMENT À LA DAME D'AKASHI...
...
EH BIEN ? QU'Y A-T-IL, PRINCESSE ?
MÈRE...
OÙ EST MÈRE ?
MÈRE...
OH, PAUVRE PETITE...
MÈRE N'EST PAS LÀ...
VENEZ DONC PAR ICI...
PRINCESSE...
OUIIIN
NOON ! NOOON !
MÈÈÈRE !

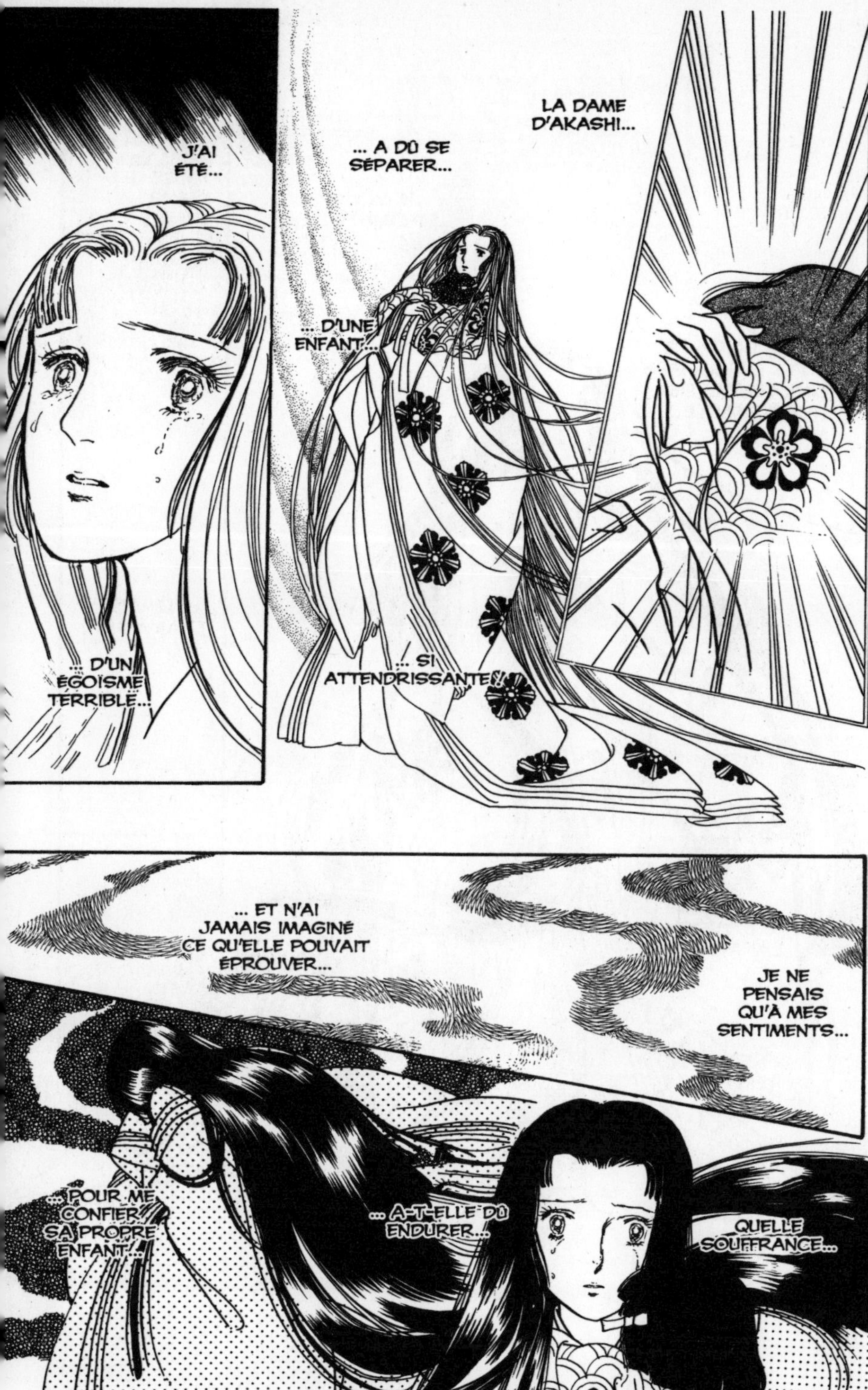
LA DAME D'AKASHI...
... A DÛ SE SÉPARER...
... D'UNE ENFANT...
... SI ATTENDRISSANTE !
J'AI ÉTÉ...
... D'UN ÉGOÏSME TERRIBLE...
JE NE PENSAIS QU'À MES SENTIMENTS...
... ET N'AI JAMAIS IMAGINÉ CE QU'ELLE POUVAIT ÉPROUVER...
QUELLE SOUFFRANCE...
... A-T-ELLE DÛ ENDURER...
... POUR ME CONFIER SA PROPRE ENFANT...

DAME D'AKASHI...
JE VOUS PROMETS...
... DE FAIRE DE CETTE PRINCESSE UNE FEMME RE-MARQUABLE...
VOTRE TRISTESSE...
... ET VOS LARMES...
... NE SERONT PAS VAINES.

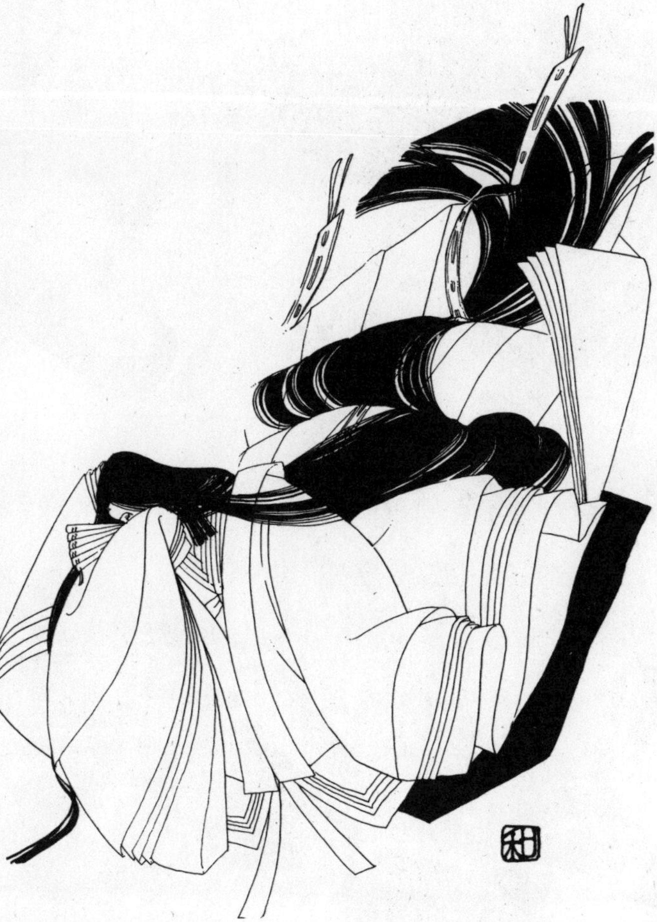

CHAPITRE 21

Ô cerisiers en fleur
De la plaine aux herbes hautes
Si vous avez un cœur
Alors en cette année de deuil
Je vous prie de teindre vos pétales de noir

LA CÉRÉMONIE DE VÊTURE DE LA ROBE S'EST BIEN PASSÉE...
L'AVENIR DE VOTRE PRINCESSE BIEN-AIMÉE, MONSIEUR LE MINISTRE GENJI, EST ASSURÉ...
NOUS VOUS ADRESSONS NOS VIVES FÉLICITATIONS...
KYAH
KYAH
ALLONS, ALLONS ...
JE NE PEUX PAS ME PRÉPARER SI TU GIGOTES AUTOUR DE MOI...

JE DOIS ALLER PRIER BOUDDHA DANS MON ERMITAGE À KATSURA...
VA DONC JOUER PLUS LOIN...
VOUS ÊTES BIEN APPRÊTÉ...
... POUR UNE RENCONTRE AVEC DES MOINES...
DITES DONC...
HI
HI
MAAAIS !
MOI AUSSI, JE VEUX Y ALLER...
ALLONS...
QUAND TU SERAS UN PEU PLUS GRANDE...
J'Y VAIS...
... MURASAKI...
JE SERAI DE RETOUR DÈS DEMAIN.
ATTENDEZ-MOI AVEC LA PRINCESSE...
QUELLE SURPRISE...
MÊME MOI QUI LE CONNAIS SI BIEN, JE M'ÉTONNE PARFOIS DE SA BEAUTÉ...

桜人 その舟止め
島つ田を 十町つくれる
見て帰り来むや
Ô CONTEMPLATEUR DE FLEURS DE CERISIER ARRÊTE CE BATEAU J'AI CONSTRUIT DIX CHAMPS DE RIZ SUR L'ÎLE JE VAIS EN FAIRE LE TOUR AVANT DE RENTRER
そよや… 明日帰りこむ
OUI DÈS DEMAIN JE VAIS RENTRER
そよや… 言をこそ…
MÊME SI CE NE SONT QUE DES PAROLES...
(Extrait de Sakurabito, poème à chanter de l'époque Heian)
SACRÉ GENJI...
IL ARBORE UN SI BEAU SOURIRE À L'IDÉE D'ALLER VOIR LA DAME D'AKASHI...
PRINCE...
SI LÀ OÙ VOUS ALLEZ, VOUS N'ÊTES PAS RETENU PAR LA DAME D'AKASHI, JE VEUX BIEN ATTENDRE VOTRE RETOUR DEMAIN...
Si de l'autre côté de la rive / Personne au loin / Ne retenait sa barque captive / Mon mari qui rentre demain / Je l'attendrais volontiers
DAME MURASAKI M'A DEMANDÉ DE VOUS TRANSMETTRE CE MESSAGE...
J'irai là-bas, je la verrai / Et demain je promets de rentrer / Même si en repartant si tôt / Je risque de décevoir un peu trop / La personne au loin
JE VOUS PROMETS DE RENTRER DEMAIN, MÊME SI LA DAME D'AKASHI RISQUE D'ÊTRE DÉÇUE QUE JE LA QUITTE DÉJÀ.
COMME IL EST DOUÉ POUR SE DÉFILER !
MAIS UNE FOIS DEVANT LA DAME D'AKASHI, RÉAGIRA-T-IL DE LA MÊME MANIÈRE ?
クス クス
HI HI
CE N'EST PAS LE MOMENT DE RIRE, DAME MURASAKI !
VOUS ÊTES TROP INDULGENTE !
JE NE PENSE PAS. CEPENDANT...

... SI, EN PLUS D'AVOIR DÛ CONFIER SA FILLE À AUTRUI...
... ELLE CESSAIT DE RECEVOIR LA VISITE DU PRINCE...
... SA PEINE SERAIT TROP IMMENSE...
VOUS ÊTES SI NONCHALANTE ...
LA DAME D'AKASHI AURAIT SÛREMENT AIMÉ FÊTER AVEC ELLE...
... LA CÉRÉMONIE DE VÊTURE DE LA ROBE...
QU'ELLE EST ADORABLE...
JE NE ME LASSE PAS...
... DE LA REGARDER.
ELLE S'EST CONTENTÉE D'OFFRIR DES ROBES À SA NOURRICE ET À SES SUIVANTES...
ELLE A VOULU SE MONTRER DISCRÈTE, EN TANT QUE MÈRE BIOLOGIQUE DE CONDITION MODESTE...
... MAIS JE NE PEUX M'EMPÊCHER DE LA PLAINDRE...
DAME D'AKASHI...
SI NOUS N'ÉTIONS PAS DANS CETTE SITUATION, VOUS ET MOI...
... NOUS AURIONS PEUT-ÊTRE PU DEVENIR AMIES...
MÈRE ! VENEZ...
VENEZ VOIR...
J'ARRIVE...
DAME MURASAKI EST COMPLÈTEMENT SOUS LE CHARME DE LA PRINCESSE...
QUEL DOMMAGE QU'ELLE NE SOIT PAS SA VÉRITABLE ENFANT...

JE VOUS REMERCIE D'AVOIR ORGANISÉ LA CÉRÉMONIE DE VÊTURE DE LA ROBE...
COMME LE NOUVEL AN APPROCHAIT ...
... NOUS N'AVONS PAS PU CÉLÉBRER CELA EN GRANDE POMPE, MAIS...
... QUAND CETTE ENFANT ATTEINDRA L'ÂGE ADULTE...
... JE VEILLERAI, EN TANT QUE PÈRE, À CE QU'ELLE AIT DROIT À LA PLUS FASTUEUSE DES CÉRÉMONIES...
PRINCE...
DANS VOS LETTRES, VOUS M'ÉCRIVIEZ QUE DAME MURASAKI PRENAIT LE PLUS GRAND SOIN DE LA PETITE PRIN-CESSE...
JE LUI EN SUIS TELLEMENT RECONNAIS-SANTE...
DAME D'AKASHI...
CELA SEMBLE FACILE, AU PREMIER ABORD...
... D'ADOPTER UNE ENFANT, MAIS C'EST LOIN D'ÊTRE LE CAS...

DAME MURASAKI EST UNE FEMME GÉNÉREUSE, AU GRAND CŒUR...
JE COMPRENDS QUE LE PRINCE L'AIME AUTANT...
DAME MURASAKI...
JE VOUS ENVIE TANT...
ELLE EST PLEINEMENT CONSCIENTE DE CE QUE VOUS TRAVERSEZ...
ET LA PETITE PRINCESSE...
... NE PLEURE-T-ELLE PAS LA NUIT ?
LES HISTOIRES QUI FONT PEUR LUI FONT FAIRE DES CAUCHEMARS...
ET QUAND ELLE MANGE TROP DE FRIANDISES, ELLE REFUSE DE DÎNER...
SON KIMONO DE DESSOUS DOIT ÊTRE TROP PETIT, MAINTENANT...
... CAR ELLE A DÛ GRANDIR...
ELLE A DÛ GRANDIR...

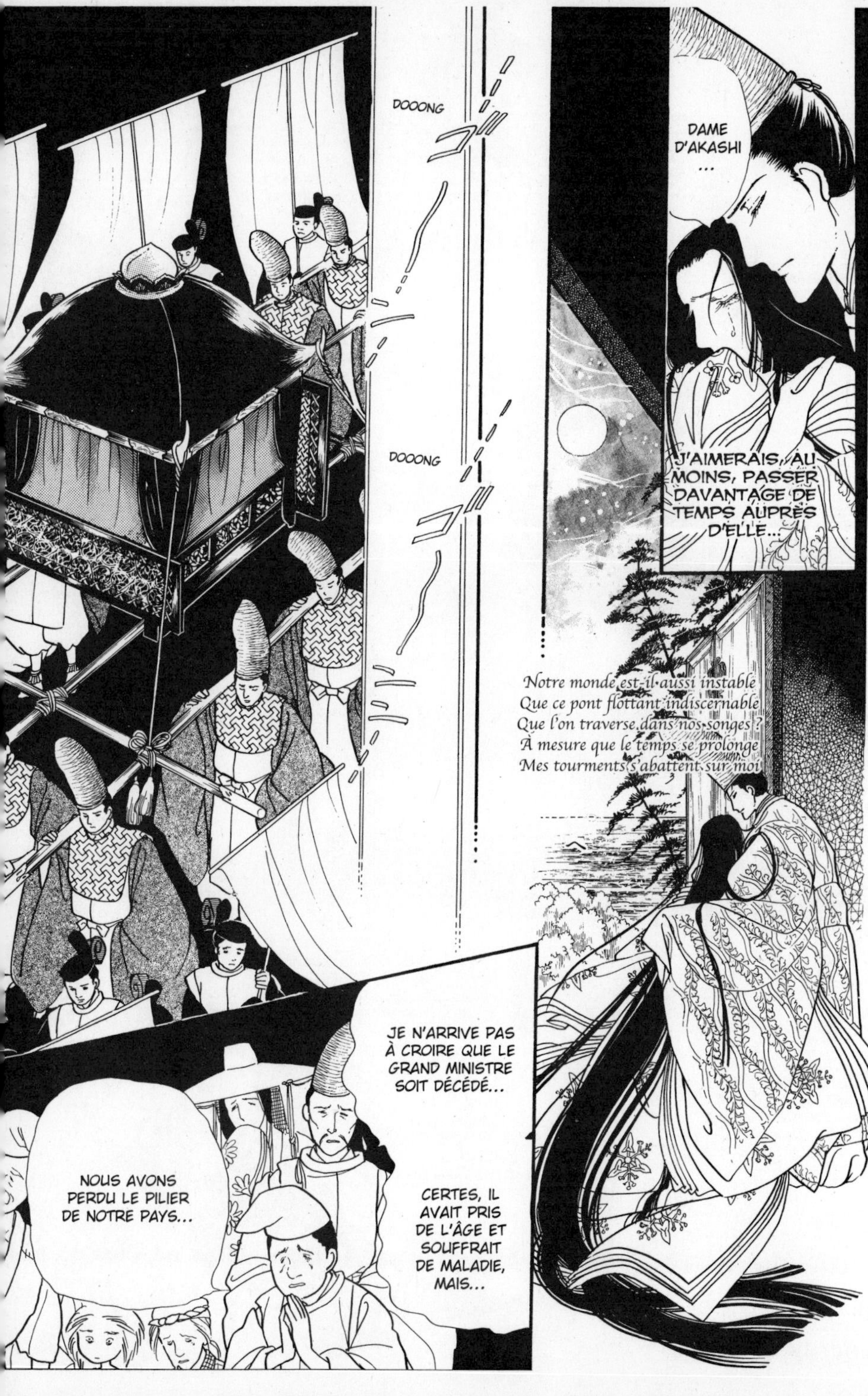
DAME D'AKASHI ...
J'AIMERAIS, AU MOINS, PASSER DAVANTAGE DE TEMPS AUPRÈS D'ELLE...
Notre monde est-il aussi instable
Que ce pont flottant indiscernable
Que l'on traverse dans nos songes ?
À mesure que le temps se prolonge
Mes tourments s'abattent sur moi
DOOONG
DOOONG
JE N'ARRIVE PAS À CROIRE QUE LE GRAND MINISTRE SOIT DÉCÉDÉ...
CERTES, IL AVAIT PRIS DE L'ÂGE ET SOUFFRAIT DE MALADIE, MAIS...
NOUS AVONS PERDU LE PILIER DE NOTRE PAYS...

GRAND MINISTRE...
EN TANT QUE PÈRE D'AOI, MA DÉFUNTE ÉPOUSE...
... VOUS N'AVEZ CESSÉ DE ME PROTÉGER ET DE VENIR À MON SECOURS...
QUEL DRÔLE DE TEMPS NOUS AVONS CETTE ANNÉE...
IL FAIT TOUJOURS FROID, ALORS QUE LE PRINTEMPS APPROCHE...
BRR... LE VENT EST SI DÉSA-GRÉABLE...
L'ÉPIDÉMIE QUI A FRAPPÉ IZUMI SE PROPAGE JUSQU'À LA CAPITALE...
IL PARAÎT QU'ELLE EST VIRULENTE...
LE MOUVEMENT DES ÉTOILES CONNAÎT UNE ALTÉRATION...
UN ARC-EN-CIEL LUNAIRE... ON DIT QUE C'EST UN MAUVAIS PRÉSAGE...
J'ESPÈRE QU'IL NE NOUS ARRIVERA RIEN...
ÉCLIPSE LUNAIRE, ÉTOILES FILANTES, NUAGES GIGANTESQUES... TOUS CES PHÉNOMÈNES SONT LES SIGNES AVANT-COUREURS DE TROUBLES DANS LE PAYS...
DE PLUS, LE PASSAGE DE CETTE COMÈTE DANS LE CIEL DU SUD EST ANNONCIATEUR DE SÉCHERESSES ET DE FAMINES...
LES EXPERTS DES BUREAUX D'ONMYÔ ET DE TENMON VONT MENER L'ENQUÊTE, AFIN DE DÉTERMINER LES CAUSES DE TOUT CELA.

TOUT CELA EST BIEN INQUIÉTANT...
... MONSIEUR LE MINISTRE GENJI...
QUOI QU'ANNONCENT CES PHÉNOMÈNES, CE QUI COMPTE, C'EST D'ÊTRE PRÉPARÉ...
NOUS ALLONS FAIRE VENIR LES RESPONSABLES DE TOUS LES MINISTÈRES AFIN DE PRENDRE DES MESURES...
JE COMPTE SUR VOUS...
ON DIT QUE LES CATASTROPHES NATURELLES SONT LIÉES AU COMPORTEMENT DE L'EMPEREUR...
CELA EST INCOMPRÉHENSIBLE, QUE PEUT-ON REPROCHER À SA MAJESTÉ ?
IL S'AGIT PEUT-ÊTRE D'UN AVERTISSEMENT...
... DE MÊME QUE LA TEMPÊTE À SUMA ÉTAIT UN MESSAGE CÉLESTE...
LE CIEL ME MET PEUT-ÊTRE EN GARDE..!
... EN ME RAPPELANT LE CRIME QUE J'AI COMMIS...
À PRÉSENT QUE LE GRAND MINISTRE EST DÉCÉDÉ, C'EST À MOI QUE LE POUVOIR VA REVENIR...

DE PLUS, CELLE QUI M'A PROMIS D'ENDOS-SER CE PÉCHÉ AVEC MOI...
... DAME FUJITSUBO ...
... EST SOUFFRANTE, À CE QU'ON M'A DIT...
... DEPUIS LE DÉBUT DE L'ANNÉE...
SI JE LE POUVAIS, JE ME PRÉCIPITERAIS À SON CHEVET...
... EN LAISSANT TOUT DERRIÈRE MOI...
PRINCE GENJI !
SA MAJESTÉ L'EMPEREUR VA RENDRE VISITE À LA PRINCESSE RELIGIEUSE !
!
L'EMPEREUR...
... SE REND AU CHEVET DE DAME FUJITSUBO ?
SON ÉTAT EST-IL SI PRÉOCCU-PANT ?
ELLE EST TRÈS AFFAIBLIE, OUI...
NOUS CRAIGNONS QUE CELA SOIT LEUR DERNIÈRE ENTREVUE...
DAME FUJITSUBO...
... VA MOURIR !

MONSIEUR LE MINISTRE...
CELA NE PEUT ÊTRE VRAI !
ELLE NE PEUT PARTIR AINSI ET M'ABANDONNER...
CELA N'EST PAS POSSIBLE !
JE REFUSE D'Y CROIRE !
MÈRE...
POURQUOI N'AVEZ-VOUS PAS PRIS DAVANTAGE SOIN DE VOUS, AVANT D'EN ARRIVER LÀ ?
LORS D'ANNÉES NÉFASTES COMME CELLE-CI, IL FAUT SE MONTRER PRUDENT... VOUS N'AVEZ PRATIQUÉ AUCUN RITUEL PROTÉGEANT DU MALHEUR..

J'AVAIS L'INTUITION... QUE MA VIE ALLAIT PRENDRE FIN CETTE ANNÉE...
MAIS JE NE VOULAIS PAS AFFOLER MON ENTOURAGE POUR AUTANT...
J'AVAIS L'INTENTION DE REVENIR VOUS RENDRE VISITE AU PALAIS POUR ÉVOQUER LE PASSÉ AVEC VOUS, MAIS...
... JE CRAINS QUE CELA NE SOIT PAS POSSIBLE...
NE SOYEZ PAS SI DÉFAITISTE, MÈRE !
VOUS ÊTES ENCORE JEUNE !
RÉTABLISSEZ-VOUS VITE... JE NE VEUX PAS VOUS PERDRE...
VOTRE ALTESSE...
AH... COMME IL RESSEMBLE...
... AU PRINCE RADIEUX...
ELLE S'EST ASSOUPIE...
ELLE DOIT ÊTRE FATIGUÉE...
IL EST L'HEURE DE RENTRER AU PALAIS, VOTRE MAJESTÉ...
MÈRE...

QUI EST LÀ ?
DES BRUITS DE PAS ?
TAP TAP TAP TAP
PRINCE RADIEUX ?
LES HOMMES N'ONT PAS LE DROIT D'ENTRER ICI... SEUL VOTRE PÈRE L'EMPEREUR EST AUTORISÉ À LE FAIRE...
ALLONS, PRINCE RADIEUX...
QUE FAITES-VOUS ICI ?
SI VOUS TENEZ ABSOLUMENT À VENIR, VOUS DEVEZ ÊTRE ACCOMPAGNÉ PAR LUI...
OH...
JE COMPRENDS...
JE SUIS EN TRAIN DE RÊVER...

JE VOUS PRIE DE M'EXCUSER...
C'EST JUSTE QUE... PÈRE M'A OFFERT UNE BELLE PEINTURE...
... ET JE TENAIS ABSOLUMENT À VOUS LA MONTRER...
VENEZ DONC...
NOUS ALLONS LA CONTEMPLER ENSEMBLE.
DAME FUJITSUBO...
VOS CHEVEUX SENTENT SI BON...
LE SAVIEZ-VOUS ? TOUT LE MONDE DIT QUE VOUS ÊTES ÉTINCELANTE DE BEAUTÉ...
... ET QUE L'ON VOUS SURNOMME LA DAME DES JOURS RADIEUX...
OH, MAIS C'EST VOUS QUE L'ON APPELLE "PRINCE RADIEUX"...
VOUS, JEUNE PRINCE À LA BEAUTÉ AVEUGLANTE...
PRINCE RADIEUX ?
JE NE VEUX PAS QUITTER MES HABITS D'ENFANT !
SI JE DEVIENS UN ADULTE...
... JE NE POURRAIS PLUS VOUS VOIR !

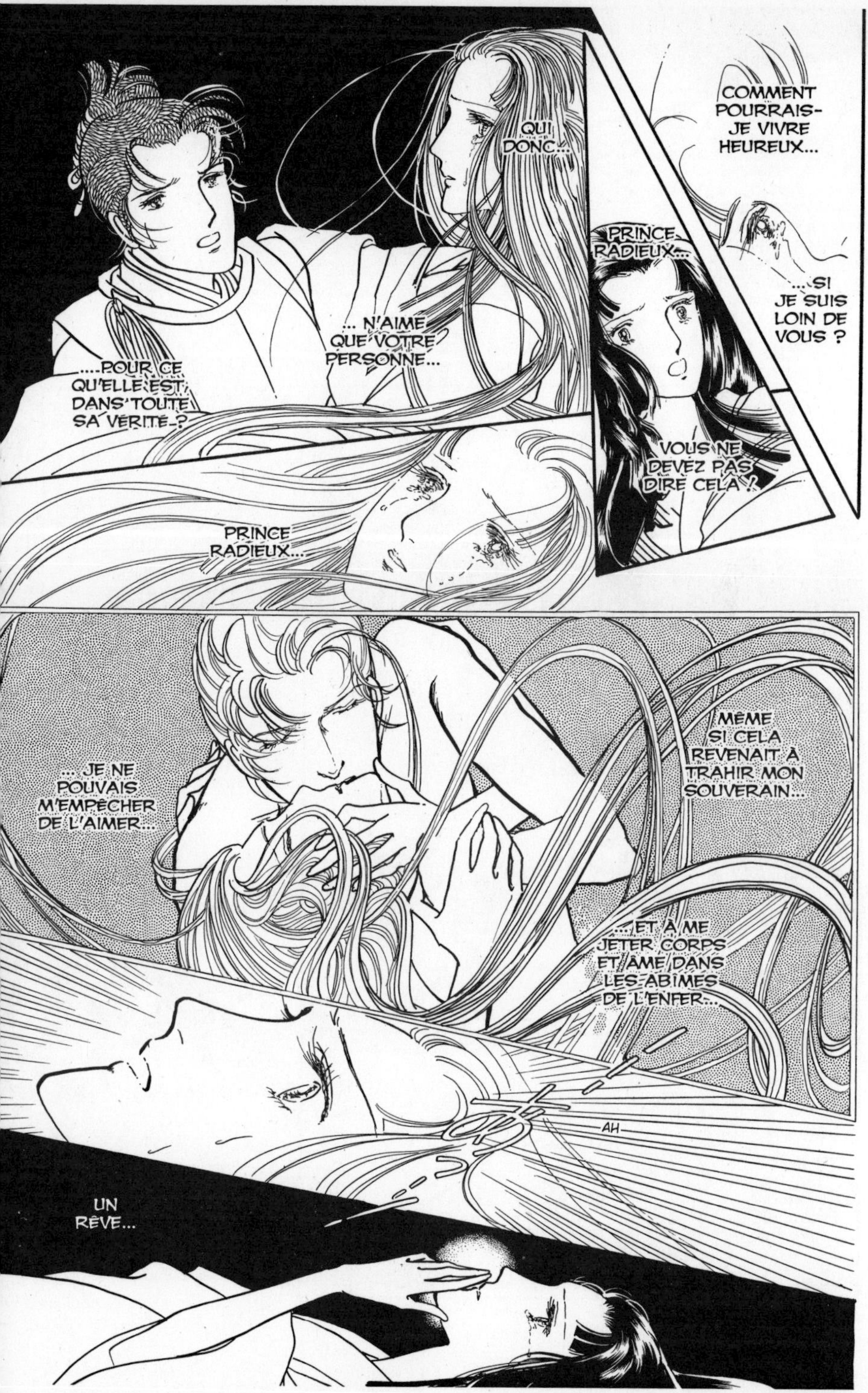
COMMENT POURRAIS-JE VIVRE HEUREUX...
... SI JE SUIS LOIN DE VOUS ?
PRINCE RADIEUX...
VOUS NE DEVEZ PAS DIRE CELA !
QUI DONC...
... N'AIME QUE VOTRE PERSONNE...
....POUR CE QU'ELLE EST DANS TOUTE SA VÉRITÉ ?
PRINCE RADIEUX...
MÊME SI CELA REVENAIT À TRAHIR MON SOUVERAIN...
...ET À ME JETER CORPS ET ÂME DANS LES ABÎMES DE L'ENFER...
... JE NE POUVAIS M'EMPÊCHER DE L'AIMER...
AH
UN RÊVE...

JE SUIS NÉE FILLE D'EMPEREUR, J'AI ÉTÉ PROMUE IMPÉRATRICE AVANT DE DEVENIR PRINCESSE RELIGIEUSE ET MÈRE DU PAYS...
LES GENS DOIVENT CONSIDÉRER QUE J'INCARNE LA QUINTESSENCE DE LA GLOIRE POUR UNE FEMME...
MAIS EN TANT QUE FEMME...
... J'AI DÛ PASSER MA VIE À REPOUSSER MON SEUL AMOUR...
... ET C'EST AINSI QUE MON EXISTENCE VA S'ACHEVER...
COMMENT SE SENT-ELLE ?
ELLE A CONTINUÉ À ACCOMPLIR SES DÉVOTIONS ALORS QU'ELLE EST SOUFFRANTE DEPUIS DES MOIS...
C'EST CE QUI A AGGRAVÉ SON ÉTAT...
CES DERNIERS TEMPS, ELLE NE TOUCHE PLUS À RIEN, PAS MÊME UNE ORANGE...
PRINCESSE RELIGIEUSE... LE GENJI EST LÀ...
TENEZ BON...
LE MINISTRE GENJI VIENT VOUS RENDRE VISITE...
DAME FUJITSUBO...
J'AI L'IMPRESSION D'ÊTRE PLONGÉ DANS UN CAUCHEMAR...
MONSIEUR LE MINISTRE ...
MÊME AU MOMENT OÙ LA MORT S'APPRÊTE À NOUS SÉPARER...
... NOUS NE POUVONS ÉVOQUER LA VÉRITÉ...

JAMAIS JE N'AI EU POUR LUI LE MOINDRE MOT DE PARDON OU D'AMOUR...
JE VOUS REMERCIE D'AVOIR RESPECTÉ LA VOLONTÉ DE FEU VOTRE PÈRE... ET D'AVOIR VEILLÉ SUR L'EMPEREUR, EN TANT QUE TUTEUR...
JE N'AI CESSÉ DE LE REPOUSSER...
CE SONT LES SEULS SOUVENIRS QU'IL GARDERA DE MOI...
DAME FUJITSUBO... VOUS NE POUVEZ PAS FAIRE CELA...
JE TÂCHE DE FAIRE MON POSSIBLE, MÊME SI JE ME SENS IMPUISSANT...
... MAIS DE VOUS VOIR SI AFFAIBLIE, APRÈS LE DÉCÈS DU GRAND MINISTRE...
VOUS NE POUVEZ PARTIR POUR L'ÉTERNITÉ EN ME LAISSANT ICI !
VOUS M'AVIEZ PROMIS D'ENDOSSER LE PÉCHÉ AVEC MOI...
ET POURTANT...
JE VOUS SOUHAITE DE VOUS RÉTABLIR AU PLUS VITE...
... VOUS VOUS APPRÊTEZ À COUPER CE DERNIER LIEN QUI NOUS UNIT !
SI L'AMOUR EST UN PÉCHÉ...
PRINCESSE RELIGIEUSE !
... ET QUE TOUT PÉCHÉ EST PUNI...
... EXISTE-T-IL PLUS TRISTE CHÂTIMENT QUE CELUI-CI ?

TENEZ BON !
ADIEU...
DAME FUJITSUBO !
PRINCE RADIEUX...
PRINCESSE RELIGIEUSE !
... DUQUEL JE NE ME RÉVEILLERAI JAMAIS...
JE M'EN VAIS REJOINDRE CE RÊVE...
POUR L'ÉTERNITÉ...
... SOUS UNE PLUIE CONTINUE DE PÉTALES DE FLEURS...
PRIN-CESSE RELI-GIEUSE !
AAAAAH
NON !
PRINCESSE !

DAME FUJITSUBO...
MONSIEUR LE MINISTRE !
LA PRINCESSE RELIGIEUSE EST DÉCÉDÉE !
ELLE A QUITTÉ CE MONDE !
IL NE FAUT PAS QUE L'ON ME VOIE AINSI...
MONSIEUR LE MINISTRE ...
VOUS N'AVEZ RIEN VU...
PERSONNE NE DOIT SAVOIR...
JE DOIS CACHER CES LARMES...
JE N'AI PAS MÊME LE DROIT DE PLEURER SA MORT...
MONSIEUR LE MINISTRE ...
FSSS

DES PÉTALES...
JE N'AVAIS PAS REMARQUÉ...
... QUE LES CERISIERS S'ÉTAIENT DÉJÀ ÉPANOUIS...
ILS ÉTAIENT EN FLEUR LORS DE CE FAMEUX BANQUET, AUSSI...
J'AVAIS 20 ANS, DAME FUJITSUBO EN AVAIT 25... NOUS ÉTIONS EN PLEIN ÉPA-NOUISSEMENT...
J'AI DANSÉ DEVANT ELLE, ET DEVANT MON PÈRE L'EMPEREUR...

SOUS UNE PLUIE DANSANTE DE PÉTALES...
... MES MANCHES ONDOYAIENT...
LE PRINTEMPS ÉTAIT À SON APOGÉE...
... NE SAIS-TU DONC PAS...
... QUE CETTE FEMME N'EST PLUS ?
JE DANSAIS RIEN QUE POUR VOUS...
VOUS QUI M'OBSERVIEZ DERRIÈRE LE RIDEAU TRANSLUCIDE...
Ô CERISIER...
ELLE NOUS A ABANDONNÉS ET EST PARTIE POUR L'ÉTERNITÉ...

ALORS...
... Ô CERISIER...
... SI TU COMPRENDS CE QUE JE RESSENS...
... JE TE PRIE DE PARER TES FLEURS AUX COULEURS DU DEUIL...

CETTE FEMME N'EST PLUS LÀ...
MA BIEN-AIMÉE ÉTERNELLE N'EST PLUS...

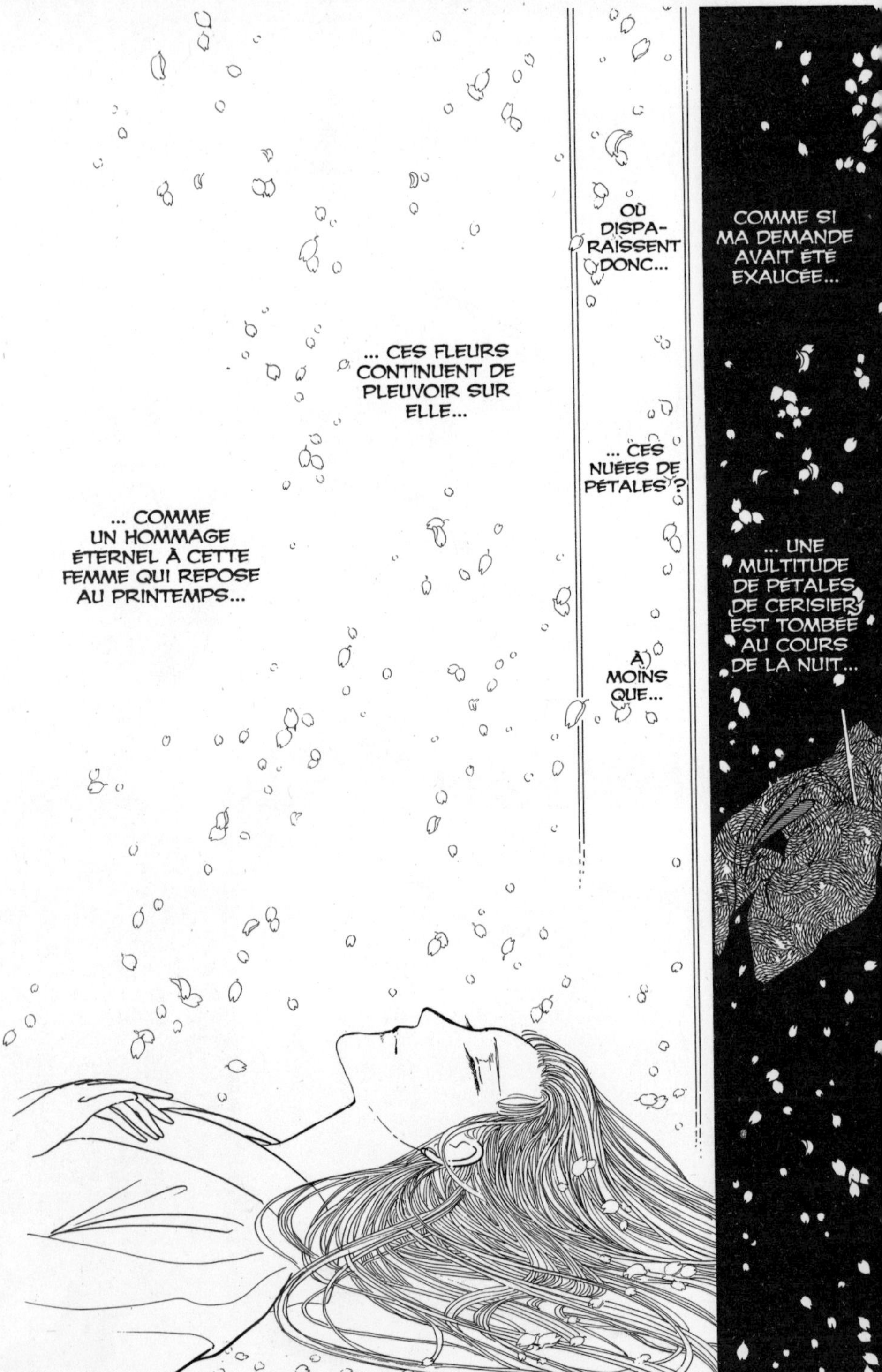
COMME SI MA DEMANDE AVAIT ÉTÉ EXAUCÉE...
... UNE MULTITUDE DE PÉTALES DE CERISIER EST TOMBÉE AU COURS DE LA NUIT...
OÙ DISPARAISSENT DONC...
... CES NUÉES DE PÉTALES ?
À MOINS QUE...
... CES FLEURS CONTINUENT DE PLEUVOIR SUR ELLE...
... COMME UN HOMMAGE ÉTERNEL À CETTE FEMME QUI REPOSE AU PRINTEMPS...

DEPUIS LES FUNÉRAILLES, LE PRINCE GENJI SE CLOÎTRE AU PAVILLON ET NE FAIT QUE RÉCITER DES SOUTRAS…
LE DÉCÈS DE LA PRINCESSE RELIGIEUSE L'A BEAUCOUP ÉPROUVÉ…
ILS ONT TOUJOURS ÉTÉ PROCHES, DEPUIS QUE LE PRINCE ÉTAIT ENFANT…
SA PEINE EST COMPRÉHEN-SIBLE…
…
LA PRINCESSE RELIGIEUSE ÉTAIT UNE FEMME VERTUEUSE ET D'UNE GRANDE NOBLESSE…
ELLE ÉTAIT D'UNE COMPASSION SANS PAREILLE POUR LE PEUPLE, ET AGISSAIT TOUJOURS POUR SON BIEN…
DES PERSONNES DE RANGS DIVERS SE SONT JOINTES AU CORTÈGE, ET UNE LONGUE FILE S'EST FORMÉE JUSQU'À TORIBENO, À CE QU'ON DIT…
ELLE ÉTAIT ENCORE SI JEUNE…
C'ÉTAIT UNE FEMME EXTRAORDI-NAIRE…
QUELLE TRIS-TESSE…

MONSIEUR LE PRÉLAT...
VOUS ÊTES SILENCIEUX DEPUIS TOUT À L'HEURE... À QUOI PENSEZ-VOUS ?
OH... JE...
...
MONSIEUR LE PRÉLAT ?
M'AVEZ-VOUS CACHÉ DES CHOSES ?
COMMENT AURAIS-JE OSÉ ?
MAIS CE QUE JE M'APPRÊTE À VOUS DIRE PEUT ÊTRE CONSIDÉRÉ COMME UN PÉCHÉ...
EH BIEN...
... JE DOIS PRENDRE MON COURAGE À DEUX MAINS POUR VOUS FAIRE UNE CONFIDENCE...
CEPENDANT, SI VOUS CONTINUEZ À IGNORER CETTE VÉRITÉ...
... LES CONSÉQUENCES RISQUENT D'ÊTRE PLUS TERRIBLES ENCORE...
MONSIEUR LE PRÉLAT...
QUE PENSEZ-VOUS, VOTRE ALTESSE, DES RÉCENTS FLÉAUX...
... ET DES DÉCÈS SUCCESSIFS DU GRAND MINISTRE PUIS DE LA PRINCESSE RELIGIEUSE ?

D'APRÈS LES EXPERTS, CES ÉVÉNEMENTS SE PRODUIRAIENT LORSQUE L'EMPEREUR MANQUE DE RESPECT À SES PARENTS...
... MAIS JE N'AI PAS LE SOUVENIR D'AVOIR MAL AGI...
C'EST BIEN CE QUE JE CRAIGNAIS...
QUE ME CACHEZ-VOUS DONC ?
VOUS AVEZ ÉTÉ LE MAÎTRE ÈS CONJURATIONS DE MA MÈRE, AINSI QUE DE MA GRAND-MÈRE...
VOUS VOUS CONSACREZ À PRÉSENT À MON SERVICE DE NUIT...
JE VAIS TOUT VOUS RÉVÉLER. CEPENDANT, IL S'AGIT DE FAITS D'UNE EXTRÊME GRAVITÉ...
... QUI CONCERNE VOTRE PÈRE L'EMPEREUR DÉFUNT, VOTRE MÈRE LA DÉFUNTE PRINCESSE RELIGIEUSE, AINSI QUE LE PRINCE GENJI...
MON PÈRE...
... MA MÈRE...
... AINSI QUE LE GENJI ?
LORSQUE VOTRE MÈRE A DÉCOUVERT QU'ELLE ÉTAIT ENCEINTE DE VOUS...
... ELLE ÉTAIT PROFONDÉMENT TRACASSÉE...
... ET M'A DEMANDÉ UNE SÉANCE DE CONJURATION.
DE CONJURATION ?
OUI... DE MÊME, LORSQUE LE GENJI A ÉTÉ DÉMIS DE SES FONCTIONS POUR UN CRIME QU'IL N'AVAIT PAS COMMIS, VOTRE MÈRE S'EST CONFIÉE À MOI...
JE SOUHAITERAIS ENDOSSER LA FATALITÉ D'UNE CERTAINE PERSONNE...

LES SÉANCES SE SONT POURSUIVIES JUSQU'À CE QUE VOUS ACCÉDIEZ AU TRÔNE.
LORSQUE LE GENJI A APPRIS QUE VOTRE MÈRE ÉTAIT ENCEINTE, IL A DEMANDÉ À SON TOUR À RECEVOIR MES CONJURATIONS...
VOULEZ-VOUS DIRE...
... QUE MA MÈRE ET LE GENJI...
POURQUOI LE GENJI TENAIT-IL TANT À RECEVOIR DES CONJURATIONS ?
QUE CRAIGNAIT DONC AUTANT VOTRE MÈRE ?
MONSIEUR LE PRÉLAT...
VOUS NE DEVEZ JAMAIS L'OUBLIER...
LE MINISTRE GENJI CONTINUERA À VOUS PROTÉGER, AU PÉRIL DE SA VIE...
ILS ÉTAIENT TOUS LES DEUX AMANTS...
... ET JE SUIS...
MONSIEUR LE PRÉLAT ...
... LE FILS DU GENJI, ET NON DE L'EMPEREUR DÉFUNT...

VOTRE MAJESTÉ…
D'AUTRES PERSONNES QUE VOUS SONT-ELLES AU COURANT ?
IL N'Y A QU'ÔNO MYÔBU ET MOI…
JE VOUS REMERCIE DE M'AVOIR RÉVÉLÉ LA VÉRITÉ …
SI J'ÉTAIS DEMEURÉ IGNORANT…
… J'AURAIS COMMIS UN PÉCHÉ ENCORE PLUS GRAVE, EN TANT QU'EMPEREUR…
SI JE SUIS L'ENFANT DU GENJI, CELA SIGNIFIE QU'UN ENFANT DE VASSAL EST AU TRÔNE…
QUE DOIS-JE FAIRE ?
QUE FAUT-IL QUE JE FASSE ?
JE NE SAIS QUE RÉPONDRE …
CES CALAMITÉS SONT UN AVERTISSEMENT DU CIEL, À PRÉSENT QUE SA MAJESTÉ…
… EST EN MESURE DE COMPRENDRE LE FOND DES CHOSES…

MONSIEUR LE MINISTRE GENJI !
QUE SE PASSE-T-IL ?
L'EMPEREUR N'A TOUJOURS PAS QUITTÉ SES APPARTEMENTS ?
EST-IL SOUFFRANT ?
JE NE PENSE PAS... C'EST LA PREMIÈRE FOIS QUE CELA ARRIVE...
VOTRE ALTESSE ...
QUE VOUS ARRIVE-T-IL ?
VOTRE ALTESSE ?
PRINCE GENJI...

AH... COMME NOUS NOUS RESSEMBLONS...
CHAQUE FOIS QUE JE ME REGARDAIS DANS LE MIROIR, JE ME FAISAIS CETTE RÉFLEXION...
QU'Y A-T-IL ?
VOTRE MÈRE VOUS MANQUE-T-ELLE ?
IL CACHE... UN CHAPELET BOUDDHIQUE DANS SA MANCHE ?
PORTE-T-IL LE DEUIL DE MA MÈRE ?
CELA CONFIRME QUE...
AH... MOI QUI ME CROYAIS DÉSORMAIS ORPHELIN...
... J'AVAIS EN FAIT UN PÈRE PRÈS DE MOI...
IL M'A AIMÉ ET PROTÉGÉ JUSQU'ICI, SANS ME RÉVÉLER SA PATERNITÉ...
PÈRE...
COMMENT ?

NON, RIEN...
TOUT VA BIEN, JE VOUS REMERCIE...
TIENS...
EST-CE VOUS QUI LISEZ TOUS CES TEXTES ?
L'HISTOIRE DE LA CHINE... AINSI QUE DE NOTRE PAYS...
OH !
POURQUOI VOUS METTEZ-VOUS À ÉTUDIER SOUDAINEMENT ?
LAISSEZ !
REPOSEZ DONC CELA...
MONSIEUR LE MINISTRE...
ET SI...
... JE RENONÇAIS À MON RANG SUPRÊME...
... ET QUE VOUS MONTIEZ SUR LE TRÔNE À MA PLACE ?
VOTRE ALTESSE...
CELA EST DÉJÀ ARRIVÉ AU COURS DE L'HISTOIRE...
J'AVAIS DÉCIDÉ DE VOUS NOMMER GRAND MINISTRE...
... MAIS...
QUE DITES-VOUS, VOTRE ALTESSE ?!

MAIS SINON...
N'EN DITES PAS DAVANTAGE !
LE DÉCÈS DE VOTRE MÈRE VOUS A-T-IL RENDU FRAGILE ?
NE VOUS EN FAITES PAS, ET NE SONGEZ PLUS À TOUT CELA.
LES CATASTROPHES NATURELLES SURVIENNENT AUSSI PENDANT LES RÈGNES DE SOUVERAINS IRRÉPROCHABLES...
PRINCE GENJI...
JE NE PEUX ACCEPTER UNE TELLE PROPOSITION...
FEU VOTRE PÈRE M'AIMAIT PARTICULIÈREMENT, CELA EST VRAI, MAIS IL N'A JAMAIS ENVISAGÉ DE ME CÉDER LE TRÔNE.
COMMENT POURRIONS-NOUS ALLER À L'ENCONTRE DE SA VOLONTÉ MAINTENANT ?
PRINCE GENJI...
MON VÉRITABLE PÈRE EST DONC UN VASSAL...

QUEL FILS D'EMPEREUR...
... NE RÊVERAIT PAS D'ACCÉDER AU TRÔNE ?
CEPENDANT...
... JE SUIS TERRIFIÉ...
... PAR CETTE ACCESSION AU TRÔNE QUI RÉSULTE D'UN PÉCHÉ...
MAIS POURQUOI DONC L'EMPEREUR M'A-T-IL FAIT CETTE PROPOSITION SOUDAINE ?
SE POURRAIT-IL QUE...
NON, IL NE PEUT ÊTRE AU COURANT...
CE N'EST PAS POSSIBLE...
ÔNO MYÔBU...
OH, MONSIEUR LE MINISTRE...

NON, IL N'Y A AUCUN RISQUE...
... QUE L'EMPEREUR SOIT AU COURANT...
J'AI DÛ ME FAIRE DES IDÉES...
LA PRINCESSE RELIGIEUSE A TOUJOURS ÉTÉ TRÈS PRUDENTE...
CEPENDANT, ELLE ÉTAIT AFFLIGÉE À L'IDÉE...
... QUE L'EMPEREUR PUISSE ÊTRE PUNI PAR BOUDDHA POUR UNE FAUTE INVOLONTAIRE...
... SANS AVOIR PU SE RENDRE COMPTE DE L'AMOUR QUE LUI PORTE SON PÈRE...
ELLE SE TRACASSAIT POUR CELA... À CAUSE DE MOI...
TOUT CELA, PARCE QUE...
... JE L'AI AIMÉE...
JE VOULAIS L'AIMER ET LA RENDRE HEU-REUSE...
... MAIS EN FIN DE COMPTE ...
... JE N'AI FAIT QUE LUI CAUSER DE LA SOUFFRANCE...
PRINCE GENJI...
NON, PRINCE...
MOI, JE SAIS...

Ce mince nuage
Flottant sur la cime
Que le soleil couchant illumine
Sa teinte est-elle un hommage
À la manche de mon habit de deuil ?
JE SAIS À QUEL POINT VOUS VOUS AIMIEZ...
MÊME SI VOUS NE POUVIEZ VOUS PRENDRE LA MAIN NI ÉCHANGER DES PAROLES...
ET POURTANT, LA PRINCESSE...
... A VÉCU LES MOMENTS LES PLUS HEUREUX DE SA VIE...
... GRÂCE À VOTRE RENCONTRE.
JE VOUS REMERCIE...

CHAPITRE 22

Pourquoi donc pensais-je
Qu'éphémère est la vie
Des belles-du-matin ?
Qu'en est-il, à leurs yeux,
De notre existence à nous ?
Fujiwara no Michinobu
Wakan rôeishû,
anthologie de poèmes chinois

J'AI FAIT AMÉNAGER LE BÂTIMENT PRINCIPAL DE MA RÉSIDENCE POUR L'ÉPOUSE IMPÉRIALE UMETSUBO…
J'ESPÈRE QU'ELLE S'Y PLAÎT…
OUI, TOUT À FAIT…
ELLE NE PENSAIT PAS QUE SON PÈRE ADOPTIF AURAIT TANT D'ATTENTION POUR ELLE…
DAME UMETSUBO, LE MINISTRE GENJI VIENT S'ENQUÉRIR DE VOUS…
OÙ PEUT-IL S'INSTALLER ?
NOUS N'ALLONS PAS LE PLACER DERRIÈRE LES STORES…
IL S'AGIT TOUT DE MÊME DE SON PÈRE ADOPTIF…
JE VOUS REMERCIE DE VEILLER AU BIEN-ÊTRE DE L'EMPEREUR, QUI VOUS TIENT EN HAUTE ESTIME…
C'EST UN HONNEUR QU'IL VOUS AIT ACCORDÉ UN CONGÉ EN MA DEMEURE…
JE VOUS PRIE DE PRENDRE VOS AISES…
JE VOUS REMERCIE…

CETTE ANNÉE A ÉTÉ FRAPPÉE PAR DE NOMBREUX ÉVÉNEMENTS SOMBRES…
… ET QUAND JE REGARDE LA PLUIE TOMBER SUR LES HERBES D'AUTOMNE DU JARDIN, TOUTES SORTES DE SOUVENIRS ME REVIENNENT À L'ESPRIT…
MONSIEUR LE MINISTRE …
D'AILLEURS, C'ÉTAIT AUSSI À L'AUTOMNE QUE J'ÉTAIS ALLÉ RENDRE VISITE À FEU VOTRE MÈRE, DAME ROKUJÔ, AU TEMPLE DE LA LANDE…
ELLE NE SUPPORTAIT PAS L'IDÉE DE VOUS LAISSER PARTIR SEULE À ISE…
… ET ELLE A PRIS LA DÉCISION DE QUITTER LA CAPITALE…
J'AI TENTÉ DE L'EN DISSUADER À SAGANO, MAIS…
LE TORII EN BOIS NOIR VIEILLI…
LES BOURDONNEMENTS DES INSECTES…
JUSQU'À CE QUE LA LUNE SOIT CACHÉE PAR LA MONTAGNE…
MES SENTIMENTS AMOUREUX QUI EMPLISSAIENT MON CŒUR…
JE SERAI TOUJOURS AFFLIGÉ À L'IDÉE… DE NE PAS ÊTRE PARVENU À LA RETENIR..

DEUX HISTOIRES D'AMOUR DANS MA VIE SE SONT TERMINÉES PAR DES REGRETS...
CELLE QUE J'AI VÉCUE AVEC VOTRE MÈRE EN EST UNE...
ET L'AUTRE, C'EST...
...
QU'AVEZ-VOUS, MONSIEUR LE MINISTRE ?
DAME UMETSUBO...
SI SEULEMENT... JE POUVAIS VOUS AIMER À LA PLACE DE DAME ROKUJÔ...
DAME UMETSUBO !
MONSIEUR LE MI-NISTRE ?
OH... VEUILLEZ M'EXCUSER...
QU'EST-CE QUI ME PREND ?
CETTE FEMME EST L'ÉPOUSE DE MON FILS, L'EMPEREUR REIZEI...
DEPUIS LES TEMPS ANCIENS...
... L'ON DÉBAT POUR SAVOIR QUI L'EMPORTE, ENTRE LE BROCARD DES FLEURS DU PRINTEMPS ET LA MÉLANCOLIE DE L'AUTOMNE, MAIS...
... J'ESPÈRE QUE MON JARDIN, AVEC SES ARBRES FLEURIS DE PRINTEMPS ET SES HERBES D'AUTOMNE VOUS APPORTERA QUELQUE RÉCONFORT...
APPRÉCIEZ-VOUS AUTANT LE PRINTEMPS QUE L'AUTOMNE ?

OH, JE NE POURRAIS CHOISIR ENTRE L'UN ET L'AUTRE…
ILS SONT TOUS DEUX D'UNE TELLE SPLENDEUR…
CEPENDANT, L'AUTOMNE ÉTANT LA SAISON OÙ MA MÈRE S'EST ÉTEINTE…
… J'ÉPROUVE TOUJOURS UN SENTIMENT DE TRISTESSE À CETTE PÉRIODE…
AH…
QUELLE VOIX DOUCE ET FÉMININE…
… L'AUTOMNE ME TOUCHE PARTICULIÈREMENT…
À QUOI RESSEMBLE SON VISAGE ?
QUELLE ALLURE A-T-ELLE ?
DAME UMETSUBO… MOI AUSSI…
JE M'EFFORCE DE RÉSISTER, AFIN DE RESPECTER LES DERNIÈRES VOLONTÉS DE LA DÉFUNTE…
Vous aussi, madame / Offrez-moi vos états d'âme / Car nul ne le soupçonne / Mais le vent des soirs d'automne / Pénètre vivement mon corps
NOUS RESSENTONS LA MÊME CHOSE, ALORS PARTAGEZ-MOI VOS SENTIMENTS…
MONSIEUR LE MINISTRE ?
C'EST UN POÈME D'AMOUR !
COMMENT CELA EST-IL POSSIBLE ?
…
JE CROIS QUE LE CRÉPUSCULE D'AUTOMNE M'A QUELQUE PEU ENHARDI…
JE DOIS CESSER D'IMPORTUNER MADAME…

LES SOIRS D'AUTOMNE ONT QUELQUE CHOSE D'ÉTRANGE...
IL EST TEMPS POUR L'HOMME SUR LE DÉCLIN DE PRENDRE CONGÉ...
ALLONS, PRINCE GENJI !
VOUS PLAISANTEZ ...
QU'EST-CE QUI M'A PRIS ?
JE TOMBE DE NOUVEAU SOUS LE CHARME D'UNE FEMME DONT JE NE DOIS PAS TOMBER AMOUREUX...
VOILÀ QUE MA MAUVAISE HABITUDE ME REPREND...
NON, CE N'EST PAS CELA...
JE CONTINUE À CHERCHER SA TRACE...
QUE CE SOIT DAME FUJITSUBO OU DAME ROKUJÔ...
... QUI SUSCITENT MON ADMIRATION...
... JE NE PEUX M'EMPÊCHER DE CHERCHER DES FEMMES...
... ALORS QUE SE TIENT AUPRÈS DE MOI, CELLE QUE JE SUIS CENSÉ AIMER...

LE PRINCE EST-IL SORTI ?
OUI...
COMME LE PRINCE DIRECTEUR AUX RITES EST DÉCÉDÉ RÉCEMMENT, MON MARI EST ALLÉ RENDRE VISITE À SA PETITE SŒUR, LA PRINCESSE CINQUIÈME...
J'ESPÈRE QU'IL NE VA PAS REPRENDRE SES MAUVAISES HABITUDES...
ALLONS, SHÔNAGON, JE NE VOUS PERMETS PAS...
LA PRINCESSE CINQUIÈME EST ÉGALEMENT LA PETITE SŒUR DE FEU L'EMPEREUR KIRITSUBO...
ELLE EST DONC LA TANTE DU GENJI...
JE NE PARLAIS PAS D'ELLE...
... MAIS DE LA FILLE DU PRINCE DIRECTEUR AUX RITES, L'ANCIENNE PRÊTRESSE DE KAMO, QUI SE TROUVE ACTUELLEMENT LÀ-BAS...
DAME ASAGAO, LA PRINCESSE AUX BELLES-DU-MATIN ?
AVEZ-VOUS OUBLIÉ QU'À L'ÉPOQUE OÙ VOUS VOUS ÊTES MARIÉS, LE PRINCE S'EST RÉFUGIÉ AU MONASTÈRE DE L'URIN-IN...
... ET QU'IL A ÉCHANGÉ DES LETTRES AVEC ELLE ? CELA AVAIT ATTISÉ LA COLÈRE DE L'IMPÉRATRICE DOUAIRIÈRE...

JE M'EN SOUVIENS, SHÔNAGON…
À CE MOMENT-LÀ, POUR LA PREMIÈRE FOIS…
… J'AI PRIS CONSCIENCE DE LA PRÉSENCE D'AUTRES QUE MOI DANS LE CŒUR DU PRINCE…
… ET J'AI DÉCOUVERT CETTE AFFLICTION QUE SEULES LES FEMMES CONNAISSENT…
JE M'ÉTAIS RASSURÉE CES DERNIERS TEMPS, MAIS…
VOUS N'AVEZ PAS À VOUS INQUIÉTER.
S'IL ARRIVAIT QUELQUE CHOSE, LE PRINCE M'EN PARLERAIT.
J'EN SUIS CERTAINE…
PRINCESSE…
LE MINISTRE GENJI EST VENU S'ENQUÉRIR DE VOTRE ÉTAT…
LE MINISTRE GENJI ?
JE SUIS SÛRE QU'IL VA VOUS DEMANDER VOTRE MAIN…
D'AILLEURS, LES LETTRES DE CONDOLÉANCES QU'IL VOUS A ENVOYÉES…
… RESSEMBLENT DAVANTAGE À DES LETTRES D'AMOUR…

ALLONS, VOUS LUI MANQUEZ DE RESPECT...
PRINCESSE, VOUS ÊTES TROP MODESTE !
VOUS ÊTES SA "PRINCESSE AUX BELLES-DU-MATIN", SON PREMIER AMOUR !
OÙ ALLONS-NOUS L'INSTALLER ?
DANS LA GALERIE EXTÉRIEURE, CELA SERAIT IMPOLI...
MOI, ÉPOUSER LE PRINCE GENJI ?
NON...
CELA N'ARRIVERA PAS...
... CAR JE SUIS FERMEMENT DÉCIDÉE...
... À NE JAMAIS ME MARIER.
LES FEMMES N'ONT-ELLES PAS LE DROIT DE FAIRE CE CHOIX DE VIE ?
DEPUIS QUAND CETTE IDÉE...
... A-T-ELLE GERMÉ DANS MON ESPRIT ?
MON PÈRE, LE PRINCE DIRECTEUR AUX RITES, AVAIT QUELQUES ÉPOUSES, MÊME SI ELLES ÉTAIENT PEU NOMBREUSES.
IL AIMAIT POURTANT MA MÈRE...
... MAIS EN TANT QU'ARISTOCRATE, CE DEVAIT ÊTRE L'USAGE QUE D'AVOIR PLUSIEURS FEMMES...

MA MÈRE, ÉPOUSE OFFICIELLE, ÉTAIT ÉGALEMENT DE NOBLE EXTRACTION, ET N'A JAMAIS CRITIQUÉ LE COMPORTEMENT DE MON PÈRE...
... ET JE PENSAIS, LORSQUE J'ÉTAIS ENFANT...
... QUE C'ÉTAIT CELA, UN COUPLE.
JUSQU'À CETTE NUIT-LÀ...
NOURRICE...
OÙ ES-TU ?
MÈRE ?
MA MÈRE DANSAIT SEULE, EN SILENCE.
ELLE QUI AVAIT GRANDI À L'ÉCART DU MONDE, DANS UN ENVIRONNEMENT PROTÉGÉ, ET QUE L'ON VOYAIT RAREMENT EN MOUVEMENT...
EN LA REGARDANT, J'AI RECONNU LES PAS DE LA DANSE DE RYÔÔ...

ON DIT QUE RYÔÔ ÉTAIT LE ROI DE LA DYNASTIE QI DU NORD...
IL ÉTAIT D'UNE TELLE BEAUTÉ...
... QU'IL CACHAIT SON VISAGE SOUS UN MASQUE TERRIFIANT POUR ALLER AU COMBAT...
AH...
MA MÈRE N'ÉTAIT DONC PAS LA PERSONNE CALME ET APAISÉE QUE JE CROYAIS...
À L'INVERSE DE RYÔÔ, MA MÈRE... ET TOUTES LES ÉPOUSES...
... CACHAIENT LEUR COLÈRE ET LEURS LARMES DERRIÈRE UN MASQUE POUR MENER LEUR COMBAT DE FEMME...
DERRIÈRE SON MASQUE DE CONJOINTE VERTUEUSE, ELLE CACHAIT SA PERSONNALITÉ RÉPRIMÉE...
QUELQUE TEMPS PLUS TARD, MA MÈRE EST DÉCÉDÉE.
POURQUOI NE LAISSE-T-ON PAS AUX FEMMES D'AUTRES CHOIX DE VIE ?
AU BOUT D'UN CERTAIN TEMPS, J'AI COMMENCÉ À AVOIR DES PRÉTENDANTS, MOI AUSSI...
MON PÈRE, QUI VOUAIT UNE ADMIRATION AVEUGLE À MA PERSONNE, LES A TOUS REPOUSSÉS...
JE PRÉFÉRAIS CELA...
... AU FAIT DE DEVOIR MENER UNE VIE PAREILLE À CELLE DE MA MÈRE...
PRINCESSE ! RENTREZ À L'INTÉRIEUR !
VITE !
IL Y A UN HOMME, LÀ-BAS...

C'ÉTAIT MON JEUNE COUSIN...
... QUE L'ON SURNOMMAIT "PRINCE RADIEUX"...
JE LE PRENAIS POUR UN ARISTOCRATE FRIVOLE...
... MAIS CE N'ÉTAIT PAS LE CAS...
IL ÉTAIT INTELLIGENT ET TALENTUEUX...
MOI, ÉPOUSER LE GENJI ?
IL EST MARIÉ À LA FILLE DU MINISTRE DE LA GAUCHE, MAIS LES NOBLES COMME LUI ONT PLUSIEURS ÉPOUSES...
NON, PÈRE...
VOUS N'Y PENSEZ PAS...
SON ÉPOUSE OFFICIELLE EST DÉCÉDÉE...
VEUX-TU RECONSIDÉRER MA PROPOSITION ?
NON, PÈRE...

POURQUOI DONC ? AS-TU DES GRIEFS CONTRE LE GENJI ?
NON, JE L'APPRÉCIE BEAUCOUP ...
CEPENDANT...
TU ES BIEN TÊTUE...
EST-CE MAL DE VOULOIR REFUSER...
... DE S'ENGAGER DANS LA BATAILLE D'AMOUR ENTRE UN HOMME ET UNE FEMME ?
VOTRE VENUE M'HONORE, PRINCE GENJI...
J'AI TOUJOURS ENVIÉ MA SŒUR AÎNÉE, LA PRINCESSE TROISIÈME...
FEU MON MARI, LE PRINCE DIRECTEUR AUX RITES, A TOUJOURS REGRETTÉ DE NE PAS POUVOIR FAIRE DE VOUS SON GENDRE...
EN VOUS OFFRANT LA MAIN D'AOI, LA FILLE QU'ELLE A EUE AVEC LE GRAND MINISTRE, ELLE A MÊME EU LA CHANCE D'AVOIR UN PETIT-FILS...
DAME ASAGAO...
SON NOM M'ÉVOQUE LE SOUVENIR LOINTAIN...
... DE CES BELLES-DU-MATIN BAIGNÉES DE ROSÉE...

LE PRINCE GENJI EST LÀ…
DAME MAJOR-DOME…
C'EST VOUS QUI L'ACCUEILLE-REZ.
COMMENT ? MAIS…
… JUSQU'ICI, C'EST VOUS QUI…
AH… PRINCE GENJI…
IL EST ENCORE PLUS ÉBLOUISSANT QU'AUTREFOIS…
JE SUIS ÉTONNÉ QUE L'ON ME TIENNE À DISTANCE, LOIN DES STORES…
NOUS NOUS CONNAISSONS DEPUIS DE LONGUES ANNÉES…
… ET J'ESPÉRAIS POUVOIR M'ADRESSER À DAME ASAGAO EN PERSONNE…
À PRÉSENT QUE MADAME A PERDU SON PÈRE, LA DISTINCTION ENTRE RÊVE ET RÉALITÉ SE FAIT DIFFICILE…
ELLE SOUHAITE PRENDRE LE TEMPS DE LA RÉFLEXION, POUR SAVOIR COMMENT ACCUEILLIR VOTRE SOLLICITUDE…
LA PRINCESSE POURRAIT SE MONTRER PLUS CHALEUREUSE AVEC LUI…
IL N'EMPÊCHE, LE MINISTRE …
… EST ENCORE PLUS BEAU QU'AVANT… IL DÉGAGE UN CHARME VIRIL…
MOI, JE NE SAURAIS PAS LUI RÉSISTER…

NOUS NOUS SOMMES CONNUS À L'ÉPOQUE OÙ L'EMPEREUR KIRITSUBO ÉTAIT TOUJOURS AU POUVOIR.
ENSUITE, J'AI ÉTÉ CONTRAINT À L'EXIL, ET VOUS ÊTES DEVENUE PRÊTRESSE...
MAIS MES SENTIMENTS N'ONT PAS CHANGÉ... JE VOUS AIME TOUJOURS AUTANT...
PRINCE GENJI...
À PRÉSENT, IL N'Y A AUCUN INTERDIT ENTRE NOUS...
NOUS POUVONS MIEUX NOUS COMPRENDRE, GRÂCE À NOS ANNÉES D'EXPÉRIENCE...
J'AIMERAIS AUSSI VOUS CONTER MES MÉSAVENTURES, AFIN QUE VOUS ALLÉGIEZ MON CHAGRIN...
MADAME VOUS RAPPELLE QU'ELLE A ÉTÉ PRÊTRESSE...
LES DIEUX LA BLÂMERAIENT SI ELLE PRONONÇAIT DES PAROLES À LA LÉGÈRE POUR VOUS RÉCONFORTER...
ALLONS, PERSONNE NE VOUS EN TIENDRA RIGUEUR !
LE DIEU DU VENT A BALAYÉ LES FAUTES DU PASSÉ.
ELLE EST TOUJOURS AUSSI SÉRIEUSE ET RIGIDE...
ELLE FAIT PREUVE D'UNE INTRANSIGEANCE ABSOLUE...

DES BELLES-DU-MATIN AUX COULEURS FANÉES POUSSANT CONTRE LA HAIE SOUS LE BROUILLARD, À LA FIN DE L'AUTOMNE... VOILÀ À QUOI JE RESSEMBLE, ACTUELLEMENT...
Alors que l'automne prend fin / Contre la haie couverte de brume / Des belles-du-matin / Qui bientôt se consument / Voilà ce que je suis
JE NE PARVIENS PAS À OUBLIER CE JOUR OÙ JE VOUS AI APERÇUE, IL Y A DE CELA DES ANNÉES... LA FLORAISON DES SPLENDIDES BELLES-DE JOUR EST-ELLE DÉJÀ FINIE ?
Depuis que je vous ai vue par le passé / Il m'est impossible d'oublier / Ce visage aux belles-du-matin / L'apogée de sa floraison / A-t-elle déjà disparu de l'horizon ?
ET POURTANT, SES LETTRES...
... SONT PLEINES DE CHALEUR ET DE BIENVEILLANCE...
JE L'AIME, JE LA RESPECTE, ET JE L'ADMIRE PROFONDÉMENT...
ELLE ME FAIT IRRÉSISTIBLEMENT PENSER À DAME FUJITSUBO, MAIS AUSSI À DAME ROKUJÔ...
MALÉDICTION !
CELA SIGNIFIE QUE...
LE PRINCE AURAIT-IL L'INTENTION DE L'ÉPOUSER ?
C'EST LA DAME MAJORDOME DE LA PRINCESSE ASAGAO...
SI SEULEMENT JE POUVAIS ÉPROUVER DE NOUVEAU CES SENTIMENTS POUR UNE AUTRE...
DITES... CETTE DAME DE COMPAGNIE...

PRINCE... POURQUOI NE ME DITES-VOUS RIEN ?
LA RUMEUR EST-ELLE VRAIE ?
... MON STATUT SERA INFÉRIEUR À CELUI D'UNE AUTRE...
ALLEZ-VOUS ÉPOUSER DAME ASAGAO ?
SI VOUS FAITES CELA...
JE N'AVAIS JAMAIS ENVISAGÉ CETTE ÉVENTUA-LITÉ...
QUOI QU'IL ARRIVE, IL NE M'ABANDONNERA PAS, MAIS...
...DAME ASAGAO JOUIT D'UNE EXCELLENTE RÉPUTATION ET LE PRINCE LA TIENT EN HAUTE ESTIME... ELLE DEVIENDRAIT SON ÉPOUSE OFFICIELLE...

SOYEZ FORTE, DAME MURASAKI...
CE SONT DES CHOSES QUI ARRIVENT SOUVENT, DANS UN COUPLE...
JE LE SAIS...
IL EST PRESQUE ÉTRANGE QUE CELA NE ME SOIT PAS ARRIVÉ PLUS TÔT...
... EN AYANT UN ÉPOUX TEL QUE LE GENJI...
ET POURTANT...
... COMBIEN DE FEMMES ONT-ELLES DISSIMULÉ LEUR INQUIÉTUDE...
... EN OBSERVANT LEUR MARI SORTIR...
... REJOINDRE LEUR AMANTE ?
JE VOUS SOUHAITE UNE BONNE SOIRÉE, PRINCE...
VOUS DEVRIEZ ACCEPTER SA PROPOSITION, PRINCESSE...
MAIS... MA TANTE...
L'ÉPOUSE ACTUELLE DU GENJI EST LA FILLE DU PRINCE DIRECTEUR AUX RITES... ET C'EST UNE ENFANT ILLÉGITIME, QUI PLUS EST...
LEUR UNION N'A PAS FAIT L'OBJET D'UNE CÉRÉMONIE OFFICIELLE...
IL FAUT AU PRINCE UNE ÉPOUSE D'UN RANG PLUS ÉLEVÉ...
LA FEMME DU GENJI...
DAME MURASAKI, JE CROIS...

MA TANTE... JE NE PEUX...
C'EST POUR VOTRE BIEN...
VOUS VENEZ DE PERDRE VOTRE PÈRE, VOUS N'AVEZ PAS D'ÉPOUX...
RÉFLÉCHISSEZ BIEN, ET TÂCHEZ DE LUI DONNER UNE RÉPONSE LORS DE SA PROCHAINE VENUE...
PERSONNE NE PEUT COMPRENDRE...
... CE QUE JE RESSENS...
LES FEMMES SONT-ELLES CONDAMNÉES À TOUTES VIVRE DE CETTE MANIÈRE ?
MURASAKI...
LA PRINCESSE CINQUIÈME EST SOUFFRANTE, JE M'EN VAIS LUI RENDRE VISITE.
MURASAKI ?
...

VOUS SEMBLEZ DE MAUVAISE HUMEUR, CES DERNIERS TEMPS...
SI JE PASSE DE NOMBREUSES NUITS AU PALAIS ET QUE JE SORS BEAUCOUP, C'EST POUR ÉVITER QUE VOUS NE VOUS LASSIEZ DE MOI...
C'EST PLUTÔT MOI QUI N'AI PLUS DE CHARME À VOS YEUX, CAR VOUS VOUS ÊTES TROP HABITUÉ À ME VOIR...
MURASAKI...
QUE SOUHAITEZ-VOUS FAIRE, PRINCE ?
J'AI DÉJÀ ANNONCÉ MA VENUE PAR UNE MISSIVE, JE SUIS CONTRAINT D'Y ALLER...
IL FAUT QUE JE CESSE CES CHOSES-LÀ...
JE NE VEUX PAS QUE MURASAKI M'EN VEUILLE...

LA PRINCESSE CINQUIÈME S'EST ASSOUPIE...
JE M'EN VAIS...
AHEM
エヘン
AHEM
エヘン!
PARDON ?
AURIEZ-VOUS OUBLIÉ QUE J'HABITE ICI ?
MOI QUI M'IMPATIEN-TAIS...
... À L'IDÉE DE VOUS REVOIR...
QUELLE SURPRISE... C'EST VOUS, MADAME LA RÉGENTE...
VOUS ÉTIEZ ENCORE EN VIE... PARDON, VOUS SEMBLEZ VOUS PORTER À MERVEILLE...
JE ME SUIS FAITE NONNE ET JE PRATIQUE LES DÉVOTIONS SOUS LA DIRECTION DE LA PRINCESSE CINQUIÈME.
IL NE RESTE QUE PEU DE GENS QUI ONT CONNU L'EMPEREUR DÉFUNT...
VEUILLEZ M'ACCORDER VOTRE PROTEC-TION...
OH, PRINCE GENJI, VOUS ÊTES UN COQUIN !
IL N'EST PAS QUESTION QUE J'AC-CEPTE VOS AVANCES ...
JE SUIS TROP VIEILLE POUR CELA...
EST-CE MAINTENANT QU'ELLE S'EN AVISE ?

J'ESPÈRE QUE NOUS AURONS L'OCCASION DE DISCUTER À UNE PROCHAINE OCCASION...
RIEN EN CE MONDE N'EST ASSURÉ ...
CELLES QUE L'ON VOUDRAIT VOIR EN VIE S'ÉTEIGNENT AU TEMPS DE LEUR SPLENDEUR...
... TANDIS QUE D'AUTRES CONTINUENT DE MENER LEUR LONGUE VIE, EN TOUTE TRANQUILLITÉ...
JE SUIS VENU CE SOIR...
... DANS L'INTENTION DE METTRE UN TERME À MES SENTIMENTS...
DEMEURER DANS L'INCERTITUDE PENDANT SI LONGTEMPS M'EST PLUS PÉNIBLE QU'UN REJET...
DITES-MOI DONC QUE VOUS ME HAÏSSEZ...
PRINCE GENJI...

VOTRE BEAUTÉ...
VOTRE PERSON-NALITÉ...
VOTRE GENTILLESSE...
NON... CE N'EST PAS CELA...
JE VOUS AIME...
JE VOUS AIME PLUS QUE N'IMPORTE QUI...
MAIS...
... JE NE PEUX ALLER PLUS LOIN...
SI JE VOUS AVOUE QUE JE VOUS AIME...
... JE SERAI CONTRAINTE...
... DE SUIVRE LA MÊME VOIE QUE MA MÈRE...
ET EN FAISANT CELA...
... JE TRAÎNERAI DANS MA DÉCHÉANCE VOTRE FEMME BIEN-AIMÉE...
PLUS JE VOUS AIME...
... PLUS J'AI LA CERTITUDE QUE JE DOIS REFUSER VOTRE AMOUR...
MA DÉCISION EST PRISE...
JE VOUS PRIE DE ME PARDONNER..

PRINCESSE ASAGAO...
CELUI QUE J'ÉTAIS AUTREFOIS N'AURAIT PAS ABANDONNÉ ICI...
JE N'INSISTERAI PAS...
CEPENDANT, MON ADORATION ENVERS VOUS NE DISPARAITRA PAS POUR AUTANT.
RIEN NE CHANGERA ENTRE NOUS...
PRINCE GENJI...
IL S'AGIT, JE CROIS...
TOUTE-FOIS...
... IL EST UNE CHOSE QUE NOUS VENONS DE PERDRE, TOUS LES DEUX...
... DE CE QUE L'ON APPELLE "LA JEUNESSE"...

PRINCESSE, LE GENJI EST SUR LE DÉPART...
ÊTES-VOUS SÛRE DE NE PAS VOULOIR LE RETENIR ?
AINSI, JE VAIS POUVOIR CONTI-NUER DE L'AIMER...
OUI, PRINCE, CAR JE ME SUIS JURÉ DE VOUS AIMER...
... AU-DELÀ DES RAPPORTS QUI UNISSENT UN HOMME À UNE FEMME...
JE NOUS CONSIDÉRERAI COMME DES ÊTRES DÉPOURVUS DE CHAIR...
... ET JE VOUS AIMERAI POUR TOUJOURS, VOUS ET VOUS SEUL.
J'AI FAIT CE QU'IL FALLAIT...
EN FIN DE COMPTE, J'ÉTAIS LE SEUL À CROIRE EN NOTRE HIS-TOIRE...

IL FAUT QUE JE CESSE...
... DE CHERCHER SON OMBRE À TRAVERS D'AUTRES FEMMES...
LE PRINCE EST DE RETOUR...
BONSOIR, PRINCE...
MURASAKI!...
QU'Y A-T-IL ?
CE N'EST RIEN...

VOS YEUX SONT ROUGIS…
QUELLE SOTTE…
JE VOUS DÉTESTE !
VOUS VOUS FAISIEZ DU SOUCI…
… À PRO-POS DE LA PRINCESSE ASAGAO…
MAIS IL Y A LÀ UNE MÉPRISE…
DAME ASAGAO N'EST PAS INTÉRESSÉE PAR LES HISTOIRES D'AMOUR..
POUR ELLE, JE SUIS UN SIMPLE AMI AVEC QUI ELLE PEUT ÉCHANGER DES POÈMES RAFFINÉS…
C'EST POUR CELA QUE JE N'AI PAS PRIS LA PEINE DE VOUS EN PARLER..
PRINCE…
C'EST FINI…
DANS CE CAS, SI UN JOUR..
… UNE PERSONNE CHÈRE ENTRE DANS VOTRE VIE…
… JE VOUS PRIE DE M'EN PARLER..

JE VOUS LE PROMETS...
MÊME SI JE N'AIME PERSONNE D'AUTRE QUE VOUS...
PRINCE...
UNE VISION ONIRIQUE...
TIENS... IL FAIT CLAIR, DEHORS...
IL NEIGEAIT ENCORE TOUT À L'HEURE, MAIS...
OUVRONS LES STORES...
OH... QUEL SPECTACLE IRRÉEL...
J'AI L'IMPRESSION D'ÊTRE ATTIRÉ... VERS UN AUTRE MONDE...
... SANS SON, NI OMBRE...
UNE APPARITION...

COMME SI NOS PEURS ET NOS TRISTESSES...
... SE VOYAIENT PURIFIÉES...

COMME SI NOUS DISTINGUIONS EN FACE DE NOUS...
... LA PRÉSENCE DES DIEUX...

REGARDEZ, LEUR BOULE DE NEIGE EST SI GRANDE QU'ELLES N'ARRIVENT PLUS À L'ÉBRANLER...
ELLES SONT ADORABLES...
JE ME SOUVIENS DE M'ÊTRE ADONNÉ À CES JEUX MOI AUSSI, AU PALAIS...
DAME FUJITSUBO PROPOSAIT TOUJOURS DE NOUVELLES IDÉES POUR QUE NOUS PUISSIONS NOUS AMUSER...
QUE CE SOIT DANS LE DOMAINE DES JEUX OU DE LA POLITIQUE...
... ELLE A TOUJOURS EU UN TALENT PARTICULIER...
ELLE ÉTAIT INTELLIGENTE ET CULTI-VÉE...
... TOUT EN ÉTANT D'UNE GRANDE DOUCEUR...

MAIS COMME ELLE MAINTENAIT SES DISTANCES AVEC MOI…
… JE NE LA CONNAISSAIS QUE TRÈS PEU, EN FIN DE COMPTE…
EN TANT QUE NIÈCE, VOUS LUI RESSEMBLEZ BEAUCOUP PHYSIQUEMENT…
OH !
… MAIS CE QUI EST ENNUYEUX, C'EST QUE VOUS ÊTES SI INTELLIGENTE QUE VOUS AVEZ TENDANCE À ME CAUSER DE L'EMBARRAS…
LA PRINCESSE ASAGAO EST ENCORE DIFFÉRENTE…
DANS NOS MOMENTS DE TRISTESSE, NOUS APPRÉCIONS DE NOUS ÉCRIRE…
… ET COMME C'EST UNE FEMME RAFFINÉE, JE ME DOIS DE RESTER À LA HAUTEUR… C'EST LA SEULE PERSONNE AVEC QUI JE PEUX AVOIR CE TYPE D'ÉCHANGE…
ET LA RÉGENTE, OBOROZUKIYO ?
J'AVAIS ENTENDU QU'ELLE ÉTAIT TRÈS CULTIVÉE, ELLE AUSSI…
OBOROZUKIYO… EST VRAIMENT UNE BELLE FEMME…
JE REGRETTE ENCORE CE QUE JE LUI AI FAIT SUBIR…
ET LA DAME D'AKASHI…

EN DÉPIT DE SA CONDITION MODESTE, ELLE EST TRÈS INSTRUITE, ET D'UNE ÉLÉGANCE RARE...
PEUT-ÊTRE EN RAISON DE SON RANG BAS, ELLE A BEAUCOUP DE FIERTÉ...
... CE QUI, PARFOIS, PEUT ME FATIGUER...
EN REVANCHE, HANA CHIRU SATO EST D'UN TEMPÉRAMENT IDÉAL POUR UNE FEMME.
JE LA CÔTOIE DEPUIS DES ANNÉES, MAIS JE LA TROUVE TOUJOURS AUSSI HUMBLE ET ADORABLE.
LES FEMMES COMME ELLES SONT RARES.
À PRÉSENT, NOUS SOMMES PROFONDÉMENT UNIS, SANS ÊTRE DANS UN RAPPORT CHARNEL...
MURASAKI...
VOUS ÊTES LA SEULE À QUI...
... JE PARLE DE TOUT CECI...

IL PARAÎT QUE DAME UMETSUBO AIME L'AUTOMNE...
MAIS MOI, JE PRÉFÈRE LE PRIN-TEMPS...
... CAR C'EST LA SAISON OÙ TOUT RENAÎT...
MURA-SAKI...
AH... ELLE EST LE PORTRAIT CRACHÉ DE DAME FUJITSUBO...
MURASAKI... MON PRINTEMPS ÉTERNEL...

VOUS M'AVIEZ POURTANT PROMIS DE N'EN PARLER À PERSONNE...
ALORS POURQUOI ?
... À PRÉSENT QUE NOTRE PÉCHÉ EST CONNU DE TOUS...
... J'AI HONTE ET JE SOUFFRE...
DAME FUJITSU-BO !
PRINCE !
QUE VOUS ARRIVE-T-IL ?
ATTEN-DEZ !
JE VOUS EN VEUX...
DAME FUJITSU-BO !

!
AH...
C'ÉTAIT UN RÊVE...
CE N'ÉTAIT QU'UN SONGE...
MOI QUI ME RÉJOUISSAIS DE LA RE-TROUVER...
PRINCE...
LES FEMMES SONT-ELLES CONDAM-NÉES...
... À TOUTES VIVRE DE CETTE MANIÈRE ?
Sommeil agité et troublé
Suivi d'un réveil soudain
Nuit d'hiver attristée
Et si fugace et incertain
Le rêve que j'ai entrevu

CHAPITRE 23

SNIF
SNIF
QUI EST LÀ ?
QUI EST-CE QUE J'ENTENDS PLEURER ?
OH, C'EST TOI... TU ES ARRIVÉE ICI AUJOURD'HUI...
GRAND-MÈRE M'A PARLÉ DE TOI...
ET TOI, QUI ES-TU ?
MOI, C'EST YÛGIRI.
NOUS AVONS LA MÊME GRAND-MÈRE, TOUS LES DEUX.
MOI, ON M'APPELLE ...
... KUMOI NO KARI...
MA MÈRE, AOI, EST LA SŒUR CADETTE DE TON PÈRE...
CELA SIGNIFIE QUE NOUS SOMMES COUSINS.

POURQUOI PLEURES-TU ?
PARCE QUE... PARCE QUE...
... MA MÈRE EST PARTIE LOIN AVEC SON NOUVEAU MARI...
MON PÈRE M'A LAISSÉE ICI ET NE S'OCCUPE JAMAIS DE MOI...
ILS ONT DÛ M'OUBLIER, TOUS LES DEUX !
OH, CE N'EST QUE ÇA...
MOI, MON PÈRE VIT LOIN, À SUMA, ET MA MÈRE EST MORTE IL Y A BIEN LONGTEMPS...
BOUH OUH OUH
NE PLEURE PLUS !
JE SERAI TON PÈRE !
TOI, YÛGIRI ?
OUI ! JE SERAI TON PÈRE, TA MÈRE, ET AUSSI TON GRAND FRÈRE !
MA MÈRE, ÇA RISQUE D'ÊTRE DIFFICILE...
TU ES UN GARÇON...
AH, C'EST VRAI...
DANS CE CAS, C'EST MOI QUI SERAI TA MÈRE, YÛGIRI.
JE SERAI AUSSI TA GRANDE SŒUR, AINSI QUE TA PETITE SŒUR.
C'EST VRAI ? ALORS ON SERA L'UN POUR L'AUTRE...

... PÈRE, MÈRE, GRAND FRÈRE...
... GRANDE SŒUR, PETIT FRÈRE ET PETITE SŒUR...
ON VA JOUER ENSEMBLE...
ON S'EN-TENDRA BIEN, C'EST CERTAIN...
... MÊME QUAND ON SERA GRANDS...
HA HA HA
ON RESTERA...
... TOUJOURS ENSEMBLE...
KYAAH
HA HA HA HA
LORSQUE MON FILS A DIVORCÉ, IL M'A CONFIÉ SA FILLE POUR QUE JE PUISSE COMBLER L'ABSENCE D'AOI...
SA PRÉSENCE SERA BÉNÉFIQUE À YÛGIRI AUSSI...
ILS S'EN-TENDENT À MERVEILLE...
SOYEZ HEUREUX, MES CHERS PETITS-ENFANTS...
VOUS ÊTES MA RAISON DE VIVRE...
C'EST UNE PROMESSE ENTRE NOUS DEUX...
... ET AVEC GRAND-MÈRE, AUSSI...
OUI !

QUAND TU SERAS GRAND...
... TU DEVIENDRAS SÛREMENT LE PLUS BEAU DES COURTISANS...
IL PARAÎT QUE TU ES LE PORTRAIT CRACHÉ DE TON PÈRE, LE PRINCE RADIEUX...
TOI AUSSI, TU SERAS LA PLUS BELLE DES PRINCESSES...
... KUMOI NO KARI...
UN COURTISAN SÉDUISANT...
OH, POURQUOI DORMENT-ILS ENSEMBLE ?
LE PÈRE DE LA PRINCESSE A POURTANT DIT QU'AU-DELÀ DE DIX ANS, IL FALLAIT LES SÉPARER...
... ET UNE CHARMANTE PRINCESSE...
JE DOUTE...
... D'Y PARVENIR...
CLAC

TIENS, YÛGIRI...
DIS...
... EST-CE QUE... TU M'AIMES ?
OUI, JE T'AIME. POURQUOI DONC ?
JE VOULAIS DIRE...
... COMME LES GRANDS...
QU'EST-CE QUI TE PREND, YÛGIRI ?
JE VAIS BIENTÔT QUITTER MES HABITS D'ENFANT...
JE VAIS DEVENIR ADULTE...
C'EST VRAI QUE TU AS DÉJÀ 12 ANS...
TU NE COMPRENDS DONC PAS ?
SI JE QUITTE MES HABITS D'ENFANT, JE VAIS DEVOIR M'INSTALLER CHEZ MON PÈRE.
JE NE POURRAI PLUS VIVRE ICI.
SNIF
OH...

OH, MAIS...
... JE NE CHANGERAI PAS POUR AUTANT !
EN PLUS, JE POURRAI REVENIR ICI QUAND JE LE VEUX...
... ALORS NE PLEURE PAS !
EN PLUS, JE POURRAI PARLER DE TOI À MON ONCLE...
JE POURRAI LUI DIRE QUE JE VEUX T'ÉPOUSER.
QUE DE PRÉSENTS MAGNIFIQUES...
RIEN D'ÉTONNANT À CELA, IL S'AGIT DE LA CÉRÉMONIE DE PASSAGE À L'ÂGE ADULTE DU FILS DU GENJI...
KOREMITSU
LA CÉRÉMONIE SE TIENDRA DANS LA DEMEURE DE LA TROISIÈME AVENUE DE LA GRANDE PRINCESSE...
ELLE AURAIT PU SE TENIR ICI, EN MA RÉSIDENCE DE LA DEUXIÈME AVENUE...
DE MÊME, L'EMPEREUR M'A PROPOSÉ QU'ELLE AIT LIEU AU PALAIS, MAIS...
... LA GRANDE PRINCESSE ÉTAIT SI DÉSIREUSE D'ASSISTER À LA CÉRÉMONIE DE SON PETIT-FILS...
... QU'ELLE A CHOYÉ DEPUIS L'ENFANCE...

LE MINISTRE GENJI FERA SÛREMENT ÉLEVER SON FILS AU QUATRIÈME RANG, AU MOINS...
OUI, COMME POUR TOUS LES ENFANTS DE PRINCES...
LORSQUE SON PÈRE A QUITTÉ SES HABITS D'ENFANT, IL AVAIT ÉTÉ ÉLEVÉ AU TROISIÈME RANG...
DE PLUS, ELLE DOIT SE SENTIR TRISTE À L'IDÉE QUE YÛGIRI...
... QUITTE BIENTÔT SA MAISON...
...
OH...
YÛGIRI !
!!
MAIS ?!
IL PORTE UN VÊTEMENT BLEU CLAIR... C'EST LA TENUE DÉSIGNANT LE SIXIÈME RANG...
MAIS POURQUOI DONC TON PÈRE...
... T'A-T-IL RELÉGUÉ AU SIXIÈME RANG ?

ALLONS, NE SOIS PAS SI TRISTE...
J'AI SI HONTE QUE JE NE PEUX ALLER DEMANDER TA MAIN À MON ONCLE...
J'AI ÉTÉ RELÉGUÉ AU SIXIÈME RANG, ALORS QUE JE SUIS LE FILS DU MINISTRE GENJI...
TOUS MES COUSINS ONT ÉTÉ ASSIGNÉS À DE MEILLEURS RANGS...
LE STATUT N'A PAS D'IMPORTANCE...
CELA NE CHANGE RIEN AU FAIT QUE POUR MOI, TU ES L'HOMME LE PLUS CHARMANT DU MONDE...
KUMOI NO KARI...
MÊME CE VÊTEMENT BLEU CLAIR...
... EST BIEN PLUS CHARMANT QUE LES ROUGES OU LES MAUVES...
LE SIXIÈME RANG, TOUT DE MÊME...
C'EST TROP CRUEL POUR YÛGIRI...
MÊME MON FILS LE GÉNÉRAL VOUS DÉSAPPROUVE...

TIENS DONC, LE GÉNÉRAL EST DÉÇU QUE MON FILS SOIT DE STATUT INFÉRIEUR À SES ENFANTS ?
JE PENSAIS QU'IL S'EN RÉJOUIRAIT, AU CONTRAIRE…
CESSEZ DE PLAISANTER, PRINCE GENJI !
POUR TOUT VOUS DIRE, JE SOUHAITERAIS ENGAGER MON FILS DANS LA VOIE DES ÉTUDES SUPÉRIEURES.
DES ÉTUDES SUPÉRIEURES ?
OUI, ET POUR CELA, MIEUX VAUT ÉVITER QUE SON STATUT SOIT TROP ÉLEVÉ…
MOI-MÊME, N'AYANT CONNU QUE LA VIE AU PALAIS, J'IGNORAIS TOUT DES RÉALITÉS DU MONDE…
LORSQUE L'ON NAÎT DANS UNE GRANDE MAISON, IL EST AISÉ D'OBTENIR UN TITRE, ET L'ON A TENDANCE À NÉGLIGER LES ÉTUDES POUR SE LIVRER AUX PLAISIRS…
TANT QUE LES CONJONCTURES SONT BONNES, LES FLATTEURS VOUS FONT LA COUR, MÊME S'ILS VOUS MÉPRISENT DERRIÈRE VOTRE DOS…
… MAIS DÈS QUE L'AIR DU TEMPS CHANGE ET QUE VOS SOUTIENS DISPARAISSENT…
… ALORS TOUS SE RETOURNENT CONTRE VOUS…

IL SEMBLE AVOIR MÛREMENT RÉFLÉCHI À L'AVENIR DE SON FILS...
C'EST POUR CETTE RAISON QUE JE VEUX QUE MON FILS ACQUIÈRE DE VÉRITABLES CONNAISSANCES.
C'EST CE QUI M'EST ARRIVÉ...
PRINCE GENJI...
MÊME SI CELA VA ÊTRE DIFFICILE LES DEUX OU TROIS PREMIÈRES ANNÉES...
CEPENDANT, QUELLE DÉCEPTION POUR YÛGIRI...
... IL FINIRA PAR MAÎTRISER UN SAVOIR SOLIDE, ET IL TROUVERA PARMI SES CAMARADES D'ÉTUDES DES PERSONNES QUI LUI VIENDRONT EN AIDE PLUS TARD.
DIRE QUE LE MINISTRE GENJI A POUSSÉ SON HÉRITIER DANS LA VOIE DES ÉTUDES...
C'EST UN GRAND HOMME, CONSCIENT DE L'IMPORTANCE DE L'ACQUISITION DES CONNAISSANCES...
SOUVENT, LES PERSONNES DE BONNE NAISSANCE RECHIGNENT À DÉPLOYER CE TYPE D'EFFORT AVEC SÉRIEUX...
"N'AYEZ AUCUNE CRAINTE NI GÊNE RELATIVE AU STATUT DE MON FILS. CONSIDÉREZ-LE COMME UN ÉTUDIANT PARMI D'AUTRES..."
J'AI ÉTÉ SI TOUCHÉ PAR SES MOTS !
EN TANT QU'INTELLECTUEL, CELA ME COMBLE DE JOIE !

À PARTIR D'AUJOURD'HUI, TU SUIVRAS LES INSTRUCTIONS DE TES MAÎTRES ICI...
TU POURRAS RETOURNER AUPRÈS DE TA GRAND-MÈRE TROIS FOIS PAR MOIS...
TROIS FOIS PAR MOIS...
JE NE POURRAI PAS BEAUCOUP VOIR KUMOI NO KARI...
TU ES UN GRAND GARÇON, À PRÉSENT, IL EST TEMPS DE QUITTER LE NID DE TA GRAND-MÈRE.
OUI...
POURQUOI ?
POURQUOI M'OBLIGE-T-ON À FAIRE CELA ?
JE N'AI PAS LE CHOIX...
JE VAIS ÉTUDIER DE MON MIEUX, POUR FINIR AU PLUS TÔT...
VOTRE FILS EST BRILLANT...
IL A DÉJÀ FINI DE LIRE LES MÉMOIRES HISTORIQUES...
C'EST BIEN...
JE VOIS QU'IL NE MÉNAGE AUCUN EFFORT...
...
COMMENT, LE NABOT AU DERNIER RANG EST LE FILS DU MINISTRE GENJI ?
NE LE SOUS-ESTIMEZ PAS, IL EST BIEN PLUS INTELLIGENT QUE VOUS !

J'ACCÈDERAI À UN POSTE DE FONCTIONNAIRE AU PLUS VITE ET JE GRAVIRAI LES ÉCHELONS...
JE LE FERAI POUR MOI MAIS AUSSI POUR KUMOI NO KARI...
VOICI L'ORDRE DE SA MAJESTÉ !
JE VOUS ÉCOUTE...
LA NOUVELLE IMPÉRATRICE SERA... DAME UMETSUBO !

*ANCIENNEMENT PRINCE DIRECTEUR AUX AFFAIRES MILITAIRES (N.D.T.)

CALMEZ-VOUS DONC, GÉNÉRAL...
LA NUIT EST ENCORE LONGUE...
LE MESSAGER DOIT AVOIR PRIS DU RETARD...
ÇA SUFFIT !
LE GENJI M'A BIEN EU, ENCORE UNE FOIS !
MA FILLE, LA JEUNE DAME DU KOKIDEN, ÉTAIT LA PREMIÈRE À ENTRER AU PALAIS EN TANT QU'ÉPOUSE DE L'EMPEREUR, ET ELLE AVAIT OBTENU SES FAVEURS...
CELA VA FAIRE DEUX GÉNÉRATIONS QUE LA LIGNÉE ROYALE S'EMPARE DU STATUT D'IMPÉRATRICE...
LE PRINCE GENJI EST PROMU GRAND MINISTRE...
... ET LE GÉNÉRAL DEVIENT MINISTRE DU DEDANS.
J'AI BEAU RECEVOIR LE TITRE DE MINISTRE DU DEDANS...
C'EST UN EXCELLENT CHOIX...
LE GENJI UN HOMME DE BON SENS, ROMPU AUX AFFAIRES POLITIQUES...
... SI MA FILLE N'EST PAS IMPÉRATRICE, IL N'Y A AUCUNE GLOIRE À EN TIRER !!

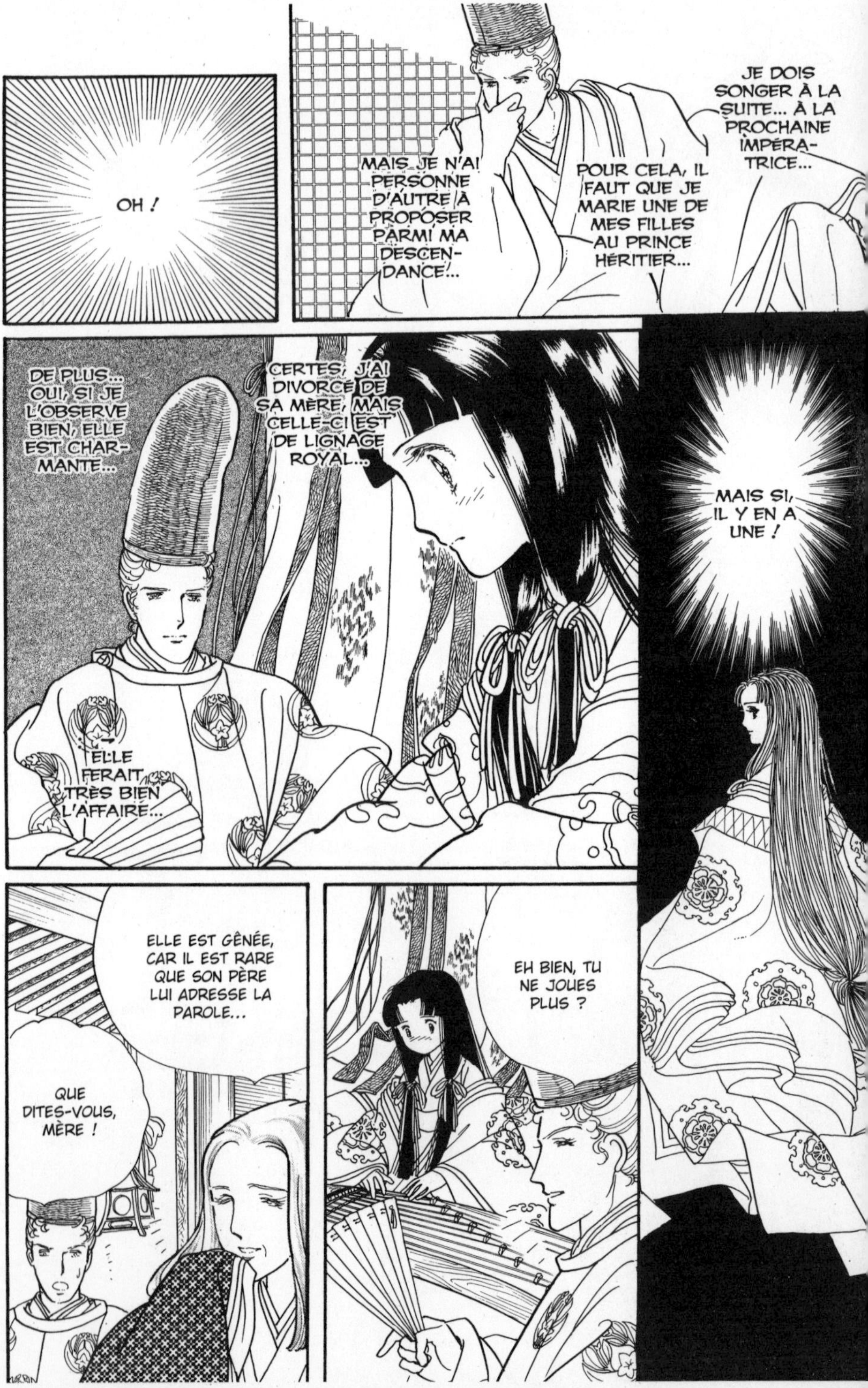
JE DOIS SONGER À LA SUITE... À LA PROCHAINE IMPÉRATRICE...
POUR CELA, IL FAUT QUE JE MARIE UNE DE MES FILLES AU PRINCE HÉRITIER...
MAIS JE N'AI PERSONNE D'AUTRE À PROPOSER PARMI MA DESCENDANCE...
OH !
MAIS SI, IL Y EN A UNE !
...
CERTES, J'AI DIVORCÉ DE SA MÈRE, MAIS CELLE-CI EST DE LIGNAGE ROYAL...
DE PLUS... OUI, SI JE L'OBSERVE BIEN, ELLE EST CHARMANTE...
ELLE FERAIT TRÈS BIEN L'AFFAIRE...
EH BIEN, TU NE JOUES PLUS ?
ELLE EST GÊNÉE, CAR IL EST RARE QUE SON PÈRE LUI ADRESSE LA PAROLE...
QUE DITES-VOUS, MÈRE !

J'AI TOUJOURS FAIT PREUVE DE SOLLICITUDE ENVERS CETTE ENFANT !
COMME JE LA SAIS ENTRE DE BONNES MAINS AVEC VOUS, JE VEILLE DE MON CÔTÉ AU BIEN-ÊTRE DE LA JEUNE DAME DU KOKIDEN, C'EST TOUT !
ET SI VOUS L'ACCOMPAGNIEZ AU LUTH, MÈRE ?
OH, COMME C'EST RARE...
... QUE VOUS ME DEMANDIEZ CELA...
D'AILLEURS, EN PARLANT DE LUTH...
... IL PARAÎT QUE LA DAME D'AKASHI, QUE LE GENJI CACHE À ÔI, JOUE MERVEILLEU-SEMENT BIEN DE CET INSTRUMENT...
J'AI ENTEN-DU CELA, MOI AUSSI...
C'EST UNE FEMME À QUI LA CHANCE A BEAUCOUP SOURI...
ELLE A DONNÉ UNE FILLE AU GENJI...
... ET POUR ASSURER UN AVENIR À CELLE-CI, ELLE L'A FAIT ADOPTER PAR L'ÉPOUSE DU GENJI...
IL PARAÎT QU'ELLE A BON CŒUR, AUSSI...
IL SUFFIT AUX FEMMES DE BIEN SE COMPORTER POUR ÊTRE PROMUES...
MA FILLE CONNAÎTRA LE MÊME DESTIN...
SONGE-T-IL À FAIRE D'ELLE L'ÉPOUSE DU PRINCE HÉRITIER ?

J'IGNORAIS QUE VOUS ENVISAGIEZ CELA...
IL A RAISON... MA PETITE FILLE...
... SERAIT TOUT À FAIT EN POSITION D'ÉPOUSER LE PRINCE HÉRITIER...
MAIS IL FAUT AGIR VITE...
LA FILLE DU GENJI SERA BIENTÔT GRANDE, ELLE AUSSI...
GRAND-MÈRE !
ÊTES-VOUS LÀ ?
OH...
FSSS
TIENS, YÛGIRI...
ALLONS, PRINCESSE, IL EST TEMPS DE TE RETIRER...
YÛGIRI A BEAU ÊTRE TON AMI D'ENFANCE, C'EST UN ADULTE, MAINTENANT. VOUS NE POUVEZ PAS ÊTRE ENSEMBLE DANS LA MÊME PIÈCE.
YÛGIRI...
ALORS, COMMENT SE PASSENT TES ÉTUDES ?
KUMOI NO KARI...

IL N'EMPÊCHE, TON PÈRE A DE DRÔLES D'IDÉES…
QUEL BESOIN DE FAIRE DES ÉTUDES, AVEC LE STATUT DONT TU JOUIS ?
BIEN, MON ONCLE…
MOI QUI ME RÉJOUISSAIS DE LA VOIR…
BIEN, À PRÉSENT QUE J'AI DE NOUVELLES PERSPECTIVES POUR LA SUITE…
… ALLONS DONC SALUER LES DAMES DE COMPAGNIE DE MA MÈRE, CELA FAIT LONGTEMPS…
HMM ?
LE MINISTRE DU DEDANS A L'INTENTION DE MARIER DEMOISELLE KUMOI NO KARI AU PRINCE HÉRITIER ?
C'EST INSENSÉ !
ELLE N'EST PLUS EN SITUATION DE POUVOIR ÉPOUSER LE FUTUR SOUVERAIN…
PARLENT-ELLES DE MOI ?
…
BIEN SÛR QUE NON ! CAR ELLE ET LE JEUNE YÛGIRI ONT DÉJÀ…
HO HO HO
LES PARENTS SONT LOIN DE CONNAÎTRE LEURS ENFANTS, COMME ON DIT !
HO HO HO
QUOI ?!
JE LE PENSAIS PLUS INTELLIGENT QUE CELA…

YÛGIRI ET MA PRINCESSE...
... SE SERAIENT-ILS DÉJÀ...
NON ! COMMENT EST-CE POSSIBLE ?!
MONSEIGNEUR LE MINISTRE DU DEDANS S'EN VA !
COMMENT ?
IL ÉTAIT ENCORE LÀ ?
OH... CE PARFUM QUI FLOTTE DANS L'AIR !
やーん
OH LÀ LÀ
NE ME DITES PAS QU'IL NOUS A ENTENDUES !
QUEL SCANDALE...
CE SALE PETIT MORVEUX...
MOI QUI SONGEAIS À MARIER MA FILLE AU PRINCE HÉRITIER...
COMMENT OSE-T-IL TOUT GÂCHER ?!

GRANDE PRINCESSE... LE MINISTRE DU DEDANS SOUHAITE VOUS VOIR...
ENCORE LUI ?
C'EST RARE QUE MON FILS ME RENDE VISITE SI RÉGULIÈREMENT...
VOUS ME DÉCEVEZ, MÈRE !
COMMENT ?
NE FAITES PAS L'INNOCENTE !
COMMENT ?!
YÛGIRI ET KUMOI NO KARI ?!
J'AI ÉTÉ SOT DE VOUS FAIRE CONFIANCE ET DE VOUS CONFIER MA FILLE !
CERTES, CE SONT TOUS LES DEUX VOS PETITS-ENFANTS CHÉRIS !
MAIS LES ALLIANCES ENTRE PARENTS PROCHES SONT EXTRÊMEMENT PRÉJUDICIABLES...
DE PLUS, QUE DIRAIT LA MÈRE DE KUMOI NO KARI ?

MAIS ENFIN... JE N'ÉTAIS AU COURANT DE RIEN !
CE N'EST PAS LA PEINE DE VOUS METTRE AUTANT EN COLÈRE...
D'AILLEURS, C'EST VOUS QUI AVEZ NÉGLIGÉ LA PETITE PENDANT TOUTES CES ANNÉES...
ET VOUS, LES NOURRICES !
NOUS ÉTIONS LOIN D'IMAGINER UNE CHOSE PAREILLE...
SIRE YÛGIRI EST D'UNE NATURE TRÈS SÉRIEUSE...
C'EST CE QUE JE CROYAIS AUSSI !
MAIS IL NE FAUT PAS OUBLIER QU'IL S'AGIT DU FILS DU GENJI !
QUE FAIRE ?
MON PÈRE EST TRÈS EN COLÈRE...
ÉCOUTEZ-MOI BIEN, PRINCESSE !
EST-CE SI MAL...
... DE NOUS AIMER ?

DANS CES CONDITIONS, IL N'EST PAS QUESTION QUE TU RESTES ICI...
TU VAS VENIR T'INSTALLER CHEZ MOI.
JE VIENDRAI TE CHERCHER DANS DEUX OU TROIS JOURS.
PÈRE...
TIENS-TOI PRÊTE.
YÛGIRI... TOI ET MOI...
... NOUS ALLONS ÊTRE SÉPARÉS !
BONJOUR, GRAND-MÈRE...
YÛGIRI...
KUMOI NO KARI EST-ELLE LÀ, AUJOURD'HUI ?
YÛGIRI...
ASSIEDS-TOI...
GRAND-MÈRE ?

MON ONCLE EST AU COURANT ?!
J'AURAIS PRÉFÉRÉ ÉVITER DE TE PARLER DE CELA...
... MAIS J'ESPÈRE QUE TU COMPRENDRAS...
...
DORÉNAVANT, SOYEZ PLUS PRUDENT...
BIEN...
KUMOI NO KARI VA DEVOIR S'INSTALLER CHEZ MON ONCLE...
JE NE POURRAI PLUS LA VOIR !
CE N'EST PAS POSSIBLE !
OUVRE-MOI ! JE SAIS QUE TU ES LÀ...
LA PORTE EST VERROUILLÉE...
YÛGIRI !

CELA NE TE FAIT RIEN ?
BIEN SÛR QUE SI !
MOI NON PLUS, JE N'AI PAS ENVIE DE PARTIR !
NON ! JE N'AI PAS LE DROIT...
POURQUOI ?!
NOUS N'ALLONS PLUS NOUS VOIR !
MAIS... MÊME SI MON PÈRE M'A NÉGLIGÉE PENDANT TOUTES CES ANNÉES...
... JE NE VEUX PAS QU'IL ME DÉTESTE DAVANTAGE...
KOOOO
KOOOO
LES OIES QUI TRAVERSENT LE CIEL... SONT-ELLES AUSSI AFFLIGÉES QUE MOI ?

DEMOISELLE KUMOI NO KARI... VOTRE PÈRE ARRIVE BIENTÔT...
ALLEZ SALUER VOTRE GRAND-MÈRE, LA GRANDE PRINCESSE...
JE T'AI ÉLEVÉE COMME SI TU ÉTAIS MA FILLE...
GRAND-MÈRE !
... MAIS ÇA Y EST, TU DOIS PARTIR...
JE SUIS DÉSOLÉE...
SI SEULEMENT TU T'ÉTAIS CONFIÉE À MOI...
MAIS VOUS ÊTES ENCORE JEUNES, NOUS N'Y POUVONS RIEN...
VOUS ALLEZ ME MANQUER... JE M'ÉTAIS AUTANT ATTACHÉE À VOUS QU'À SIRE YÛGIRI...
LA NOURRICE DE YÛGIRI...
ÉCOUTEZ-MOI BIEN, PRINCESSE...
QUELLE QUE SOIT LA PROPOSITION DE MARIAGE QUE VOUS FAIT VOTRE PÈRE, REFUSEZ-LA !
ALLONS, NE DITES PAS CELA...

SI, GRANDE PRINCESSE ! LE MINISTRE DU DEDANS MÉPRISE SIRE YÛGIRI...
... ET C'EST INSUPPORTABLE...
LE MINISTRE DU DEDANS N'A PAS...
... DE FILS AUSSI BEAU ET BRILLANT QUE YÛGIRI...
IL DOIT APPOSER SUR LUI L'OMBRE DU GENJI...
... CE QUI LE POUSSE À EN FAIRE UN RIVAL...
OH, YÛGIRI !
QUE FAIS-TU ICI ?

LÂCHE-MOI ! SI QUELQU'UN TE VOIT...
... TU SERAS SÉVÈREMENT PUNI !
JE NE VEUX PAS QU'ON SOIT SÉPARÉS !
MOI NON PLUS...
MÊME LOIN L'UN DE L'AUTRE, CONTINUERAS-TU DE PENSER À MOI ?
MOI NON PLUS, YÛGIRI !
BIEN SÛR ! À CHAQUE INSTANT !

LE MINISTRE DU DEDANS EST ARRIVÉ.
ALLEZ CHERCHER LA PRINCESSE !
OÙ EST-ELLE ?
PRINCESSE !
C'EST LA NOURRICE... IL FAUT QUE J'Y AILLE...
NON, RESTE !
MAIS... ON VA FINIR PAR NOUS TROUVER !
JE M'EN FICHE !
PRINCESSE !
OH !

N'AVEZ-VOUS PAS HONTE, PRINCESSE ?
VOUS ÊTES LA FILLE DU MINISTRE DU DEDANS...
QUE FAITES-VOUS AVEC UN HOMME VÊTU D'UNE VESTE DE SIXIÈME RANG ?
QUELLE VIOLENCE DANS SES PROPOS !
MÊME LA NOURRICE S'Y MET...
YÛGIRI !
NE L'ÉCOUTE PAS ! À MES YEUX, CE VÊTEMENT BLEU CLAIR...
... EST PLUS ÉBLOUISSANT QUE LE VÊTEMENT DE N'IMPORTE QUEL MINISTRE !
KUMOI NO KARI...
JE N'ÉPOUSERAI AUCUN AUTRE HOMME !
ALLEZ, VENEZ AVEC MOI.
NE M'OUBLIE PAS !
TA GRANDE SŒUR, LA JEUNE DAME DU KOKIDEN, EST DE PASSAGE CHEZ MOI...
VOUS POURREZ BAVARDER ENSEMBLE...
JE PENSERAI TOUJOURS À TOI...
QUELLE QUE SOIT LA DISTANCE...
JE TE PROMETS...
... QU'UN JOUR, JE VIENDRAI TE CHERCHER !

JE TE LE PROMETS !
SIRE YÛGIRI...
LA GRANDE PRINCESSE SOUHAITE VOUS VOIR DANS SA CHAMBRE...
JE VEUX RENTRER À LA RÉSIDENCE DE L'EST.
JE N'AI PAS ENVIE QU'ELLE ME CONSOLE...
J'EN AI ASSEZ DE PLEURER COMME UN ENFANT...

DÉCIDÉMENT, LE MINISTRE DU DEDANS SE MONTRE BIEN PUÉRIL...
CERTES, LES ALLIANCES ENTRE PARENTS PROCHES SONT PRÉJUDICIABLES...
... MAIS CE N'EST PAS UNE RAISON POUR SÉPARER DES ENFANTS QUI S'AIMENT TANT...
SI TU L'AIMES TANT, MON FILS...
... JE PEUX DEMANDER AU MINISTRE DU DEDANS DE T'OFFRIR LA MAIN DE SA FILLE...
QU'EN DIS-TU ?
JE SUIS TA MÈRE, TU ES MON PÈRE...
... ET QUAND ON SERA GRANDS, ON CONTINUERA DE VIVRE ENSEMBLE...
JE TE RECONNAIS BIEN LÀ...

SI, UNE FOIS DEVENU ADULTE...
... TU CONTINUES DE RESSENTIR LES MÊMES SENTIMENTS POUR ELLE...
... ALORS UN JOUR, VOUS SEREZ DE NOUVEAU RÉUNIS.
TU PEUX RETOURNER ÉTUDIER DANS TA CHAMBRE.
...
IL ME FAIT DE LA PEINE...
IL ESSAYE DE SURMONTER SON CHAGRIN SEUL.
PARFOIS, IL NE SUFFIT PAS DE SERRER SON ENFANT DANS SES BRAS...
COURAGE, YŪGIRI...
JE ME MONTRERAI FORT...
... CAR JE SUIS UN HOMME.

QUE SE PASSE-T-IL ? IL Y A DE L'AGITATION, DEHORS...
VOTRE PÈRE REÇOIT LA VISITE DE LA DANSEUSE QU'IL A CHOISIE POUR LA FÊTE DU GOSECHI...
AH OUI... C'EST VRAI QUE LA FÊTE DES RÉCOLTES APPROCHE...
CETTE ANNÉE, LE PRINCE GENJI DEVAIT PRÉSENTER L'UNE DES CINQ DANSEUSES IMPÉRIALES...
... ET IL A CHOISI LA FILLE DE KOREMITSU.
ELLE EST RÉPUTÉE POUR SA BEAUTÉ...
VOTRE PÈRE SOUHAITAIT LA VOIR AVANT LE SPECTACLE...
D'ACCORD...
VOILÀ QUI ATTISE MA CURIOSITÉ...
TIENS...
SIRE YÛGIRI... C'EST RARE DE LE VOIR...
QU'IL EST BEAU... C'EST LE PORTRAIT CRACHÉ DE SON PÈRE...

C'EST DONC LÀ QU'ATTEND LA PRINCESSE...
A-T-ELLE LES MÊMES TRAITS QUE SON PÈRE KOREMITSU ?
ELLE DOIT AVOIR LE MÊME ÂGE QUE KUMOI NO KARI...
ELLES SE RESSEMBLENT UN PEU...
ELLE EST TRÈS BELLE, ELLE AUSSI...
JE ME DEMANDE À QUOI ELLE RESSEMBLE...
LES DANSEUSES DE CETTE ANNÉE SONT PLUS BELLES LES UNES QUE LES AUTRES.
TIENS, BONJOUR ! JE SUIS VENU ADMIRER VOTRE SŒUR.
SIRE YÛGIRI !
LE FILS DE KOREMITSU
EN PARTICULIER CELLE QU'A CHOISIE LE GENJI...
TIENS, JE CROYAIS QUE VOUS N'AIMIEZ PAS SORTIR DÉAMBULER DANS LE PALAIS, À CAUSE DE VOTRE VÊTEMENT BLEU CLAIR...
COMME AUJOURD'HUI EST UN JOUR DE BANQUET, JE PEUX PORTER CE QUE JE VEUX !

MON PÈRE EST TRÈS FIER D'ELLE.
SI JE LUI ÉCRIVAIS UNE LETTRE, ACCEPTERAIS-TU DE LA LUI TRANSMETTRE ?
PAS... PAS QUESTION, MON PÈRE SERAIT FOU DE RAGE !
MÊME MOI, QUI SUIS SON FRÈRE, JE N'AI PAS LE DROIT DE LA VOIR...
DE PLUS...
... MON PÈRE SOUHAITE QU'ELLE INTÈGRE LE PALAIS, EN TANT QU'ADJOINTE DU SERVICE INTÉRIEUR...
ADJOINTE DU SERVICE INTÉRIEUR ?
ELLE DEVIENDRAIT ALORS UNE DAME DU PALAIS ?

À la lueur du jour / J'ai été pénétré / Par la jouvencelle faisant ondoyer / Ses manches de plumes de velours / Mon cœur tombant sous son charme
MON CŒUR S'EST MIS À BATTRE FORT...
... EN VOYANT LE MANTEAU DE PLUMES DE LA JEUNE DANSEUSE CÉLESTE.
DITES DONC ! QU'EST-CE QUE VOUS FAITES ?!
OH, PÈRE !
JE T'AVAIS INTERDIT DE LUI TRANSMETTRE LA MOINDRE MISSIVE VENANT D'UN HOMME !
J'AURAIS PU TOMBER AMOUREUX D'ELLE...
JE N'AI PAS DE CHANCE...
MAIS... C'EST L'ÉCRITURE DE SIRE YÛGIRI !
VEUILLEZ M'EXCUSER !
IL FALLAIT ME LE DIRE PLUS TÔT !
PARDON ?

SIRE YÛGIRI EST BIEN PLUS SÉRIEUX QUE SON PÈRE...
DANS CE CAS, PLUTÔT QUE DE PLACER MA FILLE AU PALAIS...
JE VAIS PEUT-ÊTRE CONNAÎTRE UN DESTIN SIMILAIRE AU RELIGIEUX D'AKASHI !
MAIS QU'EST-CE QUE VOUS RACONTEZ ?
→ ÉPOUSE DE KOREMITSU
AIDEZ-MOI PLUTÔT À PRÉPARER L'ENTRÉE EN SERVICE DE NOTRE FILLE !
ALLEZ, VITE !
TOUTES LES FILLES DONT JE TOMBE AMOUREUX...
... S'EN VONT LOIN DE MOI...
VOUS SOUHAITEZ QUE JE DEVIENNE LA MÈRE DE SUBSTITUT DE SIRE YÛGIRI ?
IL EST DE NOMBREUSES SITUATIONS OÙ UN PÈRE SE MONTRE TROP NÉGLIGENT...
J'AIMERAIS DONC POUVOIR COMPTER SUR VOTRE AIDE...
J'EN SERAIS RAVIE !

TU PEUX CONSIDÉRER HANA CHIRU SATO COMME UNE MÈRE.
ENCHANTÉE ...
JE SUIS SÛRE QUE NOUS ALLONS BIEN NOUS ENTENDRE...
ENCHANTÉ, DAME HANA CHIRU SATO...
BIEN...
SA BEAUTÉ SEMBLE LAISSER À DÉSIRER...
JE M'EN VEUX DE PENSER CELA, MAIS ELLE N'EST PAS TRÈS BIEN ASSORTIE À MON PÈRE...
MAIS ELLE EST GENTILLE...
MON PÈRE DOIT SÛREMENT APPRÉCIER SA DOUCEUR...
IL NE FAUT PAS JUGER UNE FEMME SUR SON APPARENCE...
MOI AUSSI, QUAND JE SERAI ADULTE, JE CHOI-SIRAI UNE FEMME AUSSI SINCÈRE QU'ELLE...
CEPENDANT, SI JE NE PRENDS AUCUN PLAISIR À LA REGARDER...
C'EST COMPLIQUÉ...
J'AI L'IMPRESSION QU'IL VA DÉJÀ UN PEU MIEUX...
C'EST CELA, LA JEUNESSE...

IL A ÉTÉ CHOISI POUR FAIRE PARTIE DES ÉTUDIANTS QUI COMPOSERONT DES POÈMES LORS DE LA PROCHAINE SORTIE DE L'EMPEREUR RETIRÉ SUZAKU.
J'ESPÈRE QU'IL SERA À LA HAUTEUR...
OH... JE NE ME FAIS NUL SOUCI POUR SIRE YÛGIRI...
JE NE VOUS IMAGINAIS PAS...
... NOURRIR CE TYPE D'INQUIÉTUDE PROPRE AUX PÈRES !

LA FLORAISON PRÉCOCE DES CERISIERS EST SPLENDIDE...
ILS SEMBLENT AVOIR FLEURI POUR VOTRE VENUE, EMPEREUR RETIRÉ...
EST-CE YÛGIRI QUE JE VOIS LÀ-BAS ?
EN EFFET...
CHAQUE ÉTUDIANT DOIT COMPOSER UN POÈME SUR UNE BARQUE...

ON DIRAIT QU'IL EST EN MANQUE D'INSPIRATION...
COMME TOUS SES CAMARADES...
EMPEREUR RETIRÉ ?
JE ME FAISAIS LA RÉFLEXION ...
... QUE VOUS VOUS RESSEMBLIEZ BEAUCOUP...
L'EMPEREUR...
... LE GRAND MINISTRE...
... ET YUGIRI...
C'EST PEUT-ÊTRE PARCE QUE VOUS PORTEZ TOUS UN VÊTEMENT ROUGE...
JE VOUS ENVIE PRESQUE...
EMPE-REUR RETIRÉ ...
ET VOUS... VOUS ÊTES LE PORTRAIT CRACHÉ DE FEU NOTRE PÈRE...
PRINCE GENJI...
Même en ma demeure
Séparée par la brume, loin
Du palais des grandeurs
Les rossignols chantent avec entrain
La venue du printemps
BIEN QUE J'AIE ABDIQUÉ, VOUS NE M'AVEZ NULLEMENT OUBLIÉ ET M'OFFREZ DES MOTS DE RÉCONFORT, CELA ME TOUCHE...

CERTES, JE N'ARRIVE PAS À LA CHEVILLE DE MES BRILLANTS PRÉDÉCES-SEURS…
… MAIS GRÂCE À VOUS, JE PEUX APPRÉCIER LA VENUE DU PRINTEMPS.
UN PÈRE ET SON FILS…
UN FRÈRE AÎNÉ ET UN FRÈRE CADET…
… RÉUNIS SOUS LES CERISIERS À LA FLORAISON PRÉCOCE…
… POUR LES JEUNES POUSSES…
JE ME RAPPROCHE UN PEU DE TOI…
SIRE YÛGIRI A COMPOSÉ UN POÈME BRILLANT À L'OCCASION DE LA VENUE DE L'EMPEREUR RETIRÉ…
… ET IL A ÉTÉ REÇU LETTRÉ !
VRAIMENT ?
YÛGIRI…
LE PRINTEMPS ARRIVE ÉGALEMENT …
VOUS ÊTES PROMU CHAMBELLAN.
J'AI RÉUS-SI !
… KUMOI NO KARI…

J'ENTENDS QUELQU'UN M'APPELER AU LOIN...
SERAIT-CE MA MÈRE DONT J'AI PERDU LA TRACE ?
OU BIEN CE PÈRE DONT J'IGNORE TOUT ?
À MOINS QUE...

CHAPITRE 24

AU MOIS D'AOÛT DE LA MÊME ANNÉE, LE GENJI RÉALISA UN RÊVE DE LONGUE DATE.

JE VOUDRAIS FAIRE CONSTRUIRE UNE DEMEURE PAISIBLE...
... OÙ JE RÉUNIRAIS TOUT CE QUI ME PLAÎT...
C'EST L'ÉPOUSE DU GRAND MINISTRE GENJI, À L'INTÉRIEUR...
IL A FAIT CONSTRUIRE LUI-MÊME UNE NOUVELLE RÉSIDENCE, DANS LAQUELLE ELLE VA S'INSTALLER...
ET QUI SE TROUVE DANS L'AUTRE CHAR, LÀ-BAS ?
DAME HANA CHIRU SATO, QUI VIVAIT À LA RÉSIDENCE DE L'EST.
ELLE EST ESCORTÉE PAR LE FILS DU GENJI...
LE GRAND MINISTRE PREND SOIN D'ELLE...
VOICI...
... LA RÉSIDENCE DE LA SIXIÈME AVENUE...

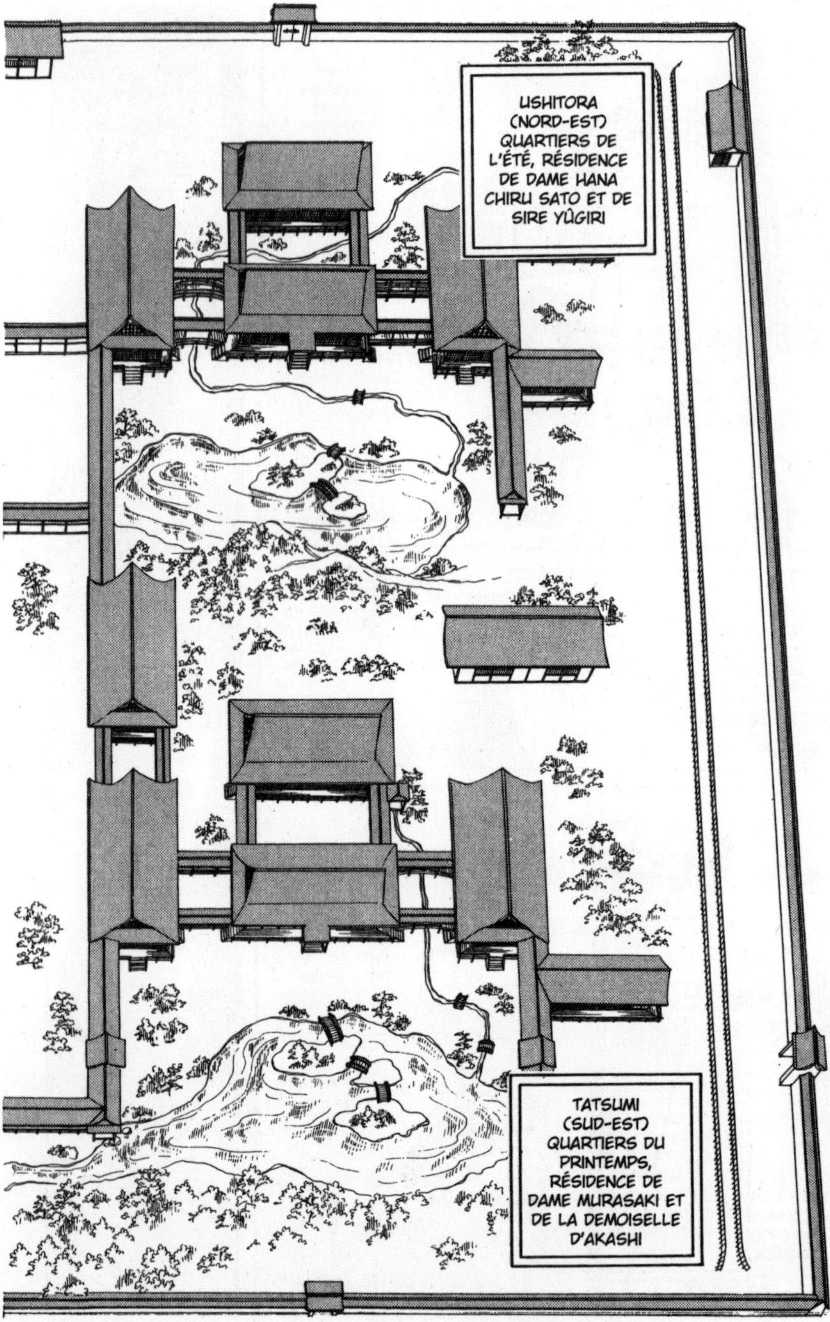
USHITORA
(NORD-EST)
QUARTIERS DE
L'ÉTÉ, RÉSIDENCE
DE DAME HANA
CHIRU SATO ET DE
SIRE YÛGIRI
TATSUMI
(SUD-EST)
QUARTIERS DU
PRINTEMPS,
RÉSIDENCE DE
DAME MURASAKI ET
DE LA DEMOISELLE
D'AKASHI

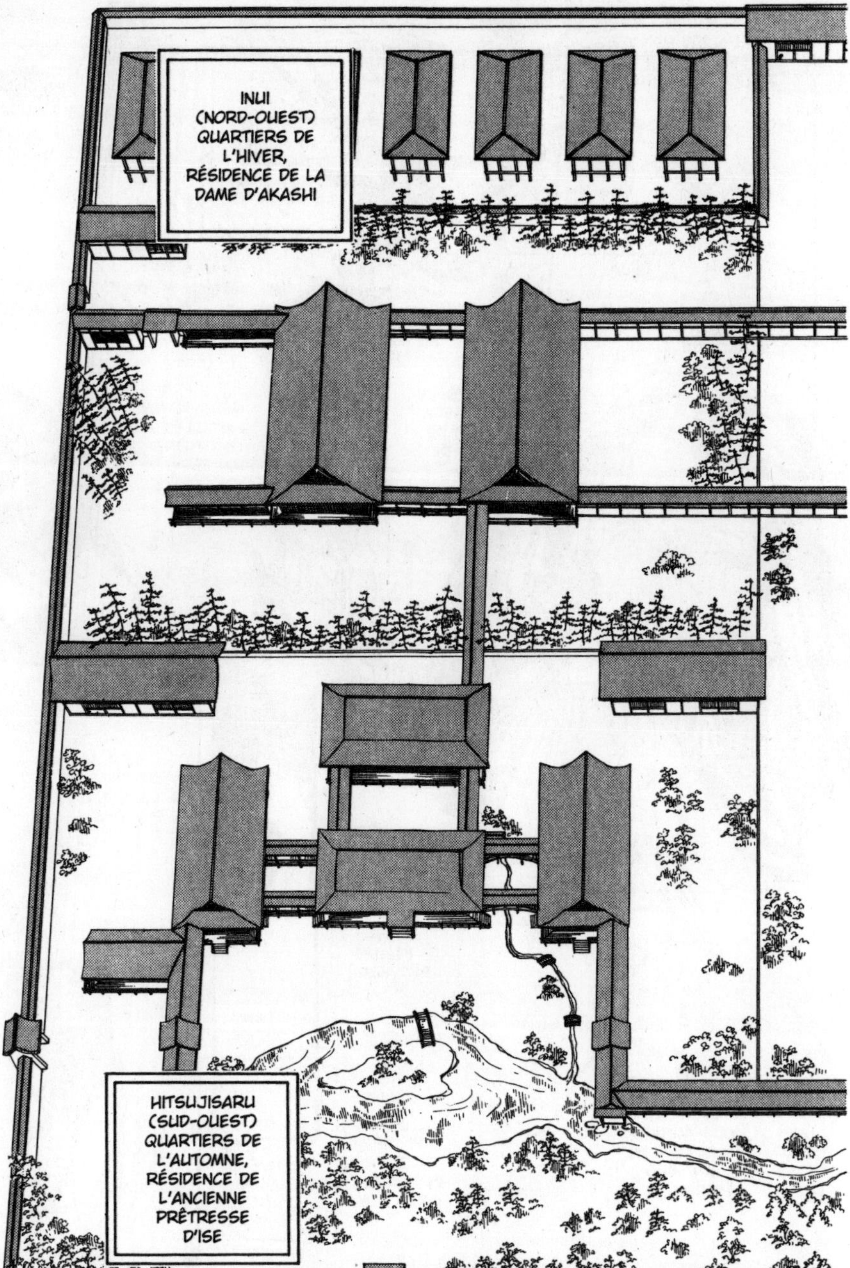
INUI (NORD-OUEST) QUARTIERS DE L'HIVER, RÉSIDENCE DE LA DAME D'AKASHI
HITSUJISARU (SUD-OUEST) QUARTIERS DE L'AUTOMNE, RÉSIDENCE DE L'ANCIENNE PRÊTRESSE D'ISE

C'EST MAGNIFIQUE !
NOUS SOMMES INSTALLÉS AUX QUARTIERS DE PRINTEMPS DE LA RÉSIDENCE...
AU PRINTEMPS, LE JARDIN SERA COUVERT DE FLEURS DE SAISON...
JE M'EN RÉJOUIS DÉJÀ...
FLEURS DE PRUNIER ROUGE, DE CERISIER, RHODODENDRONS, FORSYTHIAS...
... COQUELICOTS, VIOLETTES ODORANTES ...
J'AI FAIT CONSTRUIRE CE JARDIN POUR VOUS VOIR SOURIRE AINSI...
... CAR JE SAIS QUE VOUS AFFECTIONNEZ LE PRINTEMPS...
OH...
VOUS VOUS EN SOUVENIEZ ...
JE RETIENS TOUT DE VOUS...
SI J'AVAIS ÉTÉ UN PÊCHEUR...
... J'AURAIS PÊCHÉ LE PLUS GRAND DES POISSONS POUR VOUS...
... ET SI J'AVAIS ÉTÉ UN CHASSEUR, JE VOUS AURAIS RAPPORTÉ LE PLUS IMPOSANT DES GIBIERS...

LES HOMMES SE COMPORTENT TOUS AINSI...
CE SONT DES OFFRANDES...
MON CHER MARI...
AU NORD-EST SE TROUVENT LES QUARTIERS DE L'ÉTÉ...
UN CHAMP DE COURSE QUI S'ÉTEND À PERTE DE VUE, DES CHEVAUX MAGNIFIQUES...
ILS SERONT PARFAITS POUR DAME HANA CHIRU SATO, QUI EST PLEINE DE FRAÎCHEUR...
NOUS ALLONS POUVOIR PROFITER PLEINEMENT DE CE SPECTACLE, SIRE YÛGIRI...
OUI...
ET CET ÉTANG NOUS APPORTERA DE LA FRAÎCHEUR EN ÉTÉ...
YÛGIRI VIVRA AVEC ELLE.
JE RECONNAIS PARMI LES FLEURS DES IRIS, DES UTSUGI, AINSI QU'UN ORANGER...
DES FLEURS D'ORANGER...
TELS CES ARBRES QUI GARDENT LEUR FEUILLAGE EN TOUTE SAISON...
... VOUS ÊTES MON ORANGER...
OH, IL N'EST PAS POSSIBLE...
JE ROUGIS RIEN QUE D'Y REPENSER !
MÈRE HANA CHIRU SATO ?
?
COMME JE SUIS GÊNÉE...

AU SUD-OUEST SE TROUVENT LES QUARTIERS D'AUTOMNE...
ILS SERVIRONT DE RÉSIDENCE SECONDAIRE À DAME UMETSUBO, QUI APPRÉCIE CETTE SAISON ...
ON SE CROIRAIT À LA DEMEURE OÙ DAME ROKUJÔ RÉSIDAIT AUTREFOIS...
L'AUTOMNE ME TOUCHE PARTICULIÈRE-MENT, CAR C'EST LA SAISON OÙ J'AI PERDU MA MÈRE...
LA VUE SUR LES MONTAGNES AU LOIN EST IDENTIQUE...
L'AUTOMNE EST À SON APOGÉE...
IL N'EST PAS PLUS BEL ENDROIT DANS TOUTE LA CAPITALE POUR APPRÉCIER CETTE SAISON...
JE VAIS ÉCRIRE UNE LETTRE À DAME MURASAKI, DANS LES QUARTIERS DU PRINTEMPS...
... EN Y JOIGNANT DES FEUILLES D'ÉRABLE ET DES FLEURS D'AUTOMNE...
UNE MESSAGÈRE DE L'IMPÉRA-TRICE !
Dans votre jardin
Cù vous attendez de tout cœur
Que vienne le printemps enfin
Admirez ces érables et leur rougeur
Que le vent vous envoie

AU NORD-OUEST SE TROUVENT LES QUARTIERS DE L'HIVER...
UN LIEU DIGNE DE CELLE QUI L'HABITE...
Vous qui appréciez le printemps, je vous envoie quelques splendeurs de mon jardin. Veuillez les accepter comme un présent du vent.
OH...
L'IMPÉRATRICE A DE L'ESPRIT...
Les érables que le vent balaye / Ont le cœur léger / Contemplez donc cette merveille / De pin enraciné dans les roches / Qui a gardé ses teintes du printemps
Les feuilles d'érable s'envolent au moindre souffle de vent, elles sont bien légères. Je vous invite à admirer la beauté du printemps à travers les teintes vertes de ce pin lourdement enraciné dans les rochers.
MADAME, VOICI LA RÉPONSE DE DAME MURASAKI...
HO HO HO HO HO
OH, MAIS CE PIN ET CES ROCHERS SONT DES FABRICATIONS !
DAME MURASAKI A BEAUCOUP D'IMAGINATION...
SA RÉPONSE EST À LA HAUTEUR DE VOTRE LETTRE...

CET ENDROIT EST AUSSI PAISIBLE QU'UN VILLAGE DE MONTAGNES...
SI LA NEIGE TOMBAIT, CELA SERAIT MAGNIFIQUE...
ICI, VOUS POURREZ ÊTRE AUSSI DÉTENDUE QU'À ÔI...
DAME D'AKASHI ...
IL ME TARDAIT DE VOUS RETROUVER..
PRINCE...
NOTRE FILLE SE TROUVE DANS LES QUARTIERS DU SUD-EST...
ELLE VIT JUSTE À CÔTÉ...
BIENTÔT, VOUS POURREZ LA VOIR..
LE RÊVE QUE JE NOURRIS DEPUIS DE LONGUES ANNÉES EST ENFIN EXAUCÉ...
JE VOULAIS INSTALLER PRÈS DE MOI LES FEMMES QUE J'AIME, ET TOUT FAIRE POUR LES RENDRE HEUREUSES...
MÊME CELLES QUI VIVAIENT DANS L'INFORTUNE, TELLES LES DAMES SUETSUMU-HANA ET UTSUSEMI!...

JE NE CHERCHE PAS LÀ À EXPIER MES FAUTES, MOI QUI AI VÉCU DE NOMBREUSES HISTOIRES D'AMOUR DEPUIS MA JEUNESSE...
... ET QUI AI FAIT DU MAL À TANT DE FEMMES...
SI YÛGAO, MA BELLE-DU-SOIR, ÉTAIT EN VIE...
... ELLE AUSSI, JE L'AURAIS RECUEILLIE...
DIS-MOI, KOREMITSU, COMMENT S'APPELLENT...
COMMENT S'APPELLENT LES FLEURS BLANCHES QUI POUSSENT LÀ-BAS ?
QU'AVEZ-VOUS DIT, PRINCE ?
CES FLEURS ? CE SONT DES CHRYSANTHÈMES BLANCS...
...
PRINCE, VOUS AVEZ UNE VISITE DE DAME UKON...
DAME UKON...
QUELLE COÏNCIDENCE... JE REPENSAIS JUSTEMENT À YÛGAO...
UKON ÉTAIT AUTREFOIS LA SUIVANTE DE YÛGAO.
L'AMÉNAGEMENT DE VOTRE RÉSIDENCE ÉTANT QUASIMENT ACHEVÉ...
... JE SOUHAITERAIS VOUS DEMANDER UN CONGÉ...

VOUS ALLEZ VOUS CONFINER À HATSUSE ?
OUI...
DANS CE CAS, JE VOUS PRIE DE TRANSMETTRE ÉGALEMENT MES VŒUX AUX MOINES EXORCISTES...
UKON VIVAIT AVEC YÛGAO DANS CETTE DEMEURE SAUVAGE...
YÛGAO...
AUCUN DE NOUS NE CONNAISSAIT LE VÉRITABLE NOM DE L'AUTRE...
... MAIS NOUS ÉTIONS PASSIONNÉS...
CETTE NUIT-LÀ...
APRÈS CE TERRIBLE CAUCHEMAR...
... LE CORPS DE MA BIEN-AIMÉE, GLACIAL, GISAIT DANS MES BRAS...
TOUT CE QUE LES DIVINITÉS M'ONT OFFERT...
MÊME MORTE, SON VISAGE DÉGAGEAIT DE L'INNOCENCE...
MA BIEN-AIMÉE AU CŒUR DÉSINTÉRESSÉ...
... SUFFIT À ME COMBLER...

C'EST APRÈS SON DÉCÈS QUE J'AI APPRIS QU'ELLE AVAIT ÉTÉ L'AMANTE...
... DU MINISTRE DU DEDANS, COMMANDANT À L'ÉPOQUE...
ILS AURAIENT MÊME EU UNE FILLE ENSEMBLE...
CRAIGNANT LE SCANDALE, ELLE A GARDÉ LE SECRET...
LORSQUE JE SUIS RETOURNÉ LÀ-BAS POUR DEMANDER À PRENDRE SA FILLE SOUS MON AILE...
... LA DEMEURE DE LA CINQUIÈME AVENUE, OÙ FLEURISSAIENT LES BELLES-DU-SOIR, ÉTAIT VIDE...
OÙ SE TROUVE-T-ELLE ?
COMMENT SE PORTE-T-ELLE ?
ON L'APPELAIT FUJIWARA NO RURI...
LE LEGS PRÉCIEUX DE BELLE-DU-SOIR...
MAIS QU'EST-IL DONC ARRIVÉ...
... À VOTRE MÈRE ?

NOUS L'AVONS TANT CHERCHÉE...
... MAIS NOUS N'AVONS AUCUNE NOUVELLE...
MÊME DAME UKON, QUI L'ACCOMPAGNAIT, S'EST VOLATILISÉE...
MON MARI A ÉTÉ NOMMÉ ADJOINT AU GOUVERNEUR DÉLÉGUÉ DE DAZAI À TSUKUSHI, ET JE DOIS QUITTER LA CAPITALE...
EN TANT QUE NOURRICE, JE NE SAIS QUE FAIRE...
MÈRE...
SI NOUS PARTONS À TSUKUSHI...
... QUE VA DEVENIR DEMOISELLE RURI ?
NOUS ALLONS DEVOIR LA CONFIER À SON PÈRE, LE COMMANDANT...
MAIS SI SON ÉPOUSE L'APPREND...
EN EFFET, COMMENT PRÉSENTER LES CHOSES ?
DE PLUS, J'AI PEUR DE CONFIER CETTE ENFANT À LA FEMME DU COMMANDANT...
TANT PIS...
NOUS ALLONS L'EMMENER AVEC NOUS À TSUKUSHI...
CHÉRI...

ICI, NOUS SOMMES À HIZEN...
SI MADAME ÉTAIT RENTRÉE, NOUS N'AURIONS PAS EU À PARTIR SI LOIN...
MADAME...
MADAME...
OÙ ÊTES-VOUS ?
NOUS PRENDRONS SOIN DE VOUS COMME NOUS L'AVONS FAIT AVEC VOTRE MÈRE...
ON VA REJOINDRE MAMAN ?
ALLONS À TSUKUSHI...

MADAME !
QU'AS-TU, MA NOURRICE ?
OH... PRINCESSE...
JE VOUS AI RÉVEILLÉE...
QUEL ÉTRANGE RÊVE...
SE POURRAIT-IL QUE MADAME NE SOIT PLUS DE CE MONDE ?
NOUS AVONS ÉLEVÉ LA PRINCESSE AVEC LE PLUS GRAND SOIN...
LA RESSEMBLANCE AVEC SA MÈRE EST DE PLUS EN PLUS FRAPPANTE...

BIENTÔT, ELLE SERA ENCORE PLUS BELLE QUE MADAME !
QUEL DOMMAGE DE LA RETENIR DANS CETTE CAMPAGNE...
BIENTÔT...
... NOTRE PÈRE TERMINERA SA MISSION ET NOUS POURRONS RENTRER À LA CAPITALE !
MADAME, VENEZ VITE !
C'EST... C'EST TERRIBLE !
MON CHÉRI !
QU'EST-IL ARRIVÉ ?
IL A SOUDAIN PERDU CONNAISSANCE...
TENEZ BON...
PRINCESSE...
JE SUIS SI INQUIET...
SI JE MEURS...
... PROMETTEZ-MOI DE RAMENER LA PRINCESSE À LA CAPITALE...
S'IL VOUS FAUT DE L'ARGENT, PRENEZ-LE DE MES FUNÉRAILLES, JE N'AI PAS BESOIN DE CÉRÉMONIE POMPEUSE...
PÈRE...

À PRÉSENT QUE NOTRE PÈRE EST MORT…
… NOUS AVONS PEU DE CHANCES DE NOUS RÉINSTALLER À LA CAPITALE…
NOUS AVONS TOUS ET TOUTES ÉPOUSÉ DES GENS DE LA RÉGION…
NOUS AVONS DES ENFANTS…
IL EST DIFFICILE D'ENVISAGER DE PARTIR…
MAIS PLUS LA BEAUTÉ DE LA PRINCESSE S'ÉPANOUIT…
… PLUS ELLE EST À PLAINDRE…
ENCORE UN FONCTIONNAIRE DES ENVIRONS QUI VEUT ÉPOUSER LA PRINCESSE ?
IL A EU VENT DE SA BEAUTÉ…
IL N'EST PAS QUESTION…
… DE DONNER LA MAIN DE LA PRINCESSE À N'IMPORTE QUI…
TANT PIS, NOUS ALLONS LA FAIRE PASSER POUR MA PETITE-FILLE…
… ET FAIRE COURIR LE BRUIT QU'À CAUSE D'UNE INFIRMITÉ, ELLE NE PEUT PAS SE MARIER…

OH, C'EST DONC ÇA…
DOMMAGE, ALORS QU'ELLE EST BELLE…
VEUILLEZ NOUS EXCU-SER…
PFF, DIFFICILE D'INVENTER CES EX-CUSES…
EN PLUS, ILS NOUS EN VEULENT, APRÈS…
PFF PFF
J'AI CRU ENTENDRE QUELQU'UN…
UNE VOIX QUI M'AP-PELLE…
DE QUI S'AGIT-IL ?
JE NE ME SOUVIENS MÊME PLUS DES VISAGES DE MES PARENTS…
MOI QUI SUIS SI SEULE…

C'EST SON JOUR DE CHANCE !
J'VAIS FAIRE D'ELLE MA P'TITE FEMME !
HUM HUM...
CEPENDANT, MONSIEUR LE CONTRÔLEUR DU CINQUIÈME RANG...
... LA MALHEUREUSE EST INFIRME...
C'PAS ÇA QUI VA M'GÊNER !
MON SOUHAIT L'PUS CHER, C'EST D'CONQUÉRIR LES PUS BELLES D'MOISELLES DU PAYS !
わはわは
OUAH HA HA
Y EN A AUCUNE QUI RÉSISTE À MES CHARMES, ÇA J'TE L'DIS !
COMMENT ?!
LE CONTRÔLEUR DU CINQUIÈME RANG, CET HOMME DE GUERRE FÉROCE, VEUT ÉPOUSER LA PRINCESSE ?!
ET C'TE BELLE DEMOISELLE...
... C'EST DONC LA P'TITE-FILLE À FEU L'ADJOINT ?
... QUI DONC M'APPELLE ?

JIRÔ, SABURÔ…
POURQUOI N'AVEZ-VOUS PAS DISSUADÉ CET HOMME ?
MÈRE…
LE CONTRÔLEUR EST UN HOMME INFLUENT DE LA RÉGION…
SACHANT QUE LA PRINCESSE N'A PAS ÉTÉ RECONNUE PAR LE MINISTRE DU DEDANS…
… CE N'EST PAS UNE SI MAUVAISE PROPOSITION…
COMMENT OSEZ-VOUS !
…
AVEZ-VOUS OUBLIÉ LES DERNIÈRES VOLONTÉS DE VOTRE PÈRE ?
MAIS VU LA PERSONNALITÉ DE CET HOMME…
… SI ON REFUSE, IL RISQUE DE NOUS LE FAIRE PAYER CHER…
BIEN L'BONJOUR, M'DAMES ! C'EST MOI, L'CONTRÔLEUR DU CINQUIÈME RANG !
ON A DÛ VOUS PARLER D'MOI !
…

ALORS ? C'QUE J'PEUX PRENDRE LA MAIN DE VOT'P'TITE PRINCESSE ?
EUH...
MAIS...
VOUS R'FUSEZ, OU QUOI ?
GRUMPF
BRRR
QUEL HOMME TERRI-FIANT...
...
J'AI CRU COMPRENDRE QU'LA MÈRE-GRAND ÉTAIT OPPOSÉE À C'T'UNION...
MAIS ÇA S'RAIT PAS QU'ELLE PENSE QU'J'SUIS UN TYPE QUI FRÉQUENTE DES MAUVAISES FILLES ?
J'VOUS JURE QUE J'TRAITERAI JAMAIS LA PRINCESSE DE LA MÊME MANIÈRE QUE LES AUT' !
J'EN PRENDRAI GRAND SOIN !
COMPTEZ SUR MOI !
AU SECOUUURS
MAIS... C'EST QUE...
... CETTE JEUNE FILLE N'EST VRAIMENT PAS PRÉSEN-TABLE...
JE SAIS, JE SAIS, ELLE EST INFIRME, LA PAUV'...
MAIS QU'ELLE SOIT BORGNE OU QU'ELLE AIT L'PIED BOT, J'VOUS GARANTIS QUE J'SAURAI LA SOIGNER, FOI D'CONTRÔLEUR !

GHA HA HA HA HA
'SAVEZ POURQUOI ? PARCE QUE TOUS LES DIEUX D'CE PAYS, ILS ONT RIEN À ME R'FUSER !
MIEUX VAUT QU'ON FASSE VITE, DONNEZ-MOI SA MAIN...
MAIS... AUJOURD'HUI EST UN JOUR NÉFASTE POUR LES UNIONS...
DANS C'CAS, J'RE-VIENDRAI LE 20 AVRIL...
OUF
ぴた！
STOP
うーむ…
HMMM
?
Si je commets le vice / De causer souffrance à ma belle / Que l'on me maudisse / Je le jure sur le dieu éternel / Du miroir de Matsura
J'AI RÉUSSI !
Z'EN PENSEZ QUOI, D'MON POÈME ?
VOUS VOULEZ DIRE QUE SI VOUS BRISEZ LE CŒUR DE LA PRIN-CESSE, VOUS ÊTES PRÊT À ACCEPTER TOUS LES CHÂTIMENTS DIVINS ?
J'SUIS UN NOTABLE, MOI, FAUT PAS CROIRE ! J'SAIS COMMENT QU'ON COMPOSE DES POÈMES !
BON, IL FAUT LUI RÉPONDRE PAR UN POÈME... ALLEZ-Y, MA FILLE...
NON, J'AI TROP PEUR...

TANT PIS, JE VAIS M'Y COLLER...
Si mes longues années / De prière ne permettent de voir / Mes souhaits exaucés / C'est que le dieu des miroirs / Est un dieu bien cruel
HMM ! HUM HUM...
HMM ?
SI MES PRIÈRES NE SONT PAS ENTENDUES, J'EN VOUDRAI FORTEMENT AU DIEU DES MIROIRS.
QU'EST-C'QU'ÇA VEUT DIRE, ÇA ?
EUH... EH BIEN...
= SI ELLE ÉPOUSE UN HOMME COMME VOUS...
... QUE SI LE MARIAGE EST ANNULÉ, ELLE EN VOUDRA AUX DIEUX...
MA MÈRE EST UN PEU SÉNILE...
J'VOIS ÇA...
LES ÉCHANGES D'POÈMES, C'EST L'SUMMUM DU RAFFIN'MENT !
J'VAIS VOUS EN COMPOSER UN AUT'...
...
...
...
IL A ATTEINT LES LIMITES DE SES CAPACITÉS...
JIRÔ ET SABURÔ SE SONT RANGÉS DU CÔTÉ DU CONTRÔLEUR...
QUELLE HONTE... VOULOIR MARIER LA PRINCESSE À UN HOMME PAREIL...

BUNGO NO SUKE, MON AÎNÉ, TU ES MON SEUL ESPOIR…
JE NE VOIS PAS D'AUTRE SOLUTION QUE LA FUITE…
JE SUIS DÉSOLÉE…
PRINCESSE…
JE VOUS CAUSE TANT DE TRACAS…
ALLONS, QUE DITES-VOUS !
NOURRICE…
JE SONGE À ÉPOUSER LE CONTRÔLEUR…
PRINCESSE !
VOUS NE POUVEZ PAS FAIRE CELA !
NON, PRINCESSE !
MAIS C'EST LA SEULE CHOSE QUE JE PUISSE FAIRE POUR VOUS…
JE VOUS CONSIDÈRE ET VOUS RESPECTE AUTANT QUE VOTRE MÈRE…

CELA SIGNIFIE QUE JE SUIS VOTRE MAÎTRESSE, ET QUE VOUS DEVEZ M'ÉCOUTER...
JE VAIS ÉPOUSER LE CONTRÔLEUR...
PRINCESSE...
... ET AVANT QU'IL NE M'EF-FLEURE, JE ME DONNERAI LA MORT...
EN TANT QUE MAÎTRESSE...
... JE DOIS PENSER À VOTRE BIEN...
ELLE QUI AVAIT POUR PÈRE UN COMMAN-DANT DE TROISIÈME RANG...
SA MÈRE DISAIT LA MÊME CHOSE, DÉJÀ...
À LA MORT DE SES PARENTS, SON MA-RIAGE AVEC LE COM-MANDANT AVAIT ÉTÉ ANNULÉ...
ET, POUR NOTRE BIEN ET CELUI DE SA PETITE PRIN-CESSE...
... ELLE S'ÉTAIT INSTALLÉE DANS CETTE DEMEURE AUX BELLES-DU-SOIR...
VA DONC PORTER CET ÉVENTAIL AU MONSIEUR...
MAIS, MADAME...
... JE NE PEUX...
VAS-Y...
C'EST POUR LE BIEN DE TOUS...

FUYONS, PRINCESSE !
MAIS...
NOUS NE POUVONS SUPPORTER L'IDÉE QUE VOUS ÉPOUSIEZ UN TEL HOMME !
C'EST POUR LE BIEN DE TOUS...
J'ENTENDS DE NOUVEAU...
... QUELQU'UN QUI M'APPELLE...
VENEZ...
VENEZ AUPRÈS DE MOI...

JE VOUS ATTENDS ...
VOUS ...
JE VOUS CHERCHE...
OUI, VOUS ...
QUELQU'UN M'ATTEND ?
QUELQU'UN ME CHERCHE ?
QUI ÊTES-VOUS ?
SI JE ME RENDS À LA CAPITALE...
... JE POURRAI TROUVER CETTE PERSONNE !
TENTONS LE TOUT POUR LE TOUT...
TROUVONS RAPIDEMENT UNE EMBARCATION...
PRENDS GARDE À NE PAS ÉVEILLER LES SOUPÇONS DE JIRÔ ET SABURÔ...

ET TA FEMME ET TES ENFANTS, BUNGO NO SUKE ?
TES SŒURS ONT UNE FAMILLE, ELLES AUSSI…
JE VAIS LES LAISSER ICI POUR LE MOMENT…
LES PARENTS DE MA FEMME PRENDRONT SOIN D'EUX, ET JE LES FERAI VENIR DÈS QUE LA SITUATION SERA PLUS STABLE…
JE NE PEUX PAS ACCOMPAGNER LA PRINCESSE …
IL M'EST IMPOS-SIBLE DE LAISSER MES EN-FANTS…
GRANDE SŒUR…
MOI, JE VAIS Y ALLER…
CAR SINON, JE CRAINS DE NE PLUS JAMAIS REVOIR LA PRINCESSE…
JE COMPTE SUR TOI, HYÔBU…
VITE, VITE…
SI LE CONTRÔLEUR APPREND NOTRE FUITE, IL RISQUE DE SE METTRE DANS UNE COLÈRE NOIRE !

SPLAAASH
SPLAASH
HÉ ! ON EST SUIVIS PAR UNE BARQUE !
DES PIRATES ?
QUOI ?!
À MOINS QU'IL S'AGISSE DES HOMMES DU CONTRÔLEUR ?
QUE FAIRE ? J'AI PEUR...
MÊME SI VOUS N'ÊTES PLUS DE CE MONDE...
AH... MÈRE...
... SI VOUS AVEZ DE LA COMPASSION POUR MOI!...
ALLEZ PLUS VITE !
... JE VOUS PRIE DE M'EMMENER LÀ OÙ VOUS VOUS TROUVEZ...!

SPLAASH
ON EST PARVENUS À LES SEMER...
OÙ SE TROUVE-T-ON, ACTUELLEMENT ?
ICI, C'EST KAWAJIRI !
NOUS N'AVONS PLUS QU'À REMONTER LE FLEUVE YODO, ET NOUS SERONS À LA CAPITALE...
韓泊より川尻おすほどに
À MESURE QU'ON RAME DE KARADO-MARI À KAWAJIRI
いとかなしき妻子そわすれぬ…
ON OUBLIE NOS FEMMES ET NOS ENFANTS...
JE NE CESSE DE PENSER À MA FEMME ET MES ENFANTS...
QUE VA-T-IL ADVENIR D'EUX ?
LE CONTRÔLEUR NE S'EST-IL PAS VENGÉ SUR EUX ?
BUNGO NO SUKE...
POUR LE MOMENT, JE VAIS DEMANDER LE GÎTE À DES PERSONNES QUE J'AI CONNUES JADIS...
C'EST DONC ICI, LA CAPITALE ?
ELLE EST BIEN DIFFÉRENTE DE CE QUE J'IMAGINAIS...

LA NEUVIÈME AVENUE, OÙ NOUS NOUS TROUVONS, EST À LA PÉRIPHÉRIE DE LA CAPITALE...
CE N'EST PAS UN ENDROIT POUR UNE PRINCESSE...
LA PAUVRE... IL FAUT QU'ON PARVIENNE À INFORMER SON PÈRE AU PLUS VITE...
MAIS J'IGNORE COMMENT L'APPROCHER...
NOUS AVONS TOUT ABANDONNÉ POUR VENIR ICI...
... MAIS LES JOURS PASSENT SANS QUE LA SITUATION N'ÉVOLUE...
NE RESTONS PAS AINSI SANS RIEN FAIRE...
ALLONS DEMANDER DE L'AIDE AUX DIEUX...
FAISONS UN PÈLERINAGE AUPRÈS DE LA DIVINITÉ KANNON DE HATSUSE...
... AU SANCTUAIRE IWASHIMIZU HACHIMANGÛ...

À FORCE DE PRIER, LA CHANCE FINIRA SÛREMENT PAR SOURIRE À LA PRINCESSE...
JE VOUS PRIE DE M'AIDER À RETROUVER LA PERSONNE QUI ME CHERCHE...
NOUS SOMMES À TSUBAICHI...
CE N'EST PLUS TRÈS LOIN DE HATSUSE...
ÊTES-VOUS FATIGUÉE, PRINCESSE ?
...
NOUS AVONS FAIT LE CHEMIN À PIED, COMME LE VEUT LA COUTUME...
... MAIS LA PRINCESSE A DES DOULEURS AUX JAMBES...
FAISONS UNE HALTE DANS CETTE AUBERGE...
JE SUIS DÉSOLÉ POUR CETTE ARRIVÉE SOUDAINE...
PAR ICI, PRINCESSE...
AH, QUE C'EST DUR...
COMBIEN DE TEMPS VAIS-JE DEVOIR ENCORE ERRER AINSI ?

COMMENT ? TU AS ACCUEILLI DES VOYAGEURS ?
QUI T'A AUTORISÉE À LE FAIRE ?! JE ME DISPOSAIS À ACCUEILLIR DES HÔTES, CETTE NUIT !
APPAREMMENT, D'AUTRES VOYAGEURS AVAIENT DÉJÀ RÉSERVÉ LA CHAMBRE...
LA SITUATION SERA QUELQUE PEU GÊNANTE À LEUR ARRIVÉE, MAIS NOUS N'Y POUVONS RIEN...
NOUS VOUS ATTENDIONS, DAME UKON...
OH, C'EST UNE CHAMBRE PARTAGÉE ?
APPAREMMENT, IL S'AGIT D'UNE FEMME DE CONDITION ÉLEVÉE...
JE SUIS ÉPUISÉE... EST-CE À CAUSE DE L'ÂGE ?
LA NOUVELLE RÉSIDENCE DU GENJI EST SI ÉCLATANTE QU'ELLE M'INTIMIDE...
SI DAME YUGAO ÉTAIT EN VIE...
... ELLE AURAIT EU DROIT À SES APPARTEMENTS LÀ-BAS, COMME LA DAME D'AKASHI...
TENEZ, C'EST POUR LA PRINCESSE...
J'AI FAIT CE QUE J'AI PU AVEC CE QUE NOUS AVIONS...

VU L'ATTITUDE DE CE SERVITEUR, MA VOISINE DE CHAMBRE DOIT ÊTRE UNE FEMME DE HAUT RANG...
POURTANT, SES VÊTEMENTS SONT BIEN MODESTES...
TIENS ?
HYÔDÔTA, JE CROIS...
IL ME RAPPELLE QUELQU'UN ...
OUI... S'IL ÉTAIT PLUS JEUNE...
MAIS OÙ DONC...
SANJÔ...
LA PRINCESSE VA SOUPER...
J'ARRIVE, J'ARRIVE...
OH ! ELLE AUSSI, JE LA CONNAIS !
C'ÉTAIT UNE SERVANTE DE DAME YÛGAO...
SANJÔ, OUI...
COMMENT ? UKON ?
CE DOIT ÊTRE UNE ERREUR...
NOUS SOMMES...
OH !

MAIS… MAIS VOUS ÊTES…
OUI, C'EST MOI ! UKON !
NOURRICE ! HYÔBU !
C'EST DAME UKON !
ELLE AVAIT DISPARU AVEC MADAME !
OH ! QUELLE SURPRISE !
DAME UKON ! C'EST VOUS !
QUELLE JOIE DE VOUS RETROUVER !
MADAME EST DONC DÉCÉDÉE DEPUIS LONGTEMPS…
OUI…
ET LORSQUE JE SUIS ALLÉE VOUS VOIR, VOUS AVIEZ DÉJÀ DÉMÉNAGÉ À TSUKUSHI…
VOUS AVEZ SI BIEN VEILLÉ SUR LA PRIN-CESSE…
JE NE PENSAIS PAS LA RETROUVER ICI…

À HATSUSE, EN PLUS ! LÀ OÙ JE M'ÉTAIS RENDUE AFIN DE PRIER POUR LA RETROUVER...
LA DIVINITÉ KANNON NOUS A RÉUNIES...
OH... QU'ELLE EST BELLE...
PRINCESSE... VOICI DAME UKON...
DAME UKON EST AU SERVICE DU GRAND MINISTRE. ELLE POURRA SÛREMENT APPROCHER LE MINISTRE DU DEDANS...
EN FAIT, C'EST LE MINISTRE GENJI, ET NON LE MINISTRE DU DEDANS...
... QUI A CHERCHÉ AVEC ACHARNEMENT LA PRINCESSE PENDANT TOUTES CES ANNÉES...
LE PRINCE GENJI ?
C'EST UN PERSONNAGE ILLUSTRE, QU'IL EST IMPOSSIBLE D'APPROCHER...
COMMENT SE FAIT-IL QU'IL M'AIT CHERCHÉE ?

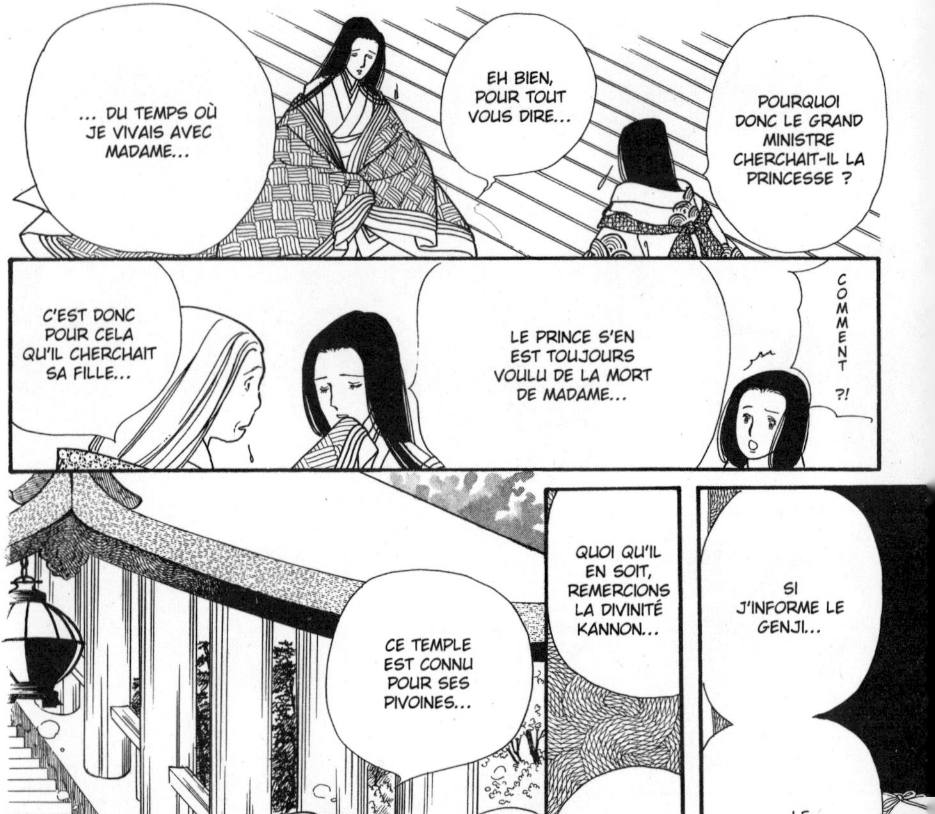
POURQUOI DONC LE GRAND MINISTRE CHERCHAIT-IL LA PRINCESSE ?
EH BIEN, POUR TOUT VOUS DIRE…
… DU TEMPS OÙ JE VIVAIS AVEC MADAME…
COMMENT ?!
LE PRINCE S'EN EST TOUJOURS VOULU DE LA MORT DE MADAME…
C'EST DONC POUR CELA QU'IL CHERCHAIT SA FILLE…
SI J'INFORME LE GENJI…
… LE MINISTRE DU DEDANS FINIRA PAR ÊTRE MIS AU COURANT…
EN EFFET…
QUOI QU'IL EN SOIT, REMERCIONS LA DIVINITÉ KANNON…
ALLONS NOUS RECUEILLIR ENSEMBLE…
CE TEMPLE EST CONNU POUR SES PIVOINES…
C'EST UNE FLEUR SPLENDIDE…
ON LA SURNOMME "MAJESTÉ DES CENT FLEURS"…

LA MAJESTÉ DES CENT FLEURS…
LA PRINCESSE EST ENCORE PLUS BELLE QUE CES PIVOINES…
ELLE RESSEMBLE BEAUCOUP À SA MÈRE, ET ELLE EST ÉLÉGANTE…
ELLE POURRAIT PRESQUE RIVALISER AVEC DAME MURASAKI…
UKON, ÊTES-VOUS RENTRÉE ? VENEZ DONC NOUS SALUER.

NON, PERSONNE NE PEUT ÉGALER DAME MURASAKI EN BEAUTÉ...
UKON...
ME FERIEZ-VOUS DES CACHOTTERIES ?
COMMENT ?
VOUS SEMBLEZ RAJEUNIE DEPUIS VOTRE RETOUR.
VOUS EST-IL ARRIVÉ QUELQUE CHOSE D'AGRÉABLE ?
ALLONS, CESSEZ DE ME TAQUINER...
... MAIS EN EFFET, MON VŒU LE PLUS CHER A ENFIN ÉTÉ EXAUCÉ...
LE VŒU QUE VOUS AVIEZ FAIT À HATSUSE ?
VOULEZ-VOUS DIRE...
... QUE VOUS AVEZ RETROUVÉ LA PRINCESSE ?
NE VOUS EN FAITES PAS POUR MOI...
J'AI TELLEMENT SOMMEIL QUE JE N'ENTENDS PLUS RIEN...
VOUS L'AVEZ DONC RETROUVÉE ?
OUI !

ON A ENFIN RETROUVÉ LA TRACE DE DEMOISELLE RURI !
JE VAIS L'ACCUEILLIR SANS TARDER DANS MA RÉSIDENCE...
ELLE DOIT MANQUER D'HABITS...
JE VAIS FAIRE EN SORTE QU'ELLE NE MANQUE DE RIEN, VOUS POURREZ ENSUITE L'AMENER ICI...
OH ! QUELS HABITS SPLENDIDES !
VOUS ÊTES MÉCONNAISSABLE ...
NOUS AUSSI, NOUS AVONS ÉTÉ GÂTÉES...
JE N'AI JAMAIS VU PAREILLE ÉTOFFE...
CES DAMES SERONT À VOTRE SERVICE À COMPTER DE CE JOUR.

...
CELA NE LUI FAIT-IL PAS PLAISIR ?
EN GÉNÉRAL LES FEMMES SE RÉJOUISSENT DE CE TYPE DE PRÉSENTS...
UKON...
JE SUIS RECONNAISSANTE ENVERS LES ATTENTIONS DU PRINCE...
... MAIS JE NE VOIS RIEN QUI LES JUSTIFIE...
JE NE PEUX ACCEPTER QU'IL ME PRENNE SOUS SON AILE...
IL N'EST MÊME PAS MON VRAI PÈRE...
ELLE S'EN SORTIRA SANS MAL À LA RÉSIDENCE DU GENJI...
LE MINISTRE GENJI SOUHAITE ÊTRE COMME UN PÈRE POUR VOUS...
IL PARLERA DE VOUS AU MINISTRE DU DEDANS QUAND LE MOMENT SERA VENU...
PRIN-CESSE...
ELLE A LA TÊTE SUR LES ÉPAULES, BIEN PLUS QUE D'AUTRES PRINCESSES DE SON ÂGE...
MAIS POURQUOI...
... FAIT-IL TOUT CELA POUR MOI ?
LA RÉSIDENCE DE LA SIXIÈME AVENUE EST UN LIEU MAGNIFIQUE...
JE SUIS SÛRE QU'IL VOUS PLAIRA.

SUIS-JE EN TRAIN DE RÊVER ?
COMMENT PEUT-IL VIVRE DANS UN LIEU AUSSI SOMPTUEUX ?
MAIS QUI EST DONC LE PRINCE GENJI ?
LA PRINCESSE EST-ELLE ARRIVÉE ?
P... PRINCESSE... JE SUIS TELLEMENT INTIMIDÉE...
JE VEUX RENTRER CHEZ MOI...
NOUS N'AVONS PAS BESOIN DE CLOISON ENTRE NOUS, PUISQUE NOUS SOMMES À PRÉSENT PARENTS...
OH... PRINCE...
JE N'OSE MÊME PAS OUVRIR LES YEUX...

GENJI... LE PRINCE RADIEUX...
IL EXISTAIT DONC DANS CE MONDE...
... UN ÊTRE PAREIL À LA MAJESTÉ DES CENT FLEURS...

Des mois et des années
J'ai attendu de vous retrouver
Puissiez-vous m'écrire
En me faisant parvenir
Le premier chant du rossignol

CHAPITRE 25

LE PRINCE RADIEUX...
CE SURNOM QUE J'AI ENTENDU DE NOMBREUSES FOIS, QUAND J'ÉTAIS ENFANT...
... ET QUI FAISAIT BATTRE MON CŒUR...
GRAND FAVORI DE L'EMPEREUR D'ALORS, IL AVAIT EU DE NOMBREUSES HISTOIRES D'AMOUR...
POUR CETTE RAISON, IL AVAIT ÉTÉ CONDAMNÉ À L'EXIL POUR UN CRIME QU'IL N'AVAIT PAS COMMIS...
NOUS NOUS VOYONS ENFIN...
JE VOUS AI CHERCHÉE PENDANT DES ANNÉES.
C'ÉTAIT DONC SA VOIX QUI M'APPELAIT ...
À PRÉSENT GRACIÉ, IL EST DEVENU L'HOMME LE PLUS INFLUENT DE LA COUR...
ET CET HOMME-LÀ SE TIENT EN FACE DE MOI...
QU'Y A-T-IL ?
N'ÊTES-VOUS PAS HEUREUSE D'ÊTRE ICI ?

EUH... SI...
... MAIS J'AI ENCORE L'IMPRESSION DE RÊVER...
IL NE S'AGIT PAS D'UN RÊVE.
À PARTIR D'AUJOURD'HUI, VOUS ÊTES ICI CHEZ VOUS...
... ET JE SERAI VOTRE PÈRE.
MAIS ...
... JE NE COMPRENDS PAS...
POURQUOI MOI ?
QUAND J'ÉTAIS JEUNE, JE SUIS TOMBÉ AMOUREUX DE VOTRE MÈRE.
DE MA MÈRE ?
CE FUT UNE RELATION DE COURTE DURÉE, MAIS NOUS NOUS AIMIONS ET NOUS ÉTIONS HEUREUX...
LE PRINCE GENJI...
MALHEUREUSEMENT, ELLE EST DÉCÉDÉE EN ME LAISSANT SEUL...
... ET MA MÈRE ?
J'AURAIS TANT AIMÉ QU'ELLE SOIT ENCORE LÀ... J'AI BEAUCOUP SOUFFERT...

PARDONNEZ-MOI, J'AI RAVIVÉ EN VOUS DES SOUVENIRS DE VOTRE MÈRE...
JE VOUS EN PRIE...
MAIS ELLE A LAISSÉ UN LEGS EN CE BAS MONDE... VOUS...
J'AIMERAIS VOUS FAIRE CADEAU DE TOUT CE QUE J'AURAIS AIMÉ LUI OFFRIR.
MA MÈRE M'A ÉLEVÉE EN CACHANT MON EXISTENCE À MON PÈRE...
JE CROYAIS QU'ELLE AVAIT MENÉ UNE VIE MALHEUREUSE...
... MAIS JE DÉCOUVRE QUE CE N'ÉTAIT PAS LE CAS...
GRÂCE À L'AMOUR DU GENJI...
... ELLE A PU GOÛTER AU BONHEUR, MÊME DE MANIÈRE FUGACE !..
PRINCESSE...
TOUS LES ÉVÉNEMENTS TRISTES ET PÉNIBLES SONT DERRIÈRE VOUS...
DORÉNAVANT, JE SERAI TOUJOURS À VOS CÔTÉS.
SOYEZ HEUREUSE, POUR VOTRE MÈRE ET POUR VOUS-MÊME.

PRINCE GENJI...
VOUS ÊTES D'HUMEUR BIEN JOVIALE, PRINCE...
C'EST QUE JE SUIS RAVI DE ME RETROUVER PÈRE D'UNE FILLE AUSSI RAVISSANTE...
JE VOUS LA PRÉSENTERAI BIENTÔT, MURASAKI... ELLE EST D'UNE TELLE BEAUTÉ...
MALGRÉ TOUTES LES PEINES QU'ELLE A DÛ ENDURER, ELLE RESTE GAIE...
ELLE N'EST PAS FAROUCHE, ELLE SE MONTRE CHALEUREUSE...
ELLE RESSEMBLE BIEN SÛR À SA MÈRE, YÛGAO, MAIS ELLE A AUSSI HÉRITÉ DE L'ÉLÉGANCE DU MINISTRE DU DEDANS...
VOUS SEMBLEZ BIEN ATTACHÉ À ELLE...
VOUS M'AVIEZ PROMIS DE NE RIEN ME DISSIMULER...
... MAIS JE N'AVAIS JAMAIS ENTENDU PARLER DE CETTE YÛGAO...
JE N'AVAIS NULLE INTENTION DE VOUS LA CACHER...
... MAIS NOTRE RENCONTRE DATE D'IL Y A SI LONG-TEMPS...
ELLE EST DÉCÉDÉE AVANT QUE JE NE FASSE VOTRE CONNAISSANCE...

MAIS SI ELLE AVAIT ÉTÉ ENCORE EN VIE, J'AURAIS PRIS SOIN D'ELLE COMME DE LA DAME D'AKASHI...
TANT QUE CELA...
QUOI QU'IL EN SOIT, C'EST UNE BONNE NOUVELLE...
JE CRAIGNAIS QUE LA PETITE PRINCESSE NE SE SENTE SEULE...
OUI... J'AIMERAIS FAIRE CONNAÎTRE SA PRÉSENCE AUPRÈS DES JEUNES COURTISANS À L'AFFÛT DE PRINCESSES NUBILES...
EN PARTICULIER MON PETIT FRÈRE, LE PRINCE AUX LUCIOLES...
... ET SEMER LE TROUBLE DANS LEUR ESPRIT...
OH... VOUS FAITES UN DRÔLE DE PÈRE...
IL SERAIT DE MAUVAIS GOÛT D'EXCITER LEURS ESPRITS AVEC VOS FILLES...
J'EN RÊVAIS DEPUIS DE LONGUES ANNÉES...
J'AURAIS DÛ FAIRE CELA AVEC VOUS, DÉJÀ...
...
À L'ÉPOQUE, SANS TROP RÉFLÉCHIR, J'AI FAIT DE VOUS MON ÉPOUSE...
... MAIS À PRÉSENT, JE REGRETTE...
VOUS N'ÊTES PAS POSSIBLE...

HANA CHIRU SATO…
PUIS-JE VOUS CONFIER SON ÉDUCATION ?
OUI, AVEC PLAISIR…
Bien que mes sentiments certains / Demeurent inchangés pour la radieuse / Par quelles voies du destin / Suivant le fil de la parure précieuse / Est-elle arrivée jusque-là ?
PAR QUEL HASARD DU DESTIN CETTE PRINCESSE EST-ELLE ARRIVÉE À MOI, TANDIS QUE JE CONTINUE DE PENSER À FEU YUGAO ?
JE VAIS DONNER LE NOM DE TAMA-KAZURA, "PARURE PRÉCIEUSE", À CETTE PRINCESSE.
PRINCESSE TAMA-KAZURA…
ELLE A BIEN DE LA CHANCE… ELLE EST AUSSI BIEN TRAITÉE…
… QUE DAME HANA CHIRU SATO ET LA DAME D'AKASHI…
NOUS AVONS BIEN FAIT DE FUIR HIZEN…
À L'ÉPOQUE, NOUS ÉTIONS LOIN DE NOUS DOUTER QU'UNE VIE SI ONIRIQUE NOUS ATTENDAIT ICI…
DE PLUS, BUNGO NO SUKE A ÉTÉ PROMU FONCTIONNAIRE DE MAISON…
JE VAIS POUVOIR FAIRE VENIR MA FEMME ET MES ENFANTS …

CE QUI ME RÉJOUIT LE PLUS...
... C'EST QUE CETTE PRINCESSE PAREILLE À UNE PERLE A PU ÉCHAPPER À UNE VIE RUSTIQUE, À L'ÉCART DU MONDE...
DE JOUR EN JOUR...
...ELLE EMBELLIT COMME UN BIJOU QUE L'ON POLIT...
...
LE COMMANDANT DE LA GAUCHE YÛGIRI, FILS AÎNÉ DU PRINCE, SOUHAITE VOUS SALUER...
IGNORANT QUE VOUS ÉTIEZ MA SŒUR, JE SUIS CONFUS DE NE PAS VOUS AVOIR ÉTÉ UTILE LORS DE VOTRE INSTALLATION...
JE VIS ÉGALEMENT DANS LES QUARTIERS DE L'ÉTÉ, AUPRÈS DE MA MÈRE HANA CHIRU SATO...
DORÉNAVANT, VOUS POUVEZ COMPTER SUR MOI COMME UN PETIT FRÈRE...
IL LA PREND POUR SA VÉRITABLE SŒUR...
C'EST UN PEU GÊNANT...
OFFICIELLEMENT, JE SUIS DONC PRÉSENTÉE COMME LA VÉRITABLE FILLE DU MINISTRE GENJI...
QUAND DONC COMPTE-T-IL PARLER DE MOI À MON PÈRE, LE MINISTRE DU DEDANS ?

CES ÉTOFFES SONT-ELLES POUR HABILLER DAME TAMA-KAZURA ?
OUI, CAR J'AI CRU COMPRENDRE QU'AYANT GRANDI À LA CAMPAGNE, ELLE AVAIT PEU D'HABITS…
QUEL PÈRE ATTENTIONNÉ VOUS FAITES !
UN KIMONO HOSONAGA DE COULEUR JAUNE…
DAME TAMA-KAZURA RESSEMBLE À SON PÈRE, LE MINISTRE DU DEDANS…
IL PARAÎT QU'ELLE POSSÈDE DES TRAITS SPLENDIDES…
LES COSTUMES DE NOUVEL AN SONT PRÊTS… LES FINITIONS SONT MAGNIFIQUES…
CHOISISSEZ DONC POUR HANA CHIRU SATO ET LES AUTRES FEMMES…
… LES VÊTEMENTS QUI LEUR SIÉRAIENT LE MIEUX…
VOUS QUI LES CONNAISSEZ SI BIEN, VOUS ÊTES LE MIEUX PLACÉ POUR FAIRE CE CHOIX…
JE VOIS CE QUE VOUS MANIGANCEZ …
VOUS CHERCHEZ À DEVINER À QUOI ELLES RESSEMBLENT À TRAVERS LES VÊTEMENTS QUE JE LEUR DESTINE…
MAIS ENFIN, NON !

CELA N'A PAS D'IMPORTANCE... ALORS, VOYONS VOIR..
POUR VOUS, TOUT D'ABORD...
... JE CHOISIRAIS BIEN UNE ROBE *KOUCHIGI*, DONT LA TEINTE ROUGE-VIOLET A ÉTÉ OBTENUE AVEC DES PRUNES ROUGES...
... AINSI QUE, DESSOUS, UNE ROBE *UWAGI* ROSE FONCÉ...
C'EST TRÈS ÉLÉGANT ET À LA MODE, CELA VOUS IRAIT À RAVIR.
POUR LA PETITE PRINCESSE, EN ACCORD AVEC SON JEUNE ÂGE...
... JE CHOISIRAIS UN *HOSONAGA* BLANC CÔTÉ FACE, ROUGE CÔTÉ REVERS POUR OBTENIR UN EFFET ROSE PÂLE, ET AUQUEL J'AJOUTERAIS UN ROUGE BRILLANT...
HANA CHIRU SATO POURRAIT PORTER UN *KOUCHIGI* INDIGO, MÊLÉ À DU ROUGE FONCÉ...
LE TISSAGE EST ÉLÉGANT, LES COULEURS SOBRES... CELA IRAIT BIEN AVEC SA NATURE DISCRÈTE...
ET JE VERRAIS BIEN DAME UTSUSEMI AVEC UN *UWAGI* BLEU-GRIS ET UN KIMONO *KOROMO* JAUNE...
COMME ELLE EST ENTRÉE EN RELIGION, ELLE POURRAIT SUPERPOSER CELA AVEC DU ROUGE CLAIR...

MAIS IL NE FAUT CHERCHER À TROP ACCORDER LES VÊTEMENTS À L'APPARENCE DE CELLE QUI LES PORTE...
CELA RESTE DES ÉTOFFES, ET LE CHARME SE DÉFINIT PAR BIEN D'AUTRES CHOSES...
CEPENDANT, QUAND JE VOIS...
... L'UWAGI AUX ENTRELACS VERT-JAUNE ET AUX FILS HORIZONTAUX BLANCS QUE J'AI CHOISI POUR SUETSUMU-HANA...
... J'AIMERAIS QU'ELLE SOIT AUSSI RAFFINÉE QUE CE VÊTEMENT...
POUR LA DAME D'AKASHI, J'IMAGINE BIEN UN KIMONO BLANC TISSÉ À LA CHINOISE...
... ASSOCIÉ À DU POURPRE FONCÉ...
JE SUIS SÛR QU'ELLE SAURAIT PORTER CETTE COMBINAISON DE COULEURS...
UN JOUR, VOUS M'AVEZ DIT...!
...QUE SI YÛGAO ÉTAIT EN VIE, VOUS L'AURIEZ ACCUEILLIE COMME LA DAME D'AKASHI...
...MAIS À PRÉSENT, J'EN DOUTE... CETTE DERNIÈRE OCCUPE UNE PLACE TROP SPÉCIALE...

Sur la surface / Du miroir clair de l'étang / Jamais ne s'effacent / Nos reflets constants / Depuis tant d'années comblés
FÉLICITATIONS...
EN CETTE NOUVELLE ANNÉE, NOS SILHOUETTES HEUREUSES SE REFLÈTENT DANS LA GLACE DE L'ÉTANG.
La glace mince de l'étang / Qui fond au printemps / À travers ce miroir bleu / Se reflètent à tous les deux / Nos silhouettes comblées
LE BLANC ET LE POURPRE...
C'EST LA COMBINAISON DE COULEURS LA PLUS ÉLÉGANTE ET RAFFINÉE...
... QUE VOUS AVEZ CHOISIE POUR SES VÊTEMENTS...
SUR CE MIROIR QUE CRÉE L'ÉTANG LIMPIDE, JE VOIS NOS IMAGES, NOUS QUI VIVRONS ENCORE LONGTEMPS DANS CETTE DEMEURE.
JE VAIS ALLER VOIR SI LES VÊTEMENTS QUE J'AI CHOISIS SIÉENT AUX UNES ET AUX AUTRES...
JE VOUS SOUHAITE UNE HEUREUSE ANNÉE...
FÉLICITATIONS...
LE PALAIS DE LA PETITE PRINCESSE EST BIEN ANIMÉ...

TIENS ?
QU'EST-CE ?
CE SONT DES PRÉSENTS DE LA PART DE LA DAME D'AKASHI, POUR LA PETITE PRINCESSE...
DEPUIS DES ANNÉES, J'ATTENDS QUE NOUS PUISSIONS NOUS REVOIR. ÉCRIVEZ-MOI AU MOINS UNE LETTRE POUR LA NOUVELLE ANNÉE.
Des mois et des années
J'ai attendu de vous retrouver
Puissiez-vous m'écrire
En me faisant parvenir
Le premier chant du rossignol
AKASHI...
C'EST TOI, ET NON TA DAME DE COMPAGNIE, QUI VA RÉDIGER LA RÉPONSE...
... CAR IL S'AGIT D'UNE PERSONNE SPÉCIALE POUR TOI...
BIEN...
CELA DOIT ÊTRE SI DUR POUR ELLE DE NE PAS POUVOIR VOIR SON ADORABLE FILLE GRANDIR...
MÊME SI NOUS SOMMES SÉPARÉES DEPUIS LONGTEMPS, LE ROSSIGNOL N'OUBLIERA JAMAIS LES RACINES DU PIN OÙ IL EST NÉ.
Malgré les longues années
Où nous avons vécu séparées
Comment le rossignol pourrait-il bien
Oublier les racines du pin
Où celui-ci a fait son nid
PETITE PRINCESSE...

Qu'il est émouvant / Qu'un rossignol vivant / Dans une maison fleurie / Retourne en son vieux nid / Lui rendre visite
DAME D'AKASHI…
IL EST SI RARE QU'UN ROSSIGNOL VIVANT DANS UN PALAIS FLEURI RETOURNE VOIR SON ANCIEN NID DANS LA VALLÉE…
LE PRINCE TARDE À RENTRER…
IL ÉTAIT CENSÉ FAIRE LES SALUTATIONS DE NOUVEL AN À LA PETITE PRINCESSE…
… À DAME HANA CHIRU SATO, DAME TAMA-KAZURA ET LA DAME D'AKASHI…
IL VA SANS DOUTE PASSER LA NUIT AUPRÈS DE LA DAME D'AKASHI CE SOIR…
C'EST BIEN CE QUE JE PENSAIS, ELLE EST UNIQUE À SES YEUX…

IL VIENT PASSER LA NUIT ICI DE TEMPS EN TEMPS, MAIS RENTRE TOUJOURS AVANT L'AUBE...
... AUPRÈS DE DAME MURASAKI...
JAMAIS IL N'EST MON PRINCE À MOI SEULE...
LE CORTÈGE DES DANSES D'HOMMES PASSERA PAR LA RÉSIDENCE DE LA SIXIÈME AVENUE, CETTE ANNÉE.
VOUS DEVRIEZ Y ASSISTER DEPUIS LES QUARTIERS DU PRINTEMPS, VOUS AUSSI...
MAIS...
... NE VAIS-JE PAS DÉRANGER ?

MON FILS, AINSI QUE CEUX DU MINISTRE DU DE-DANS...
... PARTICIPERONT À CETTE MARCHE...
LES FILS DU MINISTRE...
CE SONT DONC MES FRÈRES...
AU FOND D'ELLE, ELLE DOIT BRÛLER D'ENVIE DE REVOIR SON PÈRE ET SES FRÈRES...
... MAIS ELLE VEILLE À NE PAS LE MONTRER DEVANT MOI.
LA PRINCESSE TAMA-KAZURA EST VRAIMENT BIEN ÉLEVÉE...
... ET MATURE, EN PLUS...
QUAND ELLE SERA UN PEU PLUS ÂGÉE, ELLE DEVIENDRA UNE FEMME SPLENDIDE, QUI NE SE LAISSE PAS FAIRE...
VRAIMENT, JE NE ME LASSE PAS DE CONTEMPLER LES JEUNES DEMOISELLES...
LES FEMMES MATURES, DÈS QU'ELLES ONT UN SOUPÇON, VOUS INTERROGENT SANS RELÂCHE...
... TANDIS QUE LES JEUNES FILLES PEUVENT ÊTRE MANIPULÉES À NOTRE GUISE...
IL EST ATTENDRISSANT DE LES VOIR AINSI...
EH BIEN... JE DEVRAIS ME MONTRER VIGILANTE...

TOUTES LES FEMMES DE LA RÉSIDENCE DE LA SIXIÈME AVENUE SONT INVITÉES À ASSISTER AU DÉFILÉ DE DANSE ET DE CHANT DES HOMMES...
REGARDEZ CETTE SPLENDEUR...
DAME TAMA-KAZURA, VOUS SEREZ INSTALLÉE À CÔTÉ DE DAME MURASAKI...
DAME MURASAKI...
L'ÉPOUSE DU GRAND MINISTRE...
ELLE EST DONC À CÔTÉ...
BONJOUR...
OH!...

MÈRE, MA GRANDE SŒUR EST TRÈS JOLIE...
OH...
C'EST DONC ELLE, LA PETITE PRINCESSE DU GRAND MINISTRE...
QU'EST-CE QUE C'EST QUE CES MANIÈRES, PRINCESSE ?
EXCUSEZ-NOUS... CETTE PETITE ENFANT EST BIEN AGITÉE...
JE VOUS EN PRIE...
CELA NE ME DÉRANGE AUCUNEMENT...
DAME TAMA-KAZURA EST VRAIMENT BELLE...
DE PLUS, ELLE A L'AIR GENTILLE...
ELLE CORRESPOND AU PROFIL DES FEMMES QUI PLAISENT AU PRINCE...
REGARDEZ, LE CORTÈGE ARRIVE...
IL EST PASSÉ PAR LE PAVILLON DE PURETÉ ET DE FRAÎCHEUR, PAR LE SUZAKU-IN, PAR LE PALAIS DE L'IMPÉRATRICE PUIS CELUI DU PRINCE HÉRITIER AVANT D'ARRIVER ICI...

竹河の橋の詰なるや
AU BORD DU PONT DE TAKEKAWA IL PARAÎT QU'IL Y A UN JARDIN FLEURI
橋の詰なるや
花園に
はれ
花園に
VOULEZ-VOUS BIEN M'EMMENER LÀ-BAS ? LÀ-BAS, AVEC LA JEUNE FILLE
我をば放てや
少女伴へ…
(Extrait de Takekawa, poème à chanter de l'époque Héian)
LE FILS DU GENJI SE DÉMARQUE DES AUTRES...
C'EST BIEN VRAI !
YÛGIRI A UNE BELLE VOIX...
EN EFFET...
LÀ-BAS, C'EST LE COMMANDANT (FUTUR KASHIWAGI), L'AÎNÉ DU MINISTRE DU DEDANS...
DEVANT LUI, C'EST LE GÉNÉRAL (FUTUR KÔBAI), SON CADET...
LES FILS DU MINISTRE DU DEDANS...
ALORS CE SONT EUX, MES VÉRITABLES FRÈRES...
DEPUIS QUE J'AI ÉTÉ RECUEILLIE ICI...
... ON ME TRAITE AVEC LE PLUS GRAND SOIN...
... MAIS MON VRAI BONHEUR SERAIT D'ÊTRE AUPRÈS D'EUX...
QU'ILS SACHENT QUE JE SUIS ICI...

HÉ !
OÙ SE TROUVE LA NOUVELLE PRINCESSE ?
IL PARAÎT QU'ELLE EST MAGNIFIQUE.
EST-CE VRAI, YÛGIRI ?
ET SA VOIX, ALORS ?
JE L'IGNORE, JE NE L'AI VUE QU'À TRAVERS LE STORE...
ELLE ÉTAIT TRÈS BELLE, OUI...
VRAIMENT ?
JE VAIS LUI ÉCRIRE UNE LETTRE SANS TARDER, ALORS !
SI JE TRAÎNE, LE PRINCE AUX AFFAIRES MILITAIRES OU UN AUTRE HOMME PLUS MÛR VA ME DEVANCER...
TU VOUDRAS BIEN LUI TRANSMETTRE MA LETTRE ?
IL N'EN EST PAS QUESTION...
JE N'AI PAS QUE ÇA À FAIRE QUE DE M'OCCUPER DES HISTOIRES SENTIMENTALES DES AUTRES...
KUMOI NO KARI...
J'AURAIS AIMÉ QUE NOTRE CORTÈGE PASSE PAR LA RÉSIDENCE DU MINISTRE DU DEDANS...

DAME TAMA-KAZURA SE TROUVE-T-ELLE PAR ICI ?
ELLE DOIT ÊTRE SPLENDIDE, VU QU'IL S'AGIT DE LA FILLE DU GENJI...
COMME JE M'Y ATTENDAIS, DAME TAMA-KAZURA JOUIT D'UNE EXCELLENTE RÉPUTATION...
LES HOMMES QUI VIENNENT AU PALAIS CES DERNIERS TEMPS...
... SEMBLENT BIEN TROUBLÉS...
C'EST DE MAUVAIS GOÛT...
TOUT À FAIT, MA CHÈRE...
IL PARAÎT QUE DAME MURASAKI VA ORGANISER UN BANQUET DE PRINTEMPS...
OH, JE M'EN RÉJOUIS D'AVANCE.

L'IMPÉRATRICE A ÉTÉ INVITÉE, ELLE AUSSI...
... MAIS EN RAISON DE SON STATUT, ELLE NE PEUT PAS Y ASSISTER, QUEL DOMMAGE...
QU'IL EST ENNUYEUX...
... D'ÊTRE IMPÉRATRICE...
ALLEZ DONC CONTEMPLER À MA PLACE...
... CE BEAU JARDIN DE PRINTEMPS...
OUI !
PAR ICI, MONTEZ DANS LA BARQUE...
OH...
C'EST MAGNIFIQUE !

LA BRUME FLOTTE, PARFOIS MINCE, PARFOIS ÉPAISSE...
LE PALAIS AUX COULEURS DU PRINTEMPS S'ÉTEND AU-DELÀ DE LA BERGE...
EN PLEINE FLORAISON, EXHALENT UN PARFUM AGRÉABLE...
ACCOMPAGNÉES PAR UNE MUSIQUE GRACIEUSE SE CROISENT LES BARQUES À TÊTE DE DRAGON ET À TÊTE D'AIGLE...

LES BARQUES VOGUENT, ILLUMINÉES PAR LE PRINTEMPS SEREIN, ET LES PERCHES RÉPANDENT DES GOUTTES PAREILLES À DES PÉTALES DE FLEURS.
Jour de printemps serein / Les barques voguent, toutes / Leur perche dont le va-et-vient / Disperse de lumineuses gouttes / Pareilles à des pétales de fleurs
... LES MILLE CERISIERS, LES CORÈTES DU JAPON, LES GRAPPES DE GLYCINES, LES SAULES VERTS...
EST-CE À CELA QUE RESSEMBLE LE HÔRAISAN, LA MONTAGNE AUX TRÉSORS OÙ LES GENS VIVENT POUR L'ÉTERNITÉ ?

あな尊 今日の尊さよ
いにしへも はれ
いにしへも かくや ありけむ
今日の尊さ あはれ
そこよしや 今日の尊さ
QUEL BONHEUR, QUEL JOUR HEUREUX ÉTAIT-CE PAREIL AUTREFOIS ?
NOUS SOMMES UN JOUR HEUREUX QU'IL EST MAGNIFIQUE CE JOUR HEUREUX
(Extrait d'Ana touto, poème à chanter de l'époque Heian)
LES DAMES DE COMPAGNIE DE L'IMPÉRATRICE QUI SONT INSTALLÉES DANS LE PAVILLON SUR PILOTIS RESSEMBLENT À UN BOUQUET GARNI...
AU FAIT, GRAND FRÈRE, NE ME CACHERIEZ-VOUS PAS UNE AUTRE FLEUR ?
DE QUOI PARLEZ-VOUS, PRINCE DIRECTEUR AUX AFFAIRES MILITAIRES ?
ALLONS, NE FAITES PAS L'INNOCENT...
JE SERAIS PRÊT À ME JETER DANS LES ABÎMES DE L'AMOUR...
... POUR FAIRE LA CONNAISSANCE DE LA PRINCESSE VOTRE FILLE...
MOI AUSSI, PRINCE GENJI !
MOI AUSSI...
POUR DONNER SUITE AU BANQUET DE LA VEILLE, L'IMPÉRATRICE OFFRE UNE CÉRÉMONIE BOUDDHIQUE DE LECTURE DES ÉCRITURES.
ACCEPTERIEZ-VOUS DE ME LA PRÉSENTER ?
JE VOUS LE DEMANDE...

LES PARTICIPANTS DU BANQUET VIENNENT PAR ICI...
LA CÉRÉMONIE SERA GRANDIOSE...
VOTRE ALTESSE ...
REGARDEZ, CE SONT LES OFFRANDES DE FLEURS DE LA PART DE DAME MURASAKI...
OH... QUELLE BELLE MISE EN SCÈNE...
Les papillons éblouis
Par le jardin fleuri
Iront-ils jusqu'à
dédaigner
Les grillons des pins, cachés
Attendant l'automne
sous l'herbe ?

Même ces papillons, qui virevoltent dans le jardin fleuri, ne trouvent-ils grâce aux yeux des grillons des pins qui attendent l'automne sous les herbes ?
IL SEMBLERAIT QUE CELA SOIT UNE RÉPONSE À VOTRE POÈME QUI VANTAIT LES MÉRITES DE L'AUTOMNE...
DAME MURASAKI EST DÉCIDÉMENT TRÈS FORTE...
QUE CE SOIT PENDANT LE BANQUET OU LORS DE LA LECTURE DES ÉCRITURES BOUDDHIQUES ...
... LES DIGNITAIRES SEMBLAIENT AILLEURS ET NE CESSAIENT DE REGARDER PAR ICI...
LES LETTRES ADRESSÉES À DAME TAMA-KAZURA NE SONT-ELLES PAS DE PLUS EN PLUS NOMBREUSES ?
SI, EN EFFET...
JE VAIS LES CONSULTER...
UNE DAME DE COMPAGNIE RÉPONDRA À CELLE-CI...
CELLE-LÀ, VOUS POUVEZ L'IGNORER...
TIENS... LE PRINCE DIRECTEUR AUX AFFAIRES MILITAIRES N'A PAS PERDU DE TEMPS...
MON PETIT FRÈRE EST UN ESTHÈTE...
JE PENSE QUE CELA VAUT LA PEINE D'ÉCHANGER AVEC LUI.

MIEUX VAUT QUE VOUS LUI RÉPONDIEZ PERSONNELLEMENT...
BIEN...
TIENS... C'EST UNE LETTRE DU GÉNÉRAL DE LA DROITE, SURNOMMÉ BARBENOIRE...
MÊME CET HOMME RIGIDE A DONC ÉTÉ SÉDUIT...
ET CETTE LETTRE, LÀ ?
ELLE A ÉTÉ ÉCRITE PAR L'ACTUEL COMMANDANT, LE FILS AÎNÉ DU MINISTRE DU DEDANS...
LE COMMANDANT ?
OUI... IL IGNORE QUE LA PRINCESSE EST SA SŒUR...
CE N'EST PAS GRAVE...
LES CHOSES SE SAURONT, UN JOUR OU L'AUTRE...
IL N'EMPÊCHE... CE GARÇON EST DOUÉ, POUR SON JEUNE ÂGE...
QUE LES DAMES DE COMPAGNIE VEILLENT À DÉCOURAGER LES COURTISANS INSIGNIFIANTS...
POUR LES HOMMES DONT LE GRADE EST INFÉRIEUR À CELUI DE PRINCE OU DE GÉNÉRAL, CHOISISSEZ BIEN LA PERSONNE QUI RÉPONDRA...
VOUS DEVEZ ME TROUVER BIEN INTRUSIF, À DONNER TOUTES CES INSTRUCTIONS...

CONCERNANT VOTRE PÈRE...
... LE MIEUX SERA D'ATTENDRE QUE VOUS SOYEZ MARIÉE ET QUE VOTRE PUISSIEZ ASSEOIR VOTRE STATUT, AVANT DE LE METTRE AU COURANT...
JE SAIS QUE VOUS LE FAITES POUR MON BIEN...
JE VOUS OBÉIRAI...
LE GÉNÉRAL DE LA DROITE A UNE ÉPOUSE ÂGÉE ET PLUSIEURS ENFANTS...
LE PRINCE DIRECTEUR AUX AFFAIRES MILITAIRES A PERDU SA FEMME, CEPENDANT IL A DE NOMBREUSES AMANTES...
C'EST POUR CELA QUE JE CHERCHE UN BON PARTI POUR VOUS...
J'HÉSITE, EN EFFET...
J'AIMERAIS VOUS MARIER AU PLUS TÔT...
MAIS TOUT À L'HEURE, VOUS M'AVEZ SUGGÉRÉ DE RÉPONDRE À PLUSIEURS HOMMES...
C'EST VRAI...
JE NE PEUX DONNER LA MAIN DE MA PRÉCIEUSE TAMA-KAZURA À N'IMPORTE QUI...
OH...

J'AI DE LA PEINE POUR DAME TAMA-KAZURA...
ELLE VOUS ACCORDE UNE CONFIANCE ENTIÈRE...
COMMENT ?
... ET EN MÊME TEMPS...
... CETTE IDÉE M'INSUPPORTE ...
QUE VOULEZ-VOUS DIRE, DAME MURASAKI ?
JE M'INQUIÈTE EN TANT QUE PÈRE, VOILÀ TOUT...
JE VEUX SON BONHEUR, C'EST TOUT...
LE BONHEUR ...
... DE CELLE QUI CONSTITUE LE LEGS DE YÛGAO...
ALLONS, QU'ALLEZ-VOUS SOUPÇONNER LÀ...
MOI AUSSI, AUTREFOIS, J'ÉTAIS PERSUADÉE QUE VOUS VOUS INQUIÉTIEZ POUR MOI PAR CHARITÉ PATERNELLE...

OH…
RESTEZ AINSI…
COMMENT ALLEZ-VOUS, DAME TAMA-KAZURA ?
VOUS RESSEMBLEZ BEAUCOUP À YÛGAO, DANS CETTE POSITION…
À MA MÈRE ?
LA PREMIÈRE FOIS QUE JE VOUS AI VUE, LA RESSEMBLANCE N'ÉTAIT PAS SI FRAPPANTE…
ACCEPTERIEZ-VOUS DE ME PARLER D'ELLE ?
J'AI SI PEU DE SOUVENIRS…
VOTRE MÈRE… ÉTAIT D'UNE GRANDE BEAUTÉ…
ELLE PARAISSAIT UN PEU PLUS FRAGILE QUE VOUS…
AUSSI FRÊLE QUE LES BELLES-DU-SOIR QUI FLEURISSAIENT SUR LA CLÔTURE DE SA PETITE MAISON…

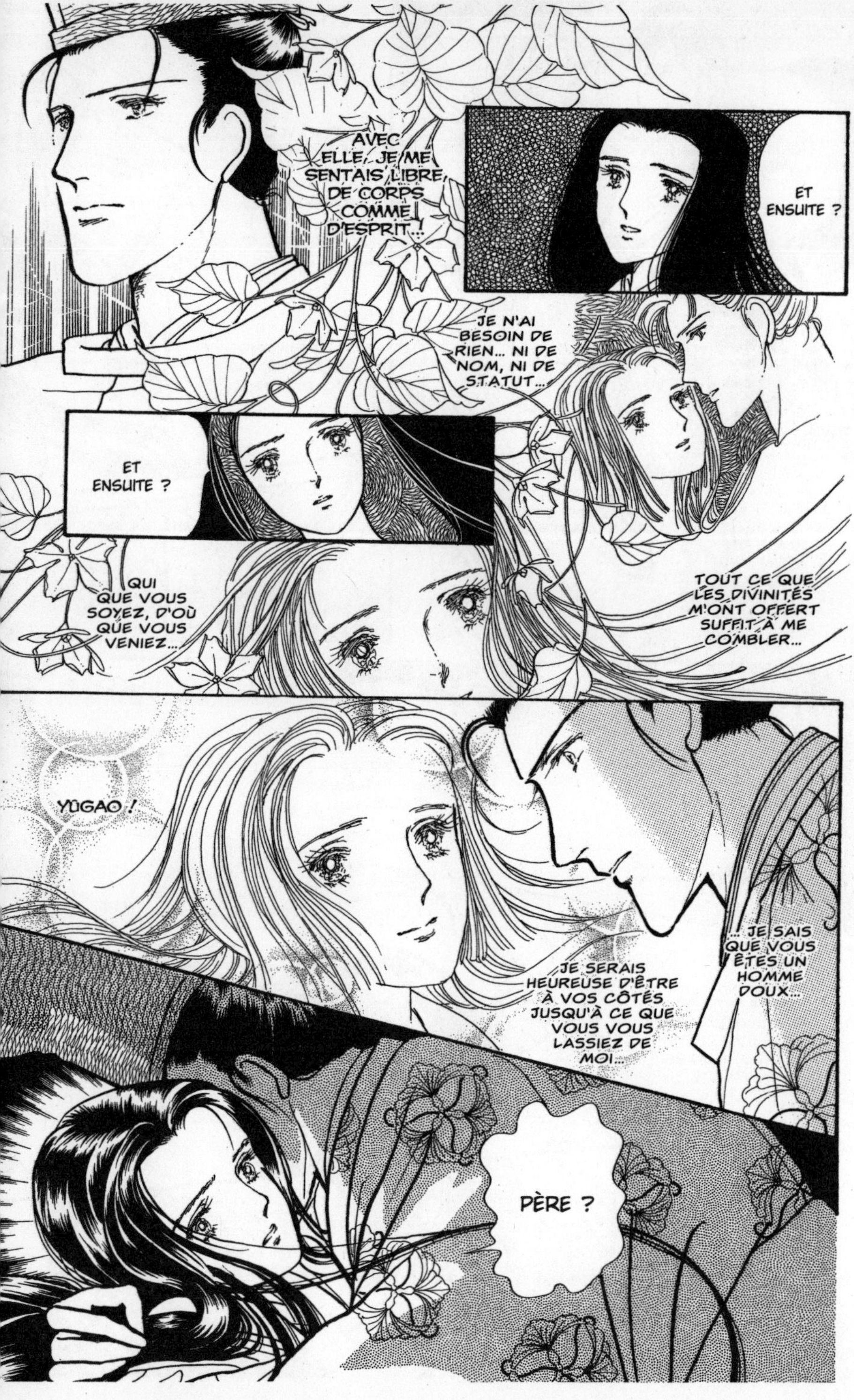
AVEC ELLE, JE ME SENTAIS LIBRE DE CORPS COMME D'ESPRIT...!
ET ENSUITE ?
JE N'AI BESOIN DE RIEN... NI DE NOM, NI DE STATUT...
ET ENSUITE ?
QUI QUE VOUS SOYEZ, D'OÙ QUE VOUS VENIEZ...
TOUT CE QUE LES DIVINITÉS M'ONT OFFERT SUFFIT À ME COMBLER...
YÛGAO !
... JE SAIS QUE VOUS ÊTES UN HOMME DOUX...
JE SERAIS HEUREUSE D'ÊTRE À VOS CÔTÉS JUSQU'À CE QUE VOUS VOUS LASSIEZ DE MOI...
PÈRE ?

PLUS VOUS LUI RESSEMBLEZ, PLUS JE SOUFFRE EN VOUS CONTEMPLANT...
J'EN VIENS À VOULOIR VOUS FAIRE MIENNE...
PRINCE GENJI !
NE FUYEZ PAS...
COMMENT POUVEZ-VOUS..!
... CONCEVOIR UNE CHOSE PAREILLE ?
JE N'AI PAS L'INTENTION DE VOUS FORCER...
JE VOUS PROMETS DE NE PAS ALLER PLUS LOIN...
... CAR VOUS M'ÊTES VRAIMENT PRÉCIEUSE...
MAIS ENFIN...
... VOUS ÊTES MON PÈRE !
EST-IL INTERDIT QU'À L'AMOUR D'UN PÈRE S'AJOUTENT D'AUTRES FORMES D'AMOUR ?
JE ME SUIS COMPORTÉ DE MANIÈRE INCONSIDÉRÉE...
JE N'AURAIS PAS DÛ VOUS AVOUER TOUT CELA...

ALLONS... NE FAITES PAS CETTE TÊTE, IL NE VOUS EST RIEN ARRIVÉ...
REDEVENEZ L'ADORABLE ET JOYEUSE JEUNE FEMME QUE JE CONNAIS...
LE PRINCE GENJI...
... A-T-IL DES SENTIMENTS POUR MOI ?
CE N'EST PAS POSSIBLE !
SI J'AVAIS ÉTÉ RECUEILLIE PAR MON VRAI PÈRE, ALORS MÊME QUE L'ON AURAIT PU ME MALTRAITER...
... LES CHOSES N'AURAIENT PAS PRIS CETTE TOURNURE...
PÈRE !
FWISH
がばっ

JE FAIS D'ÉTRANGES RÊVES CES DERNIERS TEMPS...
POURRIEZ-VOUS ME LES INTERPRÉTER ?
PARDONNEZ-MOI CETTE QUESTION, MONSIEUR LE MINISTRE...
... MAIS N'Y AURAIT-IL PAS UNE FILLE DONT VOUS AURIEZ...
... OUBLIÉ L'EXISTENCE PENDANT DE LONGUES ANNÉES, ET QUI AURAIT ÉTÉ RECUEILLIE QUELQUE PART ?
RECUEILLIE QUELQUE PART ?
AURAIS-JE UNE AUTRE FILLE SANS LE SAVOIR ?
MOI QUI ENVIAIS LE GENJI D'AVOIR RETROUVÉ RÉCEMMENT SA FILLE, TAMA-KAZURA...
J'AI EU BEAUCOUP DE GARÇONS, MAIS PEU DE FILLES...
EN AURAIS-JE DONC UNE AUTRE ?
VOILÀ, VOUS SAVEZ TOUT...
RETROUVEZ MA FILLE, CHERCHEZ-LA PARTOUT.
FACILE À DIRE...
NOTRE PÈRE A EU BEAUCOUP D'AVENTURES, DANS SA JEUNESSE...

PÈRE !
NOUS L'AVONS TROUVÉE !
C'EST BIEN MA FILLE ?
OUI... JE PENSE QU'IL N'Y A PAS D'ERREUR...
TOUTE-FOIS...
QU'Y A-T-IL ?
ON NE PEUT LA LAISSER À L'ABANDON PLUS LONGTEMPS...
AMENEZ-LA DONC.
AH...
C'EST DONC TOI, ÔMI...
OUI...
TU AS DÛ MENER UNE VIE DIFFICILE, PENDANT TOUTES CES ANNÉES...
KYAAAH !!
MON P'TIT PAPAAAA !
TU M'AS MANQUÉÉÉÉ !

CHAPITRE 26

J'AI ATTEINT LE PLUS HAUT DES GRADES EN TANT QUE MINISTRE, JE SUIS AU SOMMET DE MA GLOIRE...
JE SUIS LE GRAND MINISTRE GENJI...
... ET POURTANT...
POURQUOI DONC...
... NE PUIS-JE M'EMPÊCHER DE NOURRIR CES PENSÉES, AUSSI ÉPHÉMÈRES QUE DES SONGES ?
... JE NE CESSE DE PENSER À CETTE JEUNE FEMME...
ELLE QUI EST ENCORE SI JEUNE...
DAME TAMA-KAZURA ...
JE LE SAIS, ELLE N'EST PAS YUGAO...
JE L'AI RECUEILLIE POUR LA RENDRE HEUREUSE, COMME AURAIT VOULU LE FAIRE SA MÈRE...

ON NE PEUT REMONTER LE TEMPS...
TIENS...
QU'EST-CE DONC, QUI BRILLE DANS L'OBSCURITÉ ?
CE NE SONT NI DES FEUX DE TORCHÈRE, NI DES ÉTOILES...
CES LUMIÈRES DISPARAISSENT ET RÉAPPARAISSENT...
CE SONT SÛREMENT DES LUCIOLES...
LE SAVIEZ-VOUS ?
IL PARAÎT QUE LES LUCIOLES BRÛLENT D'AMOUR QUAND ELLES BRILLENT...
COMME ELLES NE PEUVENT CRIER LEUR AMOUR, ELLES SCINTILLENT AINSI...
... ET POURTANT, QUAND JE ME TROUVE EN SA PRÉSENCE...
... JE PERDS TOUTE RAISON ET TOUT DISCERNEMENT...

… PÈRE…
JE NE COMPRENDS PAS CE QUE VOUS VOULEZ DIRE…
SI… JE SUIS SÛR QUE TU COMPRENDS…
JE ME TROUVE BIEN PATIENT…
UN HOMME ORDINAIRE AURAIT CONTINUÉ D'INSISTER…
POURQUOI DONC LE MINISTRE SE COMPORTE-T-IL AINSI ?
VOUS ÊTES TROP JEUNE POUR COMPRENDRE…
JE NE LE DÉTESTE PAS POUR AUTANT…
LE GÉNÉRAL DE LA DROITE ET LE PRINCE DIRECTEUR AUX AFFAIRES MILITAIRES CONTINUENT DE VOUS ADRESSER DES LETTRES ENFLAMMÉES…
LEUR RÉPONDEZ-VOUS, DE TEMPS EN TEMPS ?
LE PRINCE DIRECTEUR SERAIT UN BON PARTI POUR VOUS…
MONSIEUR LE MINISTRE…
VOUS VOUS PRÉOCCUPEZ TANT DE LA PRINCESSE…
DE PLUS, IL NE ME FORCE PAS…
S'IL NE ME FAISAIT PAS TANT D'AVANCES…
LE MINISTRE SERAIT UN HOMME PLEIN DE GENTILLESSE ET RESPECTABLE…
PRINCESSE, VOUS ALLEZ RÉDIGER UNE RÉPONSE SANS TARDER…

PERSONNE NE S'EST ENCORE RENDU COMPTE DE CE QUI SE PASSE...
SI J'APPARTENAIS À UN AUTRE HOMME...
... LE MINISTRE ABANDONNERAIT-IL ?
LE PRINCE DIRECTEUR EST LÀ, DITES-VOUS ?
OUI, JE L'AI CONDUIT À LA GALERIE EXTERNE, À PROXIMITÉ DE LA PRINCESSE, COMME VOUS ME L'AVEZ INDIQUÉ...
IL EST RARE QUE VOUS ME FASSIEZ L'HONNEUR D'UNE RÉPONSE FAVORABLE...
JE SUIS DONC VENU DANS L'ESPOIR D'ENTENDRE VOTRE VOIX CE SOIR...
MON PETIT FRÈRE, LE PRINCE DIRECTEUR, EST UN ESTHÈTE NOTOIRE...
MÊME AFFAIBLI PAR LES TOURMENTS DE L'AMOUR, IL CONSERVE UNE SILHOUETTE RAFFINÉE...
FSSS

QUE...
OH...
OH, DES LUCIOLES !
PAR OÙ SONT-ELLES ENTRÉES ?
JE NE PENSAIS PAS QU'ELLE ÉTAIT SI BELLE...

CERTES, IL S'AGIT DE LA FILLE DU GENJI, MAIS... QUELLE SPLENDEUR...
JE VEUX À TOUT PRIX LA FAIRE MIENNE...
Même la lueur des lucioles / Dont on n'entend la voix / On ne peut entraver son envol / Comment pourrait-on, de surcroît, / Éteindre la flamme de notre cœur ?
LES LUCIOLES DÉPOURVUES DE VOIX NE CESSENT DE BRILLER, ALORS COMMENT POURRAIT-ON ÉTEINDRE LE CŒUR BRÛLANT D'AMOUR D'UN HOMME ?
La luciole qui se consume / En silence, avec amertume / Elle éprouve tout au long / Des sentiments plus profonds / Que des beaux parleurs comme vous
LES LUCIOLES SILENCIEUSES SE CONSUMENT DE SENTIMENTS BIEN PLUS PROFONDS QUE LES VÔTRES...
PRINCESSE !
ATTENDEZ...
JE VOUS PRIE DE VOUS RETIRER POUR CE SOIR...
...
PARFOIS, IL ME TOURMENTE, ET D'AUTRES FOIS...
QUELLES SONT DONC LES INTENTIONS DU MINISTRE ?
... IL FAIT EN SORTE D'ATTISER LA PASSION DU PRINCE DIRECTEUR...

SI C'EST POUR CONTINUER À VIVRE AINSI, JE PRÉFÈRE QUITTER CETTE DEMEURE...
ALLEZ, MON GÉNÉRAL !
COURAGE, LE CORPS DE LA DROITE !
NON, JE NE LE PEUX...
SHTAC
MES NOURRICES ET MES SUIVANTES ONT ENFIN TROUVÉ LE BONHEUR ICI...
OUAH
C'EST LE CORPS DE LA GAUCHE QUI L'EMPORTE !
MAGNI-FIQUE !

REGARDEZ LES COMMANDANTS YÛGIRI ET KASHIWAGI...
ON DIRAIT LEURS PÈRES RESPECTIFS, LE GENJI ET LE MINISTRE DU DEDANS, QUAND ILS ÉTAIENT JEUNES...
TOUS LES ÉVÉNEMENTS ORGANISÉS PAR LE GENJI ATTIRENT L'ATTENTION DES COURTISANS...
... MAIS LE CONCOURS DE TIR À L'ARC SUSCITE PAR-TICULIÈREMENT LEUR INTÉRÊT...
LE PRINCE DIRECTEUR AUX AFFAIRES MILITAIRES...
LES FILS DU MINISTRE DU DEDANS...
LE GÉNÉRAL DE LA DROITE, AVEC SA BARBE NOIRE, QUI AFFICHE TOUJOURS UNE MINE SÉVÈRE...
TOUS SONT VENUS POUR DAME TAMA-KAZURA...
C'ÉTAIT UN HONNEUR D'AVOIR PU ACCUEILLIR AUJOURD'HUI EN MA DEMEURE...
... UN ÉVÉNEMENT AUSSI SPLENDIDE...

HANA CHIRU SATO…
COMME VOUS ÊTES LA MÈRE DE YÛGIRI, CES OCCASIONS SE PRÉSENTERONT DE PLUS EN PLUS…
JE M'EN RÉJOUIS D'AVANCE…
LE PRINCE DIRECTEUR AUX AFFAIRES MILITAIRES ET LE PRINCE GOUVERNEUR GÉNÉRAL…
… ONT BIEN GRANDI, DEPUIS LA DERNIÈRE FOIS QUE JE LES AI VUS…
MAIS LE PRINCE DIRECTEUR, QUI EST POURTANT VOTRE FRÈRE CADET, SEMBLE ÂGÉ…
C'EST ÉTRANGE…
ON DIRAIT QUE VOTRE COUCHE EST PRÊTE…
VOUS POUVEZ ALLER VOUS ALLONGER…
N'Y A-T-IL PAS…
… UN PEU TROP DE DISTANCE ENTRE NOUS ?
NOUS SOMMES UN COUPLE, TOUT DE MÊME…
MAIS…
… JE SUIS UNE GRAND-MÈRE, À PRÉSENT…
CELA ME CONVIENT AINSI…
HANA CHIRU SATO…

PRINCE RADIEUX ...
OUI ?
PARDON... JE VOULAIS VOIR CE QUE CELA FAISAIT DE PRONONCER CE NOM...
CELA FAIT LONGTEMPS QUE L'ON NE M'A PAS APPELÉ AINSI...
NE VOUS TRACASSEZ PAS POUR MOI, SURTOUT...
JE NE SUIS ABSOLUMENT PAS MALHEUREUSE...
HANA CHIRU SATO...
BIEN ENTENDU ...
... JE ME DIS QUE J'AURAIS AIMÉ...
... ÊTRE UN PEU PLUS BELLE...
... MAIS J'AI L'IMPRESSION QUE NOUS SOMMES LIÉS PAR LE CŒUR, PLUS PROFONDÉMENT QUE QUICONQUE.
ET CELA SUFFIT À ME RENDRE HEUREUSE.
LES FEMMES QUI SONT BELLES...
... SUBISSENT SOUFFRANCE ET TOURMENTS À CAUSE DE LEUR APPARENCE...

MAIS MOI, JE N'AI CONNU QUE LA JOIE DE VOUS AIMER...
C'EST PRESQUE MÊME SARCASTIQUE... CE N'ÉTAIT PAS MON INTENTION...
HANA CHIRU SATO...
MA VISION DES CHOSES...
... EST PEUT-ÊTRE UN PEU SOMBRE...
LA SOUFFRANCE ET LES TOURMENTS...
... CAUSÉS PAR LA BEAUTÉ...
DAME MURASAKI...
DAME D'AKASHI...
JE LEUR AI DÉJÀ CAUSÉ TANT D'AFFLICTION...

JE NE VEUX PAS FAIRE SUBIR LA MÊME CHOSE À LA JEUNE TAMA-KAZURA...
MIEUX VAUT PEUT-ÊTRE QUE JE PARLE D'ELLE À SON PÈRE...
À MOINS QU'IL FAILLE DONNER SA MAIN AU PRINCE DIRECTEUR OU AU GÉNÉRAL DE LA DROITE ?
JE NE POURRAI M'EMPÊCHER D'ÊTRE FOU DE JALOUSIE ENVERS EUX...
QUE PUIS-JE FAIRE POUR CETTE PRINCESSE ?
KSIII
KSIII
KSIII
ON N'A ENVIE DE RIEN FAIRE, SOUS CETTE CHALEUR ACCABLANTE...
QUELQU'UN A-T-IL UNE BONNE HISTOIRE À RACONTER, AFIN DE NOUS RÉVEILLER ?
MOI, NON...

TIENS, JE NE SAIS PLUS DE QUI JE TIENS CETTE INFORMATION, MAIS...
... IL PARAÎT QUE LE MINISTRE DU DEDANS A RECUEILLI RÉCEMMENT UNE FILLE D'UN AUTRE LIT...
EN EFFET...
MAIS NOUS NE SOMMES PAS AU COURANT DES DÉTAILS...
LA RUMEUR ÉTAIT DONC VRAIE...
LE MINISTRE A DÉJÀ BEAUCOUP D'ENFANTS, JE L'ENVIE D'AVOIR UNE NOUVELLE FILLE...
MOI, NON SEULEMENT J'EN AI PEU, MAIS AUCUN ENFANT CACHÉ NE VIENT SE PRÉSENTER À MA PORTE...
MON PÈRE EST PARTI À SA RECHERCHE APRÈS AVOIR FAIT INTERPRÉTER SES RÊVES...
... MAIS CETTE PRINCESSE...
MON PÈRE SE MONTRE BIEN ESPIÈGLE...
IL SAIT POURTANT DÉJÀ TOUT AU SUJET DE DAME ÔMI, RECUEILLIE PAR MON ONCLE...
LE MINISTRE DU DEDANS A EU BEAUCOUP D'AVENTURES DANS SA JEUNESSE...
HU HU...
DE PLUS, IL SEMBLAIT FRÉQUENTER DES LIEUX À LA RÉPUTATION DOUTEUSE...

QUEL BEAU TABLEAU… DES COURTISANS EN PLEIN ÉPANOUISSEMENT…
… AVEC, À LEURS PIEDS, DES ŒILLETS, CES "ÉTÉS ÉTERNELS", EN PLEINE FLORAISON…
BIEN, JE VAIS PRENDRE CONGÉ… À MON ÂGE, SI JE M'ÉTERNISE, MA PRÉSENCE RISQUE D'ÊTRE PESANTE POUR LES JEUNES…
NOUS ALLONS VOUS RACCOMPAGNER …
ALLEZ-VOUS AUPRÈS DE DAME TAMA-KAZURA, MA SŒUR AÎNÉE ?
LE CAPITAINE, LE CHAMBELLAN… CE SONT LES FILS DU MINISTRE DE L'INTÉRIEUR…
CE SONT DE VAILLANTS JEUNES HOMMES…
ILS SONT PLEINS D'ADMIRATION POUR LA FAMEUSE PRINCESSE DE LA RÉSIDENCE DE LA SIXIÈME AVENUE…
… ET ILS N'ONT QU'UNE ENVIE, C'EST DE VOUS REJOINDRE…
ILS FONT MINE DE CONTEMPLER LES ŒILLETS, MAIS ILS VOUS SAVENT DERRIÈRE CES STORES…

YÛGIRI EST PARTICULIÈREMENT…
…
IL N'EMPÊCHE, JE ME DEMANDE POURQUOI LE MINISTRE DU DEDANS MANIFESTE AUTANT D'HOSTILITÉ À L'ÉGARD DE YÛGIRI…
N'EST-IL PAS HEUREUX QUE DU SANG ROYAL PUISSE SE MÊLER À CELUI DE SON CLAN ?
SOUS-ENTEND-IL QUE YÛGIRI S'EST UNI À LA FILLE DU MINISTRE DU DEDANS, C'EST-À-DIRE À MA SŒUR ?
COMMENT A-T-IL PU SÉPARER DE FORCE…
… DEUX PETITS AMOUREUX ADORABLES ?
S'IL ME LAISSAIT FAIRE, JE POURRAIS ARRANGER CELA…
… MAIS LE MINISTRE PEUT SE MONTRER TÊTU…
OH…
LE GENJI EST DONC BROUILLÉ AVEC LE MINISTRE DU DEDANS…
DAME TAMA-KAZURA DOIT SE TROUVER LÀ-BAS…
DANS CE CONTEXTE, JE ME DEMANDE QUAND…
… IL SE RÉSOUDRA À ME FAIRE RENCONTRER MON PÈRE…
S'IL TE PLAÎT, YÛGIRI, PRÉSENTE-LA-MOI…

EN ÉCHANGE, JE SERAI TON ÉMISSAIRE POUR DAME KUMOI NO KARI...
NON...
CE N'EST PAS LA PEINE...
TSS...
QUEL ENTÊTÉ...
LES ŒILLETS, "ÉTÉS ÉTERNELS"...
LE PRINCE ENVOYA UNE LETTRE À LA PRINCESSE...
... EN Y JOIGNANT UN ŒILLET, FLEUR D'ÉTÉ ÉTERNEL...
POURQUOI CETTE FLEUR EN PARTICULIER, GRAND FRÈRE ?
PARCE QUE LES ŒILLETS SIGNIFIENT "JEUNE FILLE ADORABLE"...
OH, JE L'IGNORAIS...
SIRE YÛGIRI, VOUS ÊTES D'UNE PATIENCE EXEMPLAIRE AVEC VOTRE PETITE SŒUR...
IL FAUT DIRE QUE JE JOUAIS SOUVENT AUX POUPÉES AVEC MA COUSINE, AUTREFOIS...
MA COUSINE...

QUE DEVIENT DONC...
... KUMOI NO KARI ?
NOS ÉCHANGES DE LETTRES SE SONT BEAUCOUP ESPACÉS...
TOUT LE MONDE ME DIT, À COMMENCER PAR MON PÈRE...
... QUE JE DEVRAIS L'OUBLIER ET TROUVER UNE NOUVELLE AMANTE...
... MAIS...
... J'AI BEAU VOIR DE BELLES FEMMES...
... AUCUNE N'A PLUS DE CHARME À MES YEUX...
... QUE KUMOI NO KARI.
SI J'EN PARLE À MES COUSINS...
... OU À MON PÈRE...
... JE POURRAI PEUT-ÊTRE LA REVOIR...
N'AVEZ-VOUS PAS HONTE, PRINCESSE ?
QUE FAITES-VOUS AVEC UN HOMME VÊTU D'UNE VESTE DE SIXIÈME RANG ?
NON...
C'EST UNE MAUVAISE IDÉE...
NOUS NOUS REVERRONS AU MOMENT OÙ...
... MON ONCLE, LE MINISTRE DU DEDANS, LE VOUDRA BIEN...

AH OUI, LE GENJI A MONTRÉ DE L'INTÉRÊT POUR MES FILLES ?
C'EST UN GRAND HONNEUR POUR MA FAMILLE...
IL PARAÎT QUE SA FILLE, QU'IL A RÉCEMMENT RE-CUEILLIE, EST D'UNE GRANDE BEAUTÉ...
DE NOMBREUX JEUNES HOMMES, À COMMENCER PAR LE PRINCE DIRECTEUR AUX AFFAIRES MILI-TAIRES, VEULENT DEMANDER SA MAIN...
LE FAIT QU'ELLE SOIT LA FILLE DU GENJI SUFFIT À LUI DON-NER UNE BONNE RÉPUTATION...
PAUVRE GENJI... IL DOIT ÊTRE TRISTE DE NE PAS PARVENIR À AVOIR D'ENFANT AVEC SON ÉPOUSE OFFICIELLE, DAME MURASAKI...
LES FLEURS D'ÉTÉ ÉTERNEL...

JE PENSAIS QUE LA PRINCESSE QUI M'APPELAIT DANS MES RÊVES...
... ÉTAIT LA FILLE DE YÛGAO, MA FLEUR DE L'ÉTÉ ÉTERNEL QUI S'EST VOLATILISÉE...
DÉCIDÉMENT, JE NE SUIS PAS GÂTÉ...
... MAIS À LA PLACE, ON A RETROUVÉ...
... JE NE PEUX NI LA FAIRE ENTRER AU PALAIS IMPÉRIAL, NI LUI TROUVER DE MARI...
ET KUMOI NO KARI, MA CADETTE...
MON AÎNÉE, LA JEUNE DAME DU KOKIDEN, A BEAU ÊTRE APPRÉCIÉE PAR L'EMPEREUR...
... AYANT PÉCHÉ AVEC YÛGIRI...
... CE DERNIER A FINALEMENT CHOISI DAME UMETSUBO, LA PROTÉGÉE DU GENJI, COMME ÉPOUSE...
ALLONS TOUT DE MÊME LUI RENDRE VISITE, DE TEMPS EN TEMPS...

KUMOI NO KARI, MA FILLE...
OH...
DIS DONC, QUELLE IMPRUDENCE...
UNE FEMME NE DOIT PAS SE LAISSER AINSI SURPRENDRE PAR LE SOM-MEIL...
CE N'EST PAS PARCE QUE TU ES SEULE QUE TU PEUX PRENDRE AINSI TES AISES, QUELLE VULGARITÉ...
JE SUIS DÉSOLÉE...
CERTES, IL NE FAUT PAS NON PLUS PRENDRE CONSTAMMENT DES ALLURES PRUDES, MAIS...
QUOI QU'IL EN SOIT, FAIS ATTENTION DORÉNAVANT.
OUI, PÈRE...
CETTE PETITE EST POURTANT FORT CHARMANTE, QUAND ON LA REGARDE AINSI...
SI LE GENJI VENAIT PRÉSENTER DES EXCUSES...
... J'ACCEPTERAIS UNE UNION AVEC YŪGIRI, MAIS!...

CELLE QUI ME CAUSE DAVANTAGE D'INQUIÉTUDE...
... C'EST ÔMI...
KYAH
KYAH
POURVU ...
... QU'J'OBTIENNE DES P'TITS POINTS...
DES P'TITS POINTS !
NON, DES GRANDS POINTS !
QUELLE HONTE...
DÉCIDÉMENT...
... ILS SONT AGAÇANTS, TOUS LES DEUX...
OUAAAH
YOUPIII
J'VEUX MA R'VANCHE !
JE NE ME LAISSERAI PAS FAIRE !
KOFF
AHEM
KOFF
OH, MON P'TIT PA... EUH PARDON, MON PÈRE !
JE VOUS EN PRIE, ENTREZ...
COMMENT VAS-TU, ÔMI ?

NE T'ENNUIES-TU PAS ICI ?
COMME J'AI BEAUCOUP À FAIRE, JE NE PEUX GUÈRE M'OCCUPER DE TOI...
NAN, Z'EN FAITES PAS !
APRÈS, C'EST SÛR QUE...
... J'ME SENS PARFOIS COMME QUAND J'AI PERDU AUX DÉS...
MAIS BON, C'PAS SI GRAVE, HEIN...
J'AI SONGÉ À TE FAIRE INTÉGRER MON SERVICE PROCHE, EN TANT QU'EMPLOYÉE...
... MAIS EN RAISON DE MON STATUT, CELA RISQUE D'ATTISER LA CURIOSITÉ ET ME FAIRE PERDRE LA FACE...
LE SENS-TU, LE SARCASME ?
BAH QU'EST-C'TU RACONTES !
FAUT PAS S'GÊNER, MON P'TIT PA... MON PÈRE !
BAM
J'PEUX MÊME VIDER VOT'POT DE CHAMBRE...
J'FERAI TOUT C'QUE VOUS VOULEZ !
ZUT... ELLE N'A PAS COMPRIS...
CELA SERAIT UNE FONCTION INDIGNE DE TA POSITION...
SI TU VEUX ME TÉMOIGNER TON DÉVOUEMENT FILIAL, PARLE MOINS VITE...
... ET EXPRIME-TOI UN PEU MIEUX...
J'SUIS DÉSOLÉE, C'EST D'NAISSANCE QUE J'PARLE VITE...

ぺら BLA
QUAND J'SUIS NÉE, LE RÉVÉREND QU'A PRIÉ POUR MOI À LA SALLE D'ACCOUCHEMENT PARLAIT À TOUTE ALLURE...
ぺら BLA
ON DIT QU'C'EST POUR ÇA QUE J'PARLE SI VITE...
ぺら BLA
ぺら BLA
MA MAMAN QU'EST MORTE, ÇA LA RENDAIT TRISTE...
ぺら BLA
ELLE REGRETTAIT QUE J'SOIS TOMBÉE SUR CE RÉVÉREND...
MAIS J'V... JE VAIS FAIRE DES EFFORTS...
... POUR M'EXPRIMER... DE MANIÈRE PLUS CORRECTE.
LORSQU'ELLE SE TAIT, ELLE N'EST POURTANT PAS SI LAIDE...
LA JEUNE DAME DU KOKIDEN EST DE RETOUR À LA DEMEURE FAMILIALE EN CE MOMENT...
QUE DIRAIS-TU DE VENIR APPRENDRE LES MANIÈRES AUPRÈS D'ELLE DE TEMPS EN TEMPS ?
HEIIIIN ?!
SI C'EST POUR QU'LA DAME DU KOKIDEN ME CONSIDÈRE COMME SA SŒUR, J'SUIS PRÊTE À ALLER PUISER DE L'EAU À LA RIVIÈRE !
C'EST PAS VRAI !
J'Y CROIS PAS !
J'SUIS FOLLE DE JOIE !
AVEC GRAAAND PLAISIR !
PAR PITIÉ, NE T'EXPRIME PAS COMME CELA DEVANT ELLE...
D'ACCOORD !
まじ HUM
まじ HUM
EST-ELLE VRAIMENT MA FILLE ?

HÉLAS OUI, ELLE ME RESSEMBLE...
ALORS QUAND EST-CE QUE J'PEUX LUI RENDRE VISITE ?
QUAND TU VEUX, MÊME DÈS AUJOURD'HUI !
WAOUH...
IL EN A, DE L'ALLURE !
J'AI DU MAL À CROIRE QUE CE SOIT MON PÈRE...
IL EST BEAU, HEIN, GOSECHI ?
OH QUE OUI !
MAIS AVEC SES GRANDS AIRS, IL EST UN PEU INTIMIDANT...
LES GENS DE HAUT RANG NE SONT PAS TRÈS CHALEUREUX...
PLUTÔT QUE D'ÊTRE RECUEILLIE PAR UN HOMME AUSSI RESPECTÉ...
... TU N'AURAIS PAS PRÉFÉRÉ VIVRE AUPRÈS D'UNE FAMILLE MOINS RICHE MAIS PLUS AIMANTE ?
ARRÊTE DE ME DIRE ÇA ! LAISSE-MOI APPRÉCIER MA JOIE !

ET PUIS D'ABORD, ON N'A PLUS LE MÊME STATUT, TOI ET MOI, ALORS NE ME PARLE PLUS SUR UN TON AUSSI FAMILIER !
BIENTÔT, JE SERAI CONSIDÉRÉE COMME UNE GRANDE DAME !
ALLEZ, JE VAIS ÉCRIRE DÈS MAINTENANT À LA DAME DU KOKIDEN !
UNE LETTRE, ALORS QUE VOUS VIVEZ DANS LA MÊME MAISON ?
C'EST COMPLÈ-TEMENT STUPIDE !
PFF, TU NE COMPRENDS RIEN PARCE QUE TU FAIS PARTIE DU PETIT PEUPLE !
DANS LES FAMILLES DE HAUT RANG, ON NE DÉBARQUE PAS LES UNS CHEZ LES AUTRES À L'IMPROVISTE !
AH OUI ?
C'EST COMME ÇA QUE ÇA MARCHE ?
OUI ! EN PLUS, COMME IL S'AGIT D'ÉCRIRE À LA DAME DU KOKIDEN...
... IL FAUT QUE JE CITE DES VIEUX POÈMES, C'EST COMME ÇA QUE FONT LES GENS ÉDUQUÉS !
WAOUH ! COMME TU ES DOUÉE, ÔMI !
ENSUITE, ON L'AT-TACHE À UNE FLEUR... CET ŒILLET, PAR EXEMPLE...
MADAME, VOICI UNE LETTRE DE LA PART DE DAME ÔMI...

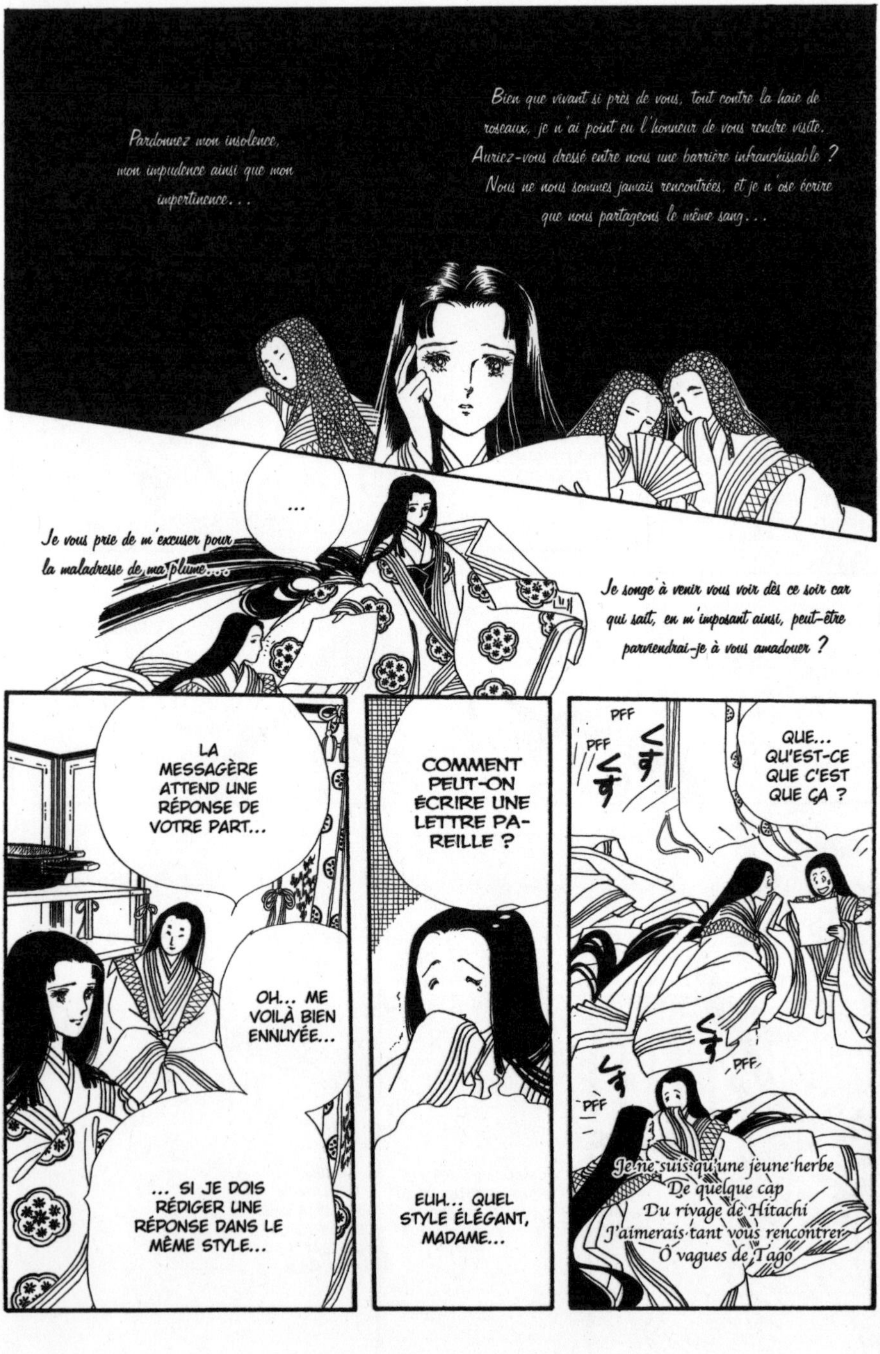
Pardonnez mon insolence, mon impudence ainsi que mon impertinence...
Bien que vivant si près de vous, tout contre la haie de roseaux, je n'ai point eu l'honneur de vous rendre visite. Auriez-vous dressé entre nous une barrière infranchissable ? Nous ne nous sommes jamais rencontrées, et je n'ose écrire que nous partageons le même sang...
...
Je vous prie de m'excuser pour la maladresse de ma plume...
Je songe à venir vous voir dès ce soir car qui sait, en m'imposant ainsi, peut-être parviendrai-je à vous amadouer ?
LA MESSAGÈRE ATTEND UNE RÉPONSE DE VOTRE PART...
OH... ME VOILÀ BIEN ENNUYÉE...
... SI JE DOIS RÉDIGER UNE RÉPONSE DANS LE MÊME STYLE...
COMMENT PEUT-ON ÉCRIRE UNE LETTRE PAREILLE ?
EUH... QUEL STYLE ÉLÉGANT, MADAME...
PFF
PFF
くす くす
QUE... QU'EST-CE QUE C'EST QUE ÇA ?
くす
くす
PFF
PFF
Je ne suis qu'une jeune herbe
De quelque cap
Du rivage de Hitachi
J'aimerais tant vous rencontrer
Ô vagues de Tago

CHÛNAGON, POUVEZ-VOUS LUI RÉPONDRE À MA PLACE ?
COMMENT, MOI ?
DIFFICILE DE RÉPONDRE À UNE LETTRE SANS QUEUE NI TÊTE...
Rendez-vous au rivage de Suma
Dans la mer de Suruga
Aux environs de Hitachi
Là-bas vous attendra
Le pin de Hakozaki
HMMM
CELA FERA-T-IL L'AFFAIRE ?
CE QUI ME CONTRARIE...
... C'EST QUE L'ON POURRAIT CROIRE QUE C'EST MOI QUI L'AI ÉCRIT...
ALLONS ...
QUICONQUE LE LIRA COMPRENDRA QU'IL N'EST PAS DE VOUS...
OH !
QUEL BEAU POÈME !
LA DAME DU KOKIDEN EST SI DOUÉE !
LE PIN M'ATTENDRA... ÇA VEUT DIRE QU'ELLE M'ATTEND...
QUELLE JOIE !
IMPRESSIONNANT...
IL FAUT QUE JE ME PRÉPARE SANS TARDER !

TU PENSES QUE ÇA IRA ?
OUI, TU EN IMPOSES !
IL N'EMPÊCHE...
YÛGIRI...
OÙ SE TROUVE DONC LA FILLE QUE JE CHERCHE RÉELLEMENT ?
LES SONS DE LA CITHARE DU YAMATO S'ACCORDENT BIEN AVEC LE CHANT DES INSECTES...
LA FILLE AUX FLEURS D'ÉTÉ ÉTERNEL...
J'IGNORAIS QUE VOUS APPRÉCIEZ CET INSTRUMENT, DAME TAMA-KAZURA...

J'AI REÇU QUELQUES LEÇONS À TSUKUSHI, C'EST TOUT...
J'AIMERAIS PROGRESSER, MAIS...
N'IMPORTE QUI PEUT JOUER DE LA CITHARE DE YAMATO, MAIS CE QUI EST DIFFICILE, C'EST D'EN JOUER AVEC DEXTÉRITÉ...
C'EST UN INSTRUMENT COMPLEXE...
CELUI QUI LE MAÎTRISE LE MIEUX EST SANS DOUTE LE MINISTRE DU DEDANS...
MON PÈRE ?
PUIS-JE ESPÉRER L'ENTENDRE JOUER, LORS DE QUELQUE CONCERT ?
JE L'IGNORE...
LES VIRTUOSES RECHIGNENT À MONTRER LEURS TALENTS...
MAIS VOUS ÊTES SPÉCIALE...
VOUS EN AUREZ SÛREMENT L'OCCASION, UN JOUR...
PRINCE GENJI...
MAIS SI CELA ARRIVE...
S'il voit cet œillet ravissant / Avec ses couleurs / Évocatrices de souvenirs d'antan / Il voudra chercher la demeure / De la haie qui l'a vu fleurir
S'IL VOUS VOIT, VOUS QUI ÊTES SI BELLE, IL IRA VOUS CHERCHER LÀ OÙ VIVAIT VOTRE MÈRE.
Cet œillet qui est né / Sur la haie d'un lieu délabré / En des monts sauvages / Qui donc ferait le voyage / Pour y trouver ses racines ?
PUISQUE J'AI GRANDI DANS UN LIEU MISÉRABLE, QUI DONC IRAIT CHERCHER MA MÈRE ?

LES ACCORDS DU GENJI SONT D'UNE GRÂCE INCOMPARABLE...
SE PEUT-IL QUE MON PÈRE SOIT ENCORE PLUS DOUÉ ?
À QUOI DONC PEUVENT RESSEMBLER SES MÉLODIES ?
C'EST ÉTRANGE... LORSQUE JE M'ADRESSE À VOUS PAR DES MOTS, VOUS M'IGNOREZ...
... MAIS LE SON DE LA CITHARE SEMBLE VOUS ATTIRER...
QUI CROIRAIT QUE MALGRÉ NOTRE INTIMITÉ...
... IL NE SE SOIT ENCORE RIEN PASSÉ ENTRE NOUS...?
MOI-MÊME, J'AI DU MAL À Y CROIRE...

FSSS
FSSS
FSSS
FSSS
FWOOOOSH
KYAH !
KSHAP
WOOO
QUEL VENT VIOLENT !
IL VA FAIRE TOMBER TOUTES LES BELLES FEUILLES ET FLEURS D'AUTOMNE...

LE TEMPS VA SE GÂTER, CE SOIR..
J'ESPÈRE QUE TOUT VA BIEN CHEZ MA GRAND-MÈRE, À LA TROISIÈME AVENUE...
PRÉPAREZ UN CHAR..
JE VAIS ALLER SALUER MON PÈRE...
VLAM
JE DOIS TROUVER LA DAME DE COMPAGNIE DE DAME MURASAKI, POUR QU'ELLE ANNONCE MA VENUE...
IL FAUT RETIRER LES PORTES COULIS-SANTES !
KYAAAH
LES RIDEAUX PORTATIFS S'ENVOLENT...
QUE FAIRE ?
TOUT LE MONDE EST AFFOLÉ À CAUSE DE LA TEMPÊTE...
Y A-T-IL QUELQU'UN ?
JE SOUHAITE VOIR MON PÈRE...
DODOM
OH, NON... LES FLEURS QUE NOUS VENIONS DE PLANTER..
LE LESPÉDÈZE A ÉTÉ DÉRACINÉ, LE PAUVRE...

C'EST ELLE...
DAME MURASAKI...

COMMENT UNE FEMME SI BELLE PEUT-ELLE EXISTER EN CE MONDE ?
J'AI DU MAL À Y CROIRE...
QUEL OURAGAN...
BAISSEZ LES TREILLIS, ON POURRAIT VOUS VOIR DE L'EXTÉRIEUR...
HA
FWOOSH
FLAP
VLAM
MALHEUR ! C'EST MOI QUI VAIS ÊTRE VU !
LES PORTES À DOUBLE BATTANT SONT OUVERTES, ELLES AUSSI...
IL Y A QUELQU'UN ?
YŪGIRI ?
JE SUIS VENU M'ASSURER QUE L'OURAGAN N'AVAIT PAS FAIT DE DÉGÂTS...
JE VAIS PASSER LA NUIT À LA RÉSIDENCE DE LA TROISIÈME AVENUE, CHEZ MA GRAND-MÈRE...
TU FAIS BIEN, ELLE DOIT SE SENTIR SEULE.

IL PARAISSAIT UN PEU ÉTRANGE...
N'AYEZ CRAINTE, GRAND-MÈRE, JE SUIS LÀ...
MON CHER YÛGIRI...
QUE M'ARRIVE-T-IL ?
WOOOO
JE N'ARRÊTE PAS DE PENSER À ELLE...
FWOOSH
ON AURAIT DIT DES FLEURS DE CERISIERS EN ABONDANCE...
... À L'AUBE DU PRINTEMPS...
JUSQU'ICI, IL N'Y AVAIT QUE KUMOI NO KARI DANS MON ESPRIT...
... MAIS À PRÉSENT, LE VISAGE DE DAME MURASAKI M'OBSÈDE...

SALUEZ DAME HANA CHIRU SATO DE MA PART...
JE N'Y MANQUERAI PAS...
YÛGIRI...
SE POURRAIT-IL QUE YÛGIRI VOUS AIT VUE, HIER ?
CE N'EST PAS POSSIBLE...
POURTANT, QUELQUE CHOSE A CHANGÉ EN LUI...
MÊME S'IL EST ENCORE UN ENFANT, J'AVAIS VEILLÉ À LE TENIR ÉLOIGNÉ DE MURASAKI...
... POUR ÉVITER QU'IL NE LUI ARRIVE LA MÊME CHOSE QU'À MOI!...
...

DIRE QUE MON PÈRE A CONTINUÉ DE PRENDRE SOIN DE HANA CHIRU SATO...!
... TOUT EN AYANT À SES CÔTÉS UNE ÉPOUSE AUSSI BELLE...
DÉCIDÉMENT, JE L'ADMIRE...
MOI, J'ÉTAIS DÉJÀ SUR LE POINT D'OUBLIER KUMOI NO KARI...
SI L'ON COMPARAIT DAME MURASAKI À UN CERISIER EN FLEURS...
... LA PETITE PRINCESSE, ELLE, SERAIT UNE GLYCINE...
SA MÈRE, LA DAME D'AKASHI, DOIT ÊTRE SPLENDIDE, ELLE AUSSI...
MON PÈRE EST ENTOURÉ DE FEMMES SI SÉDUISANTES...
ATTENDS-MOI ICI...
SI CELA SE TROUVE...
... JE VAIS RÉUSSIR À VOIR QUELQUE CHOSE !...

J'EN ÉTAIS SÛR...
ELLE EST AUSSI GRACIEUSE QUE DES CORÈTES DU JAPON...
QU'EST-CE QUE...
PÈRE ?!
... CELA SIGNIFIE ?

À SUIVRE...

À paraître

Couverture provisoire

Le prince **Genji** a décidé d'adopter **Tama-kazura**, fille de feu **Yûgao** et du ministre du dedans. Bien qu'il nourrisse des sentiments amoureux envers la belle jeune femme, il songe à la faire entrer au service de l'empereur **Reizei** en qualité de régente du service intérieur. Il se résout même à révéler son existence à son père biologique. Par ailleurs, alors que les prétendants de Tama-kazura se font de plus en plus nombreux, l'un d'eux se montre particulièrement insistant : il s'agit d'un général surnommé **Barbe-noire**. Mais le Genji craint que cet homme ne fasse le malheur de sa fille adoptive…

Entretien avec Waki Yamato
PARTIE 2

RACONTER L'UNIVERS D'*ASAKI YUMEMISHI* AUJOURD'HUI

Interview menée par **Ryûsuke Kamiya** et tirée d'*Asaki Yumemishi no sekai* [le monde d'*Asaki Yumemishi*], éditions Takarajimasha, 2016. Cet entretien est une version remaniée de l'interview parue originellement dans *Asaki Yumemishi perfect book*, rédaction de *Bessatsu Takarajima*, éditions Takarajimasha, 2008.

DESSINER UN MONDE DATANT D'UN MILLÉNAIRE

Lorsqu'on compare *Le Dit du Genji* et *Asaki Yumemishi*, on se rend compte que vous ne vous contentez pas de suivre la narration du roman, mais que vous décrivez avec précision des passages qui demeuraient flous dans le texte original.

En effet, je commence le manga par l'histoire de dame Kiritsubo, qui ne figurait pas dans le roman. En adaptant le *Dit du Genji* en manga shôjo, j'ai veillé à ce que les lecteurs et lectrices ne se disent pas : « Ça a l'air compliqué ». Et pour cela, il fallait une introduction qui éveille aussi l'intérêt de personnes qui n'ont pas lu le texte original et qui n'ont jamais entendu parler des protagonistes. J'ai donc créé cette histoire en me fondant sur les informations qui figuraient dans le roman, afin d'attirer aussi un lectorat qui ne connaissait pas le Genji.
Pour faire ce travail d'adaptation, il m'a fallu lire entre les lignes du texte. Par exemple, quand il était écrit que le Genji s'était rendu chez telle dame et qu'il avait fait des choses et d'autres, il fallait imaginer ce qu'étaient ces « choses et autres ».

Cela signifie-t-il que vous avez également travaillé de manière différente lors des phases du story-board et des crayonnés ?

Lorsque j'ai commencé ce manga, il y avait très peu de documents visuels sur l'époque du Genji, et j'avais du mal à me faire une idée des bâtiments ou des vêtements. Ensuite, il y a eu une grande mode du Genji qui a permis d'avoir accès à de nombreux documents qui m'ont beaucoup aidée. Mais au début, je ne pouvais m'appuyer que sur des rouleaux peints.

Des rouleaux peints ?

Oui, notamment les *Rouleaux illustrés du Dit du Genji*, un document considéré comme trésor national au Japon. Pour les bâtiments, je me suis rendue jusqu'au palais impérial de Kyoto pour y prendre des photos... Mais le bâtiment actuel, de style architectural *shoin-zukuri*, est différent de celui de l'époque. C'étaient souvent les membres de mon équipe qui s'occupaient de réaliser les paysages en arrière-plan, et je me souviens que ça les a mis en difficulté. Le plus difficile, ça a été les *kichô* (1). Parfois, ils sont en soie, d'autres fois, quand il fait chaud par exemple, ils peuvent être en lin. Si on ne sait pas en quelle matière ils sont faits, on ne peut pas dessiner leur texture. Dès qu'arrivait une nouvelle personne pour m'assister, je devais lui expliquer par exemple que la largeur représentait environ deux tatamis, qu'il y avait un motif précis, une fente au milieu... Ça prenait beaucoup de temps.
Bien sûr, je pouvais aussi montrer des photos, mais chaque artiste a une manière de dessiner différente. Un jour, alors que j'expliquais à une personne de l'équipe qu'un ruban était accroché entre les tissus, elle m'a demandé à quoi servait ce ruban, mais j'étais bien en peine de répondre [rires].

Vous avez dû faire face à des difficultés auxquelles vous ne vous attendiez pas…

La première fois qu'il a fallu dessiner le palais impérial de Kyoto, on m'a fait remarquer la présence sur les photos de sortes de lignes verticales avec un fil sur le toit, et cette personne m'a demandé si elle devait les reproduire. Je ne voyais pas de quoi il s'agissait, mais comme les documents sont censés être fidèles, je lui ai dit de les dessiner, et en fait je me suis rendu compte que c'était un paratonnerre [rires]. Ce genre d'erreur était corrigé lors des sorties en volumes reliés ou en éditions deluxe. Un autre exemple : dans l'actuel palais impérial de Kyoto, il y a de nombreuses parties qui ont été construites plus tard, à l'époque Edo, avec des toits à forte inclinaison, mais autrefois, ils n'étaient pas aussi penchés. D'autre part, je ne savais pas comment représenter les parapets des couloirs, ou le *kirimedô* (2) que dame Kiritsubo emprunte pour se rendre chez l'empereur. La plus grosse erreur que j'ai commise, c'est d'avoir représenté sous les traits d'un homme le personnage qui conduit Kiritsubo chez l'empereur [rires]. En réalité, cela n'aurait pas été possible.

Si l'on compare les premières éditions d'*Asaki Yumemishi* et les versions ultérieures, il y a donc des corrections relatives aux découvertes que vous avez faites dans le cadre de vos recherches… [rires]

Oui, en effet. À partir du tome 3, il y a beaucoup moins d'erreurs. Mais avant ça, je faisais par exemple discuter des dames de compagnie dans un lieu où elles ne pouvaient pas se réunir en réalité [rires].

En regardant des photographies du palais impérial de Kyoto, j'ai eu l'impression de connaître les lieux parce que je les avais vus dessinés dans *Asaki Yumemishi*.

Tous les membres de mon équipe étaient doués, mais les personnes qui ont travaillé longtemps avec moi sont devenues de véritables spécialistes de l'architecture *shinden-zukuri*. Quand je demandais : « Dessine-moi une résidence », on me répondait : « Qui est censé y habiter ? Quelqu'un d'une illustre famille, comme celle du ministre de la droite ? » [rires]

Vous voulez dire que selon la classe dont étaient issues les familles, les résidences avaient une architecture différente ?

Oui, au niveau des détails, comme la présence ou non d'un toit au niveau des escaliers.

AVANT LA CRÉATION DU GENJI PAR WAKI YAMATO

Mis à part vos œuvres qui se déroulent durant la période Meiji, comme *Haikara-san ga toru* [Marc et Marie en VF, ndt] ou *Kigen 2600 nen no playball*, la seule œuvre historique que vous avez dessinée avant *Asaki Yumemishi* est *Ten no hate chi no kagiri* (3), dont l'héroïne est la princesse Nukata. Comment en êtes-vous venue à choisir d'adapter le *Dit du Genji* ?

J'ai toujours aimé les œuvres historiques, que ce soit en littérature ou à la télévision. Or dans l'univers du shôjo, ce type d'histoire ne marche pas du tout, à tel point que c'en est presque un sujet tabou. Mais mon manga sur la princesse Nukata a été plutôt bien reçu, et mes éditeurs ont estimé que j'avais un talent pour dessiner des récits historiques faciles à comprendre, c'est pourquoi ils m'ont proposé de continuer dans cette veine.

Aviez-vous songé à d'autres personnages avant de choisir le Genji ?

J'avais aussi pensé à Oichi no kata, Nôhime ou encore Hosokawa Gracia (4). Mais toutes ces femmes n'ont pas eu une vie très heureuse. La princesse Nukata a eu beaucoup de chance, et elle a été aimée par deux empereurs illustres. Je ne connais pas d'autres femmes qui ont connu un tel destin dans l'histoire du Japon. Quasiment toutes les femmes de la période Sengoku ont connu un destin tragique. On a donc cherché, avec mon responsable éditorial, des femmes qui ont eu une vie un peu plus heureuse.
C'est à cette époque que Seiko Tanabe (5) a sorti sa version du *Dit du Genji*, où elle ne reprend pas du tout le texte d'origine. J'ai eu comme une illumination [rires], et je me suis dit que je pouvais peut-être faire la même chose en manga.

Vous avez également publié une comédie intitulée *Love Pack* (6), que l'on peut considérer comme une parodie du *Dit du Genji*. Avez-vous toujours aimé ce roman ?

Oui. Quand j'étais à l'école primaire, j'en ai lu une version simplifiée, et j'avais adoré cette belle histoire mettant en scène toutes sortes de princesses japonaises. Une fois adulte, j'ai lu la version de Fumiko Enchi (7). Lorsque j'ai dessiné *Love Pack*, j'ai beaucoup été influencée par le roman historique *Kaze no katami* de Takehiko Fukunaga (8). C'est peut-être au même moment que je lisais la version du Genji de Fumiko Enchi.
Mais à l'époque, je n'étais capable de réaliser qu'une parodie, et quand j'ai commencé *Asaki Yumemishi*, j'ai eu la sensation de m'atteler enfin à l'adaptation du "vrai" Genji.

Vous avez commencé *Asaki Yumemishi* six ans après *Love Pack*...

Oui, j'appréhendais notamment de devoir dessiner tous ces costumes... J'ai donc pensé, dans un premier temps, qu'il fallait que quelqu'un d'autre fasse cette adaptation. J'ai téléphoné à de nombreuses amies mangakas pour leur demander si elles seraient intéressées par le projet. Mais elles se sont toutes défilées, sous prétexte que l'histoire était trop longue ou qu'elles n'aimaient pas les hommes efféminés [rires].
En fin de compte, après *Ten no hate chi no kagiri*, il fallait que je choisisse vite le sujet de ma prochaine série, et au moment où je m'étais résolue à me lancer dans le Genji, mon responsable éditorial m'a appelée. Quand je lui ai parlé de ma décision, il m'a

dit qu'il voulait justement me proposer ce projet.
Mais étant donné que le sujet était difficile et qu'on n'avait aucune idée de l'accueil qui lui serait réservé, mon responsable éditorial m'a suggéré de commencer par trois chapitres. Si les retours étaient mauvais, on comptait arrêter tout de suite [rires].

Vous aviez donc imaginé une version qui se termine en trois chapitres ?

Non, je ne suis pas allée jusque-là. Mais je dessinais en faisant en sorte de pouvoir conclure le récit à tout moment. Heureusement, le lectorat a apprécié mon manga et les volumes reliés ont commencé à bien se vendre à partir des tomes 2 et 3. C'est à ce moment-là qu'on m'a dit que je pouvais continuer le manga jusqu'à la fin du roman.

Je trouve magnifique votre titre, *Asaki Yumemishi*, qui signifie littéralement : « ayant fait de vains rêves ».

C'est mon responsable éditorial qui l'a trouvé, et je le trouve superbe aussi. Mais en fait, ça s'est décidé de manière très simple. Il m'a dit : « Qu'est-ce qu'on fait, pour le titre ? Qu'est-ce que tu dirais d'"Asaki Yumemishi" ? », et c'est tout [rires].
Il pensait qu'à un moment donné, j'allais faire évoluer le récit vers une histoire originale. J'aurais par exemple pu créer un personnage fictif de dame de compagnie jouant le rôle de narratrice, ce qui m'aurait permis de m'éloigner du *Dit du Genji*. En choisissant un titre différent, cela permettait de prendre les devants au cas où mon récit se transformerait en une création originale.

ENTRE TEXTE ORIGINAL ET CRÉATION

Tout au long de mon adaptation de ce texte qui décrit des relations humaines complexes, je suis restée fidèle aux codes du manga shôjo. Même si parfois, je me disais : « Quel salaud ! » ou « Il est mal placé pour dire ça ! » [rires], j'ai soutenu le Genji et Yûgiri. Si j'avais détesté le Genji, je n'aurais pas pu dessiner ce manga, et le public n'aurait pas voulu lire un manga dessiné par une autrice qui nourrit de tels sentiments.
C'est aussi pour ça que j'ai dessiné l'enfance du Genji de manière triste, sinon personne ne se serait apitoyé sur son sort. De toute façon, après, il allait devenir un salaud [rires].

Y a-t-il des hommes qui vous ont servi de modèle pour concevoir le personnage du Genji ?

Au début, je lui avais donné les traits d'un bel homme classique, mais à mesure qu'on avançait dans l'histoire et que le récit s'étoffait, je me suis demandé à nouveau quel physique il pouvait avoir pour être crédible, à mes yeux et à ceux du lectorat.
Plus ou moins au même moment, j'ai vu un film avec Clark Gable (9), et j'ai trouvé qu'il dégageait ce sex-appeal propre aux hommes. Il était bien bâti, et avait du charme en même temps. Même si, bon, je n'aimais pas trop sa moustache et son visage arrondi [rires], je me suis dit qu'il reflétait peut-être bien l'image du Genji.

Lors de la publication de la série, vous avez dit que votre personnage préféré était dame Murasaki. Mais dans le roman original, la dame d'Akashi et elle dégagent quelque chose de mauvais.

Dans le roman, Murasaki essaye trop d'être la bonne élève. Comme si elle réprimait ses émotions constamment… Mais il ne fallait pas que ce soit perçu de manière critique, alors je l'ai dessinée avec un sentiment de compassion, en me disant que si elle s'était davantage libérée, elle ne serait pas morte de cette façon.
À l'inverse, la dame d'Akashi est une femme maligne, qui sait maîtriser ses sentiments. Comme ces deux femmes forment une paire dans le récit, j'ai fait en sorte de leur attribuer des rôles assez définis.

Comment le lectorat percevait-il votre univers du Genji ?

Pendant la publication, je recevais des lettres d'élèves de primaire ou de collège me disant que le Genji allait trop loin. Le roman original leur était parfois inconnu, et il arrivait qu'on me demande de ne pas faire mourir Murasaki [rires]. Je pense que le public de l'époque ne lisait pas ce manga comme une adaptation du *Dit du Genji*, mais simplement comme une série intitulée *Asaki Yumemishi*.
J'ai reçu toutes sortes de lettres, vous savez. On m'écrivait par exemple : « Puisque le Genji est aussi volage, il faudrait que Murasaki le trompe aussi », ou « J'aimerais qu'elle ait une aventure avec Yûgiri ». Je me souviens d'avoir répondu que si cela était arrivé, cette histoire n'aurait pas continué à être lue pendant mille ans.
Je pense qu'au départ, Murasaki Shikibu ne comptait pas écrire un roman aussi long, mais qu'elle écrivait de courts chapitres tels que "Yûgao" ou "Wakamurasaki", qu'elle faisait lire aux dames de compagnie de son entourage pour les émoustiller. Je pense que leurs réactions étaient assez similaires à celles de mes fans. Et ça, c'est sûrement parce que nous racontons des histoires d'amour universelles et réalistes entre hommes et femmes.

En tant qu'autrice, vous est-il arrivé de vous sentir en phase avec Murasaki Shikibu, plus qu'avec les personnages ?

Non, cela n'est jamais arrivé, car Murasaki Shikibu est intelligente et observe les gens avec sang-froid… Mais je suis allée me recueillir sur sa tombe, pour m'excuser de m'être permis d'adapter son roman sans son autorisation [rires].
Lorsque j'ai commencé la série, j'avais 29 ans et je me sentais assez proche d'elle. Mais au bout de quinze ans de publication, j'étais dans la quarantaine, et j'ai commencé à avoir un point de vue différent du sien. Cependant, à partir du chapitre « Wakana » (10), le ton du récit change, et à mesure que je prenais de l'âge, j'étais davantage convaincue par l'histoire. J'ai aussi mieux compris pourquoi plus le Genji vieillissait, plus sa vie était désordonnée.

① Kichô

Sorte de rideaux portatifs qui servaient à préserver l'intimité ou à diviser un espace. À la différence des stores *misu*, qui ont le même usage mais sont installés à l'extérieur des pièces, on peut les déplacer.

② Kirimedô

Couloir reliant un bâtiment à un autre. À l'instar d'un pont-levis, il peut s'élever en son milieu pour laisser passer des chevaux. Le fonctionnement est similaire à celui du pont Kachidoki à Tsukiji, même s'il est d'envergure complètement différente.

③ *Ten no hate chi no kagiri* (1978)

Une histoire de dynastie romantique autour de la princesse Nukata, poétesse qui a été aimée par deux empereurs, Tenji et Tenmu, pendant l'époque Asuka. Il s'agit du premier véritable manga historique de l'autrice.

④ Oichi no kata, Nô-hime, Hosokawa Gracia

Oichi no kata était la petite sœur d'Oda Nobunaga. Sa beauté lui porte malheur, et elle est contrainte de faire deux mariages politiques (trois selon certaines thèses). Nô-hime est la fille de Saitô Dôsan et l'épouse d'Oda Nobunaga. Hosokawa Gracia est la benjamine d'Akechi Mitsuhide. Convertie au christianisme, elle refuse d'abjurer sa foi. On raconte qu'elle a préféré se suicider plutôt que d'obéir aux ennemis de son clan.

⑤ Seiko Tanabe

Écrivaine. Elle remporte en 1964 le prix Akutagawa avec le roman *Kanshô ryokô*. Elle est notamment appréciée pour son écriture pleine d'humour. Passionnée par de nombreux domaines, elle est également versée dans les classiques et a publié une adaptation notoire du *Dit du Genji*.

⑥ *Love Pack* (1973)

Il y a longtemps, Na no kimi et Hikaru genji se sont jurés de s'aimer pour l'éternité. Mais lorsqu'ils se retrouvent des années plus tard, ils ne se souviennent plus l'un de l'autre. De plus, dans cette histoire, le Genji se révèle être un gentleman cambrioleur la nuit… Le scénario est une création originale contenant quelques similitudes avec *Asaki Yumemishi*.

⑦ Fumiko Enchi

Romancière qui excellait à décrire la psychologie et la physiologie féminines. Sa traduction du *Dit du Genji*, publiée en cinq tomes aux éditions Shinchô bunko, est encore considérée comme une référence.

⑧ Takehiko Fukunaga

Écrivain particulièrement doué pour construire des univers poétiques au lyrisme débordant. Il était également enseignant à l'université, critique et essayiste. Il a remporté en 1972 le grand prix de la littérature japonaise avec *Shi no shima* (éd. Shinchô bunko). Il est le père de l'écrivain Ikezawa Natsuki.

⑨ Clark Gable

Acteur doté d'un charme mystérieux. Bel homme joyeux, cynique et dur à cuire, il est l'une des stars hollywoodiennes les plus célèbres de son époque. Son rôle le plus connu restera celui de Rhett Butler dans *Autant en emporte le vent*.

⑩ Wakana

Parmi les 54 chapitres du *Dit du Genji*, il s'agit du seul qui se divise en deux et marque un tournant entre le 33ᵉ chapitre de la première partie, où la carrière du Genji est à son apogée, et les huit chapitres de la deuxième partie qui racontent les dernières années de sa vie. Ce chapitre constitue le point de départ de la dernière partie du récit, emplie de mélancolie.

あさきゆめみし

Asaki Yumemishi

LE DIT DU GENJI

GALERIE D'ILLUSTRATIONS

Scénario et dessin
Waki Yamato
Traduction
Miyako Slocombe
Lettrage
Lara Iacucci
Calligraphie logo
Shunkei Yahagi

First published in Japan in 2022 by Kodansha Ltd., Tokyo.
Publication rights for this French edition arranged through Kodansha Ltd., Tokyo.
Pour l'édition française : Panini France S.A. - Nice La Plaine, Bât. C2, Avenue Emmanuel Pontremoli, 06200 Nice.
ISBN : 979-10-391-3461-3
Dépôt légal : **mai 2025**
Achevé d'imprimer en **Italie** en **avril 2025** par **Gravinese Industrie Grafiche Srl**
Via Lombardore, 276/F, Leinì (TO).
Code produit : **FGENJ003**

www.panini.fr

FSC www.fsc.org
MIX
Paper | Supporting responsible forestry
FSC® C115044